산속의 가을 저녁 山居秋暝

빈 산, 새로 내린 비 막 갠 뒤
날 저물자 가을이 깊어졌다
밝은 달 소나무 사이로 비치고
맑은 샘물은 돌 위로 흐른다
대나무 숲 시끄럽게 빨래 하는 아낙네들 돌아가고
연꽃 요동치게 고깃배가 내려가네
봄날의 향기로운 꽃 없어진들 어떠리
은자만 절로 머물만 한 것을

空山新雨後 天氣晚來秋 明月松間照 清泉石上流
竹喧歸浣女 蓮動下漁丹 隨意春芳歇 王孫自可留

검선지로 2

사우 新무협 판타지소설

초판 1쇄 찍은 날 § 2005년 8월 18일
초판 1쇄 펴낸 날 § 2005년 8월 28일

지은이 § 사우
펴낸이 § 서경석

편집장 § 문혜영
편집책임 § 서지현
편집 § 장상수 · 최하나

펴낸곳 § 도서출판 청어람
등록번호 § 제1081-1-89호
등록일자 § 1999. 5. 31
어람번호 § 제2-0677호

주소 § 경기도 부천시 원미구 심곡1동 350-1 남성B/D 3F (우) 420-011
전화 § 032-656-4452 팩스 § 032-656-4453
http://www.chungeoram.com
E-mail § eoram99@chollian.net

ⓒ 사우, 2005

ISBN 89-5831-683-7 04810
ISBN 89-5831-681-0 (SET)

사우 新무협 판타지 소설

검선지로

Fantastic Oriental Heroes

2

劍仙之路

운남혈전(雲南血戰)

도서출판 청어람

목차

제9장 비무대회는 그 끝을 알리고 … 7

제10장 대륙에는 풍운이 불기 시작하니 … 31

제11장 낭인왕의 전설은 시작되고 … 57

제12장 인연은 이어지고 … 85

제13장 천랑성은 빛을 발하고,

　　　 칠마는 세상에 모습을 드러내다 … 113

제14장 운남의 바람은 우울하다 … 135

제15장 내가 바로 낭인왕의 후예이다 … 177

제16장 칠흑의 파도는 대지를 휩쓸고 … 207

제17장 검에 마음을 담아 … 233

제18장 반쪽의 부적은

　　　 또 다른 위험을 예고하고 … 257

第9章

비무대회는 그 끝을 알리고

사천(四川)은 시끄러웠다.

비무대회의 본선이 시작된 것이다. 성도 근처에 머무르고 있던 강호인들이 하나둘 당가로 모여들었다. 예선전에서도 적지 않은 사람들이 몰려들었지만 실제 강호명숙들이나 어느 정도 연륜이 있는 사람들은 오지 않았다.

사천의 관심은 이번 비무대회의 우승자가 과연 누구일 것이냐 하는 데에 쏠려 있었다.

구룡이 강한 것은 사실이었지만 중원은 넓고 기인이사는 무수히 많았다. 그들이 키워낸 무인이 언제든지 이변을 일으킬 수 있었다.

"다음 비무는 산서 태원방의 이후운 소협과 하북팽가의 팽도웅 소협입니다!"

진행자가 남은 여덟 명의 참가자 중 두 사람을 호명했다.

비무대회는 어느덧 종반을 향해 치닫고 있었다.

이긴 자와 그렇지 못한 자가 갈리기 시작했다. 안타까워하는 이도 있었고 승리의 기쁨에 겨워하는 이도 있었다. 그들 모두에게 유일한 공통점이 있다면 무(武)에 대한 열정만큼은 누구에게도 뒤지지 않는다는 것이었다.

"와아아아!"

거대한 함성이 일어났다. 물결 치는 파도처럼 함성은 비무대 주위에서 시작하여 전체로 번져 나갔다.

"팽도웅이오."

"이후운입니다."

이후운이 포권을 취하자 다시 한차례 함성이 울려 퍼졌다. 팽도웅이 포권을 취할 때와는 사뭇 다른 모습이었다.

아무래도 관중들 대다수가 중소 문파 출신이다 보니 상대적으로 오대세가 출신인 팽도웅보다는 같은 중소 문파 출신인 이후운을 연호하는 것이다.

비무대에 오른 두 참가자가 서로 인사를 나눈 후 대치 상태로 들어갔다.

대치 상태라고는 하지만 이미 기세 싸움은 시작된 연후였다.

승자와 패자.

결과는 정해져 있지 않았다. 그 결과를 만들어가는 것은 그들 자신이었다.

둥!

북소리가 울렸다. 시작을 알리는 신호였다.

선공을 택한 이는 팽도웅이었다. 어느새 그의 손에는 팽가가 자랑하는 천월도가 들려 있었다.

구룡(九龍).

신진 무인 중 최고라는 찬사를 듣던 그들의 명성은 이번 대회에서 어느 정도 그 빛이 바랜 면이 있었다.

　본선 열여섯 명의 진출자 중 구룡에 속한 이는 다섯뿐이었다. 오봉 중 일인만이 간신히 올라왔다는 것을 비추어보았을 때 나쁜 결과는 아니었지만 오봉과 구룡은 엄연한 격차가 있었다. 그것도 올라온 다섯 명 중 두 명이 일차전에서 떨어졌다.

　붕권(鵬拳) 이후운이 그런 이변을 만들어낸 당사자 중 하나였다.

　구룡 중 무려 두 명이 이후운의 손에 고배를 마셨다.

　평소 같았다면 자존심 때문에라도 동배의 무인에게 선수를 취할 팽도웅이 아니었지만 그러기에 이후운의 무공은 너무 강했다.

　쐐애액!

　파공음을 흘리며 팽도웅의 도가 날아들었다.

　선공을 내어준 이상 이후운이 택할 수 있는 길은 많지 않았다. 일정 수준 이상 무공 차이가 난다면 상대의 공격에 부딪쳐 갈 수도 있겠지만 그러기에는 부담감이 적지 않았다.

　'이 정도였나?'

　팽도웅은 공격을 하면서도 놀라움을 금하지 않을 수 없었다.

　무유검 남궁도를 이길 때부터 주시는 하고 있었지만 이후운의 무공은 생각했던 것 이상이었다.

　'하지만 나 역시 약하지는 않다.'

　팽도웅은 도를 움켜쥔 손에 힘을 더했다.

　분명히 상대의 무공이 자신보다 우위에 있는 것은 사실이지만 그것이 승패에 결정적인 영향을 끼칠 만큼 차이가 있는 것은 아니었다. 모든 것은 마음먹기에 달린 일이다.

　콰콰쾅!

한차례 충돌 후 누가 먼저랄 것도 없이 두 사람은 몇 발자국씩 물러났다.

내공에 있어서는 차이가 없다는 이야기였다. 두 사람은 서로를 마주 보고 가쁜 호흡을 다스렸다.

팟!

팽팽한 대치 상태에서 먼저 움직인 것은 이후운이었다.

쩌엉엉!

진각과 함께 이후운의 권이 쇄도하는 도기를 피해 가슴 한복판을 찔러 갔다.

팽도웅은 굳이 부딪치는 것보다는 몸을 틀어 상대의 권세에서 벗어났다. 부딪치자면 못할 것도 없었지만 그러기 위해 펼쳐 낸 도가 아니었다.

상대의 의도대로 싸움에 응하는 것은 좋은 방법이 아니었다. 하지만 애초부터 이후운이 원했던 것은 이런 상황이었다.

스윽.

이후운의 신형이 팽도웅을 향해 앞으로 틀어졌다.

그 순간 스치는 바람 소리와 함께 이후운의 신형이 팽도웅의 일 장 앞으로 나타났다. 이후운의 손에서 뻗어 나간 일권이 정확히 팽도웅의 가슴패기를 강타했다. 실로 극쾌의 신법이었다.

"크윽!"

팽도웅의 신형이 허공을 향해 떠올랐다. 욱신거리는 것이 적은 부상은 아니었다.

단 한 번의 공격에 불과했지만 그 한 번의 공격으로 전세는 서서히 이후운에게로 기울고 있었다.

"멋진 보법이군요."

비무대를 바라보고 있던 연운비가 감탄성을 흘렸다.

이미 몇 번을 본 보법이지만 볼수록 탄성을 자아내게 하는 움직임이었다.

권을 사용하는 무인에게 있어서 거리란 것은 무엇보다 중요했다. 너무 멀지도, 그렇다고 상대 병장기의 사정권에 들어서도 위험했다. 그런 거리를 유지하기 위해서는 무엇보다 보법에 능통해야 했다.

"연 형만 하겠습니까?"

막이랑이 빙그레 미소를 지으며 말했다.

"어찌 저와 비교하겠습니까?"

연운비는 당치도 않다는 듯 고개를 저었다.

태청신공이 팔성에 이르며 보법 역시 영향을 받는 것은 사실이지만 그래도 이후운과 비교한다면 차이가 조금 있었다. 구룡 중 두 명을 연이어 격파한 것은 그만한 실력이 있어야만 가능한 일이었다.

그것은 연운비가 상대적으로 보법에 조금 취약한 면이 있는 것도 하나의 이유였다.

운룡대팔식(雲龍大八式).

곤륜이 유명한 것은 검법과 신법이다.

그중 운룡대팔식은 태청검법과 함께 중원 천지에 곤륜의 명성을 드높인 신법이었다.

연운비 역시 익히고 있는 신법이었지만 곤륜을 떠나온 후 상대적으로 상청무상검도에 치중했기에 그 성취가 높지 않았다.

"이후운이라……."

막이랑은 조금은 아쉽다는 표정으로 비무대를 바라보았다.

애초내로였다면 이후운의 상대는 팽도웅이 아닌 자신이 되어야 했다.

하지만 연운비와 있었던 비무에 대한 소문이 퍼지며 당문과 화산에서는 소문을 잠식시키기 위해 유이명과 막이랑에게 처벌을 내렸다. 비무를 한 당사자는 연운비였지만 문제를 일으킨 것은 두 사람이었기에 그런 조치를 내린 것이다.

유이명에게는 부대주로의 강등과 일 년간의 감봉이, 막이랑에게는 검에 달린 두 개의 매화 수실 회수와 비무대회 출전권 박탈이라는 처벌이 내려졌다.

매화 수실의 회수는 곧 강호에서 활동할 수 있는 매화검수로서의 자격 박탈을 의미한다.

적지 않은 처벌이라 할 수 있었지만 그것도 비무대회에 직접적인 영향을 끼치지 않았기에 그 정도의 처벌이었지, 만약 당시 그곳에서 바로 소란이 일었다면 이 정도로 그치지 않았을 터였다.

"괜히 저 때문에……."

"하하, 아닙니다. 그깟 비무대회가 무엇이 중요하겠습니까?"

막이랑이 호탕한 웃음을 터뜨리며 대답했다.

사람이 달라졌다.

지금 막이랑을 보고 있자면 자연히 드는 생각이었다. 화산에서도 어쩔 수 없이 처벌은 내렸지만 달라진 막이랑의 모습에 흐뭇해하는 사람들이 적지 않았다. 그간 재능은 있었지만 다소 오만하고 편협한 성격이었기에 더욱 그러했다.

"그래도 저런 무인과 손속을 나누지 못한다는 것이 아쉽기는 하군요."

막이랑은 말투와는 다르게 담담한 표정으로 비무대 위를 바라보았다.

아쉬운 것은 사실이지만 후회는 없었다. 이전으로 돌아간다 해도 같은 선택을 했을 것이다. 그것이 지금 막이랑의 솔직한 심정이었다. 그만큼 한 번의 비무로 인해 막이랑이 얻은 것은 적지 않았다.

"졌습니다."

어느 순간 팽도웅이 도를 거두고 뒤로 물러났다.

더 이상의 비무는 의미가 없다고 판단한 것이다. 한 번의 공격을 허용한 것이 결정적인 실수였다. 그 이후 팽도웅은 반격조차 하기 쉽지 않았다.

"이번 비무의 승리자는 산서 태원방의 이후운 소협입니다!"

진행자가 비무대 위로 올라 이후운을 가리키자 사방에서 열화와 같은 함성이 울려 퍼졌다.

또 하나의 이변이 일어난 것이다.

"다음은 도각의 광도 무하태 소협과 사천당문의 당효 소협입니다!"

진행자는 흥분한 관중들을 진정시키며 다음 참가자들을 호명했다. 그렇게 비무대회는 서서히 끝을 향해 치닫고 있었다.

*　　　　*　　　　*

모든 이들의 관심은 이변이 언제까지 계속될 것이냐는 것에 집중되어 있었다.

구룡을 물리치고 본선에 올라온 청협 악소방과 붕권 이후운은 승승장구하며 본선 일, 이차전을 무사히 통과했다.

하지만 이변은 거기까지였다. 이번 대회의 강력한 우승자로 지목되고 있던 광도 무하태는 불과 백여 초 만에 이후운을 꺾으며 그 무위를 과시했고, 오봉보다 강하다고 평가받는 천상신녀 유사하 역시 이변의 주인공인 청협 악소방을 상대로 승리를 거두었다.

비무대회의 마지막 날.

열기는 최고로 치솟아 있었다. 날씨는 쌀쌀했지만 모여 있는 그 누구도 추위를 느끼지 못했다.

"이렇게 명망 높은 유 소저와 겨루게 되어 영광이오."

"천만에요. 저야말로 영광이에요."

유사하는 상대인 무하태를 향해 정중히 포권했다.

비록 그녀의 명성이 적지 않다 하나 상대는 구룡 중 최고라 평가받고 있는 광도 무하태였다.

"시작하시지요."

"그럼 부탁드리겠습니다."

선공은 천상신녀(天上神女) 유사하로부터 시작되었다.

막이랑이 그렇듯이 유사하 역시 천하삼검(天下三劍) 중 일인의 전수자.

비록 강호에서의 명성이나 실력 면에서 본다면 유사하가 다소 처지는 것이 사실이었지만 이기고자 하는 무인으로서의 열망만큼은 그렇지 않았다.

파리리릿!

쾌검을 바탕으로 하는 남해 보타암의 검술이 펼쳐졌다.

그에 맞서 무하태가 선택한 것은 패도. 선공을 내주었기에 다소 수세적인 입장을 보였지만 유사하의 공격을 무리없이 막고 있다는 것은 실력의 차이를 증명했다.

'확실히 강하다. 하지만……'

유사하는 눈빛을 빛내며 검을 몰아쳤다.

무하태가 강한 것은 사실이지만 그녀가 아는 한 사람보다 강한 것은 아니었다.

유사하는 연운비가 권왕 위지악의 삼 권을 받아내는 당시의 일을 떠올렸다.

내심 동배에서는 누구에게도 뒤처지지 않을 것이라는 생각을 가지고 있던 유사하에게 그것은 하나의 커다란 충격이었다. 연운비는 그녀에게 검의 새로운 경지를 보여주었다.

챙! 채채챙!

유사하는 공격의 고삐를 늦추지 않았다. 무하태는 침착하게 유사하의 공세에 대항했다.

도를 사용하는 입장에서 가장 상대하기 까다로운 검법이 바로 쾌검과 환검이었다. 중검이나 패검을 사용하는 무인이라면 이토록 애를 먹지 않겠지만 무하태는 좀처럼 수세에서 벗어나는 것이 쉽지 않았다.

'그렇다면!'

무하태는 생각을 달리했다.

상대가 부딪쳐 오지 않는다면 그런 상황을 만들어내면 그만인 것이다.

팔방풍우(八方風雨).

육합권의 한 초식이었지만 무하태는 그것을 도법에 응용했다. 도세의 폭풍이 사방을 몰아쳤다.

환검이 효과를 발휘하는 것은 공세가 유지되었을 때의 일이지 그것이 한 번 무너지면 걷잡을 수 없는 사태가 발생한다. 유사하는 일순간 환검이 깨어지자 당황하며 뒤로 물러섰다.

하지만 그것은 상대적으로 경험이 없는 유사하의 결정적인 실수였다. 기회를 잡은 무하태가 공세로 전환하며 일도를 내려쳤다.

콰쾅!

부딪침과 함께 유사하의 신형이 비틀거리며 몇 걸음 뒤로 물러섰다.

"울컥!"

유사하는 한 모금의 선혈을 뱉었다.

분명히 내공에 있어서 우위에 있는 유사하였지만 환검으로 패도를 상대하기에는 벅찬 감이 있었다. 그러나 무하태도 무사한 것만은 아니었다.

　수많은 환초 중 하나가 실초가 되어 옆구리를 스치고 지나갔다. 피가 흘러내리지는 않았지만 조금만 깊었어도 상당한 부상을 입을 수도 있는 상황이었다.

　'녀석이 아니라면 동배에선 내 상대가 없다고 여기었거늘……'

　무하태는 뜻밖이라는 표정으로 유사하를 바라보았다.

　오봉보다 강하다는 말은 들어왔지만 이 정도라고는 생각하지 못했다. 구룡 중 가장 약하다고 평가받는 종남일검 장학조나 무유검 남궁도도 오봉 중 그 누구보다 강했다.

　'어찌 되었거나 이번 비무대회의 승자는 나다.'

　무하태는 어디에선가 이 비무를 지켜보고 있을 막이랑을 떠올리곤 검을 든 손에 힘을 가했다.

　구룡에 속한 막이랑과 무하태는 죽마고우(竹馬故友)로도 잘 알려져 있었다.

　어울리지 않는 성격이기에 그것을 이상하다 여기는 사람도 많았지만, 고아로 십 년이 넘는 세월을 함께 지낸 그들에게 죽마고우라는 말은 조금도 어색하지 않았다.

　한편으로는 아쉬운 마음도 없지 않아 있었다.

　그동안 막이랑과 있었던 두 번의 비무에서 단 한 차례도 이기지 못한 무하태였다. 상대인 막이랑 역시 그것은 마찬가지였지만 이번만큼은 자신이 있었다. 하지만 뜻밖의 일로 인해 막이랑의 출전권은 박탈이 되었고, 그 아쉬움은 말로 설명할 수 없었다.

　콰콰콰쾅!

　공세로 전환한 무하태의 도는 실로 위력적이었다. 유사하는 점차 손놀림이 어지러워지며 수세에 몰리기 시작했다. 간간이 반격을 해보지만 좀처럼 통하지 않았다.

무리해서 부딪치기에도 좀 전의 격돌로 인해 생긴 내상이 발목을 잡아 왔다.

"제가 졌습니다."

결국 승산이 없다고 판단한 유사하가 비무 도중 백기를 들었다.

감추어두었던 한 수로 전력을 다해 부딪친다면 승산이 있을지도 모르겠지만 무리하면서까지 비무에서 상대를 이기고 싶은 생각은 없었다. 이것은 어디까지나 비무였다.

"양보해 주셔서 감사하오."

"양보라니요, 당치도 않습니다. 제 실력이 아직 무 소협께 미치지 못하는군요."

유사하가 패배를 시인하며 단상을 내려갔다.

"이번 대회의 우승자는 도각의 광도 무하태 소협입니다!"

그와 동시에 진행자가 무하태의 승리를 선언하며 비무대회의 끝을 알렸다.

"와아아아!"

"도각 만세!"

여기저기서 함성과 함께 도각을 환호하는 소리가 울려 퍼졌다. 도왕(刀王) 혁련무극의 등장 이후 어느 정도 그 세가 위축된 도각이었지만 광도 무하태란 걸출한 인재의 등장은 이제 다시 도각의 전성기를 예고하는 것이었다.

"감사합니다."

무하태는 일일이 인사를 건네며 비무대를 내려왔다. 이십여 일에 걸친 비무대회는 그렇게 막을 내렸다.

"이번엔 운 좋게 빠져나갔더군."

명숙들에게 인사를 마친 무하태가 향한 곳은 연운비와 막이랑이 있는 곳이었다.

"네 녀석이 운이 좋았지. 어쨌든 저런 아리따운 소저와 검을 섞어보지 못한 것이 안타깝기는 하다."

막이랑이 미소를 머금은 채 한편에서 위로를 받고 있는 유사하를 바라보았다.

"소문은 많이 들었습니다. 무하태라 합니다."

"연운비입니다."

세 사람이 가볍게 인사를 주고받았다.

"저 녀석이 연 소협을 사귀었다고 어찌나 자랑을 하던지 질투까지 나더군요."

"하하, 억울하면 너도 이제부터라도 친하게 지내면 될 것이 아니겠느냐?"

막이랑이 고개를 뒤로 젖히며 한차례 웃음을 터뜨렸다.

"그건 그렇고, 우승자가 이곳에 이렇게 오래 있어도 되겠느냐?"

"가보아지."

늘 그래 왔듯이 아마도 성대한 축하연이 있을 것이다.

연회의 주인공인 무하태가 빠질 수 없는 것은 당연한 이치. 물론 각파 명숙들도 함께하기에 다소 불편한 자리가 될 수도 있지만 그렇다고 거절할 수도 없었다.

"가자. 오늘 같은 날 술 한잔이 빠져서는 안 되겠지."

"하하! 물론! 두말하면 잔소리지!"

무하태가 호방한 웃음을 터뜨리며 대답했다.

세간에 알려진 것처럼 참으로 호인이었다. 더욱이 커다란 체구와 걸죽

한 목소리는 그런 무하태를 더욱 두드러지게 보였다.

"특별한 일이 없으시다면 저희와 함께 가는 것이 어떻겠습니까?"

막이랑이 연운비의 의사를 묻기 위해 시선을 돌렸다.

"아닙니다. 저는 따로 할 일이 있는지라 그럴 수 없을 것 같군요."

"이런."

막이랑이 안타깝다는 듯 침음성을 흘렸다. 무하태 역시 이번 기회에 연운비와 친분을 쌓아두려고 했었기에 그 역시 아쉬움이 가득한 표정이었다.

"두 분이 내일 당장 떠날 것도 아닌데 오늘만 날이겠습니까? 시간이 되신다면 내일 뵙도록 하지요."

"그러시다면 어쩔 수 없지요. 대신 내일은 반드시 시간을 내주셔야 합니다."

"물론입니다."

"저희는 이만 가보겠습니다. 내일 뵙도록 하지요."

"그럼."

막이랑과 무하태가 가볍게 포권을 취하고 신형을 돌렸다.

"나도 이제 가보아야겠지."

그들의 뒷모습을 잠시 바라보던 연운비 역시 어디론가 발걸음을 옮겼다.

위낙 규모가 크다 보니 당문으로 들어서는 문은 하나가 아닐 수밖에 없다.

현판이 붙어 있는 정문 이외에도 무려 다섯 개의 문이 위치하고 있었고, 그중에서도 곧장 시가지로 이어지는 후문은 정문 못지않게 상당한 인원이 드나든다.

"오셨군요."

후문에서 드나드는 사람들을 지켜보고 있던 유이명은 멀리서 연운비가 걸어오는 모습이 보이자 환한 미소를 지었다.

"오래 기다리진 않았더냐?"

"아닙니다. 저도 비무대회를 구경하다 이제 막 도착한 참입니다."

"그렇구나. 그럼 가자."

"예."

두 사형제가 당문을 벗어나 향한 곳은 바로 화방.

그곳에 들러 무악의 초상화를 받은 연운비는 그 길로 곧장 개방 사천 분타로 찾아갔다.

천하제일방이라는 호칭답게 웬만한 세력은 발을 붙이지 못하는 사천에도 개방의 분타는 있었다.

"저곳입니다."

유이명이 손가락으로 다리 아래 지어져 있는 허름한 움막을 가리켰다.

"정말 저곳이 개방의 분타란 말이냐?"

"그렇습니다."

생각보다 초라한 개방 사천 분타의 모습에 연운비는 적잖게 놀랐다.

비록 움막이 크기는 했지만 난주에서 보았던 개방의 분타와 비교하자면 너무나 초라했다.

"계십니까?"

움막에 도착한 연운비는 문을 두드렸다.

"뉘시우? 세상에 거지 집을 두드리는 사람도 다 있구려."

움막 안에서 걸죽한 목소리가 흘러나왔다.

본시 사천 태생인지 심한 사투리를 쓰는 중년 거지의 말에 도무지 무슨 말인지 알아듣지 못하고 있던 연운비는 유이명이 설명을 해주고 나서야 알아들을 수 있었다.

"연운비라고 합니다. 미리 연락을 드렸습니다."

"아, 태상장로께서 이야기하셨던?"

움막 안에서 한 명의 중년인이 머리를 벅벅 긁으며 걸어 나왔다. 바로 사천 분타를 책임지고 있는 구걸개였다.

"그렇지 않아도 연락을 받고 기다리고 있었수. 자, 일단 들어오시우."

연운비와 유이명은 구걸개를 따라 움막 안으로 들어갔다.

"뭐, 좁기는 하지만 그래도 이 정도 인원이 앉을 자리는 있으니 사양 말고 앉으시우."

움막 안에는 중년 거지를 제외하고도 몇 명의 거지들이 옹기종기 모여 앉아 이야기를 나누거나 낮잠을 자고 있었다.

"한데 견딜 만하신가 보우?"

"무슨 말씀이신지?"

구걸개의 말에 연운비는 영문을 모르겠다는 표정으로 반문했다.

"흠… 특이한 사람이군. 그건 그렇고, 오랜만이우, 유 대주. 그간 잘 지내셨수?"

"그럭저럭 지냈습니다."

무엇 때문인지 유이명은 인상을 잔뜩 찌푸린 채 대답했다.

그 모습을 본 연운비는 그제야 구걸개가 무슨 뜻으로 그런 말을 하였는지 알아차릴 수 있었다.

무악에 대해 정신이 팔려 있어 느끼지 못했지만 움막 안에서는 실로 지독한 악취가 풍겨 나오고 있었다.

"자, 일단 초상화부터 건네주시우."

"여기 있습니다."

연운비는 품 안에서 곱게 접은 초상화 한 장을 꺼내놨다.

"이 사람이우?"

"그렇습니다."

"흠… 생긴 걸로 찾기는 힘들겠수. 다른 특징은 없수?"

"신장이 상당히 큰 편입니다."

"어느 정도이우?"

"육 척이 조금 넘습니다."

"육 척이라……. 크긴 크군. 하지만 이 넓은 천지에 그것만 가지고 찾기는 불가능하지."

"도를 사용합니다."

"어느 정도이우?"

"헤어진 지 오래되어 장담할 순 없지만 스승님께서 도로써 천하에서 상대할 자가 몇 없을 거라 하시었습니다."

"상대할 자가 몇 없다라……."

일순간이지만 사천 분타주 구걸개의 눈에 섬광이 스치고 지나갔다. 이미 풍문으로나마 연운비가 어떠한 성격이라는 들어서 잘 알고 있었고, 결코 허튼 말을 입 밖에 낼 리는 없었다.

그렇다면 그것은 실제로 초상화의 사내가 적어도 도로는 천하에서 열 손가락 안에 든다는 것을 의미했다.

'대체……?'

구걸개는 고민하지 않을 수 없었다.

적어도 개방에서 구걸개 정도 위치에 있는 무인이라면 웬만한 고수들에 대해서는 줄줄이 꿰고 있었다. 하지만 아무리 보아도 초상화의 사내는 들어보지도 못한 이름에 용모였다.

물론 이름이야 바꿀 수 있다지만 용모는 그렇지 않다. 인피면구나 역용술을 사용했다면 어느 정도 가능한 일이기는 했지만 도로 이름을 떨친 무인들 중 그런 것을 사용하는 사람은 없었다.

"가능하겠습니까?"

"쉽지 않을 것이우."

구걸개의 표정이 굳어졌다.

그 정도 실력을 지닌 무인이 이름이 알려지지 않았다면 필경 무슨 연유가 있을 터.

그렇다면 이것은 상당히 위험한 일이 될 수도 있었다.

만약 태상장로의 명령이 없었다면 무슨 일이 있더라도 받아들이지 않았을 것이다.

"아, 그리고 단서가 한 가지 더 있습니다."

"무엇이우?"

"북으로 향한다 하였습니다."

"북이라……."

"부탁드리겠습니다."

"일단 해보기는 하겠수."

구걸개가 내키지 않는다는 태도로 대답했다.

"가보시우. 아참, 유 대주는 내가 운남의 일로 말할 것이 있으니 잠시 시간 좀 내주시우."

"사형, 먼저 가셔야 할 것 같습니다."

운남의 일이라면 아마도 묘독문에 관한 정보를 이야기하려는 것일 터. 웬만한 일이라면 나중에 따로 시간을 내서 듣겠지만 이것은 그렇게 할 수 없는 사안이었다.

"그래, 알았다. 나는 신경 쓰지 말고 천천히 오도록 하여라."

연운비는 무거운 표정으로 자리에서 일어났다.

움막 밖으로 나오자 연운비의 마음을 대변하기라도 하듯 하늘에는 먹구름이 가득 끼어 있었다.

　비무대회가 끝났음에도 그 열기는 좀처럼 식을 줄을 몰랐다.

　그만큼 이번 비무대회가 가져온 파장은 적지 않았다. 후기지수 중 뛰어나다 평가받는 구룡이나 오봉들 대다수가 출전했고, 그 외에도 실력을 드러내지 않고 있던 많은 신진무인들이 참여했다.

　이변이 속출한 것도 하나의 이유라 할 수 있었다. 칠팔 년 전부터 이름을 날렸던 구룡이나 오봉에 속한 무인들이 예선전도 통과하지 못하는 일들이 일어난 것이다.

　산동악가의 청협 악소방이나 형산파의 좌도검 유목추, 제갈세가의 제갈신영이 그 이변을 만들어낸 주역들이었다.

　"악 형, 그 한 수는 정말 대단했소."

　"비무의 승자가 이 자리에 있는데 패자에겐 너무 과분한 칭찬이구려."

　장학조의 말에 악소방은 멋쩍은 표정으로 한편에 있는 유광 도인을 보았다.

　비록 악소방이 구룡 중 일인을 꺾고 본선에 올랐다 하지만 첫 번째 상대인 곤륜의 비영검 유광 도인에게 수백 초의 겨룸 끝에 반 초 차이로 패했다.

　"아닙니다. 당시에는 제가 운이 조금 좋았을 뿐 이겼다고 말할 수야 있겠습니까?"

　유광 도인도 사람 좋은 미소를 지으며 장학조의 말에 동의했다.

　"그나저나 오늘의 주인공들이 아직 모습을 드러내지 않는구려."

　"하하, 곧 도착하겠지요."

　장학조가 걱정하지 말라는 표정으로 시원한 대소를 터뜨렸다.

　용봉지회(龍鳳之會).

비무대회가 일종의 전통이라면 용봉지회 역시 하나의 전통이라 할 수 있었다.

언제부터인가 비무대회가 끝나면 각파의 후기지수들은 삼 일간 모여 친분을 쌓고 서로의 무공에 대한 장단점을 토론했다. 각 문파 입장에서 본다면 좋은 일이라 할 수 있어 비무대회를 개최한 곳에서는 용봉지회가 열릴 수 있도록 적잖은 지원을 해주었다.

지금 사람들이 모여 있는 황학루도 당문이 손수 나서서 대여해 준 곳이었다.

"저기 오는군요."

창가에 몸을 기대고 있던 제갈신영이 황학루로 다가오는 일단의 사람들을 보고 입을 열었다.

"늦었습니다."

"하하, 다들 먼저 와 계셨군요."

무하태와 막이랑이 이층으로 올라오며 안면이 있는 몇 사람에게 인사를 건넸다.

"오셨습니까, 연 사형?"

한편에 있던 유광 도인이 무하태와 막이랑의 모습에 가려 뒤늦게 서야 발견한 연운비를 보고 반갑게 맞이했다.

"사제도 있었군."

"찾아뵈었어야 하는 것인데 비무대회 때문에 죄송하게 되었습니다."

"이렇게 보는 것으로 충분하다."

연운비는 특유의 미소를 지으며 대답했다.

일순간 유광 도인은 가슴이 시원해지는 것을 느끼고도 조용히 눈을 감았다.

'소문으로 들었어도 믿지 않았거늘 사형은 이미 내 수준을 넘어섰구나.'

연운비의 무공에 대해 잘 알고 있는 유광 도인이었다.

깨달음이 한순간에 오는 것이라곤 하지만 그것도 일정 수준이 되어야 가능한 일이었다.

유광 도인이 아는 연운비의 무공 수준은 절정은커녕 일류도 간신히 벗어난 수준이었다. 하지만 지금 이 순간 연운비의 눈은 모든 것을 포용하는 대해(大海)와도 같았다.

유광 도인은 그런 눈을 가진 사람을 본 적이 있었다. 바로 천하삼검(天下三劍) 중 일인이자 사백인 청명검 운산 도인이었다.

"하하, 이거 그러고 보니 연 형의 소개를 잊었군요. 서로들 인사하시지요. 곤륜의 연 소협입니다."

"연운비라 합니다."

"악소방이오."

"제갈신영이에요."

"산서 태원방의 이후운입니다."

연운비는 장내에 있는 사람들과 인사를 나누었다.

이미 안면이 있는 사람들도 있었고 그렇지 않은 사람들도 있었다. 그들 중 유난히 기억에 남는 사람이 한 명 있었다. 바로 태원방의 이후운이었다.

"자자, 이렇게 만나게 된 것도 인연인데 모두 술 한잔씩 합시다."

악소방이 먼저 술잔을 들었다.

"칫, 오라버니는 이번에 금주령이 풀렸다고 너무 좋아하시는 거 아니에요?"

적화 악소유가 조금은 못마땅하다는 표정으로 입술을 삐죽였다.

"크, 크흠! 그게 무슨 소리냐? 난 다만……."

"하하, 됐소이다. 악 형이 애주가라는 사실을 이 자리에서 모르는 사람이 없을 터인데 무슨 상관이오."

"자, 장 형!"

장학조까지 악소유의 편을 들자 악소방이 난감하다는 모습으로 주위를 둘러보았다. 하지만 그 어디에도 편을 들어줄 만한 아군은 보이지 않았다.

"하하, 이거 악 형이 오늘 단단히 당하는구려."

"그러게 말이오."

"이거 악 형을 다시 봐야겠소. 비무대에서와는 영 다른 모습이니."

여기저기서 대소가 터져 나왔다. 그로 인해 조금은 어색한 감이 없지 않았던 분위기가 화기애애하게 흘러갔다.

'좋은 사람이구나.'

연운비는 조용히 미소를 머금은 채 악소방을 바라보았다.

다른 사람은 모르겠지만 연운비는 악소방이 일부러 이런 상황을 만들었다는 것을 느낄 수 있었다.

가벼운 잡담이 오가고 비무에 관련된 이야기가 나오면서부터 분위기는 진지하게 변했다.

이제 약관이 조금 넘은, 그야말로 강호 초출인 사람도 있었고 구룡처럼 칠팔 년 전부터 명성을 얻기 시작한 사람도 있었다. 하지만 그들 모두에게 있는 공통점은 무공에 대한 열정이었다.

연운비는 장학조나 설운영과 가끔 이야기를 나눌 뿐 주로 듣는 입장이었다. 무슨 이유에서인지 유사하는 이 자리에 나오지 않았고, 막이랑은 주변에 워낙 많은 사람이 몰려들어 이야기를 나누기가 쉽지 않았다.

그만큼 장내의 모든 이목은 이번 대회의 우승자인 광도 무하태와 막이랑에게 집중되어 있었다.

간혹 연운비에게 관심을 보이는 이도 있었지만 대부분 권왕 위지악에 대해 물어보는 것일 뿐 다른 것은 아니었다. 연운비가 권왕의 삼 권을 받아내었다고는 하지만 여타 원로 무인들과는 달리 이 자리에 있는 대부분이 그 말에 대해 실감하지 못하는 상황이었다.

만약 연운비가 막이랑과의 비무에서 이겼다는 사실이 알려졌더라면 상황은 달라졌겠지만 그들에게 연운비는 권왕의 삼 권을 받아낸 당사자보다는 구룡 중 일인인 비영검 유광 도인이나 광검 유이명의 사형이라는 사실이 더 흥미로울 뿐이었다.

"그나저나 이번 대회에는 무슨 일로 각파에서 이리도 많은 참가자를 보내온 것인지 모르겠소."

"참가자뿐이겠소. 참관인들을 비롯하여 각파의 장로 분들도 적지 않게 오셨소."

"저도 그 점에 대해 이상하게 생각하고 있었어요."

이야기는 다시 다른 방향으로 흘러가고 있었다. 그것은 이번 사천에서 열린 비무대회의 근본적인 이야기였다.

'아직 이들은 운남행에 대해 모르고 있구나.'

그제야 연운비는 이곳에 모인 대다수가 운남행에 대해 모르고 있다는 사실을 알아차렸다.

물론 알고 있는 사람도 있겠지만 적어도 연운비가 보기에는 모르고 있는 사람이 더 많은 것 같았다.

"자자, 어차피 비무대회는 끝난 것, 무슨 상관이겠소."

악소방이 골치 아픈 이야기는 집어치우라는 듯이 술잔을 치켜들었다.

"비무대회의 승자인 무 형을 위하여!"

"듭시다!"

모두가 술잔을 들었다. 술을 잘 하지 못하는 이후운도 분위기를 맞추기 위해 입에 술잔을 가져다 대었다.

그렇게 사천의 하루는 흐르고 있었다.

第 10 章

대륙에는 풍운이 불기 시작하니

비무대회가 끝난 지 열흘.

천하는 고요했다. 하지만 그 고요함에 속에 가려진 폭풍우를 짐작하는 사람은 그리 많지 않았다. 큰 폭풍우일수록 그렇게 더욱 조용하게 다가오곤 한다.

새벽녘, 한차례 장대비가 내렸다.

반 시진에 걸쳐 내린 장대비는 사천 전역을 휩쓸었다.

많은 사람들이 봄비가 내리기 시작했다며 겨울이 끝나감을 즐거워했다. 사천의 겨울이 다른 곳보다 춥지 않다고는 하나 그래도 겨울은 겨울이었다.

이제 얼마 있으면 초보리가 열리는데 그것이면 끼니를 해결하기에 부족함이 없으리라.

"이봐, 비가 내리는데?"

당문의 외곽 경계를 책임지고 있던 기두위가 동료인 당평산의 어깨를

툭 건드렸다.

"어라? 그러게? 벌써 비가 내릴 때가 되었나?"

"모르지. 그러고 보니 내릴 때가 된 것 같기도 하고."

"허허, 아내가 이 비를 보면 좋아하겠군."

기두위는 너털웃음을 흘리며 이슬비처럼 내리는 비를 바라보았다.

"아내가 왜?"

"작년에 모은 돈으로 조그만 텃밭을 하나 샀다네. 넓지는 않은데 그곳에 초보리를 심었지."

"그래? 잘되었군. 그렇지 않아도 자네 식구도 한 명 늘지 않았는가."

"식구가 아니라 웬수지. 어디서 소박을 맞고 뻔뻔하게 낯짝을 내밀고 들어와? 내가 어머님만 아니었으면 그것을 그냥!"

"참게. 소박을 맞고 싶어서 맞았겠나. 사실 자네 동생이 무슨 죄가 있나?"

당평산이 흥분한 기두위를 달래며 다음 초소로 계속 걸음을 옮겼다.

"누구냐?"

그렇게 초소로 걸음을 옮기던 당평산은 누군가의 인기척을 발견하고는 급히 무기를 빼 들었다.

"허허, 이거 미안하게 되었구먼."

"악 대협이셨군요."

당평산은 인기척의 주인을 확인한 후 한숨을 내쉬며 무기를 거두었다.

인기척의 주인은 다름 아닌 악가의 장로이자 제일고수라 알려진 악단명이었다.

"내가 다른 생각을 좀 하다 그만 길을 잃었지 뭔가."

"어디를 가시던 중이셨습니까?"

"의사청에 가는 길이었네."

"아, 회의에 참가하러 가시는 중이셨군요? 제가 안내해 드리겠습니다."

"그래 주면 고맙겠네."

악단명이 고개를 끄덕이며 대답했다.

비록 당문에 일정 기간 머물렀다고는 하나 동도 트지 않은 이런 어둠 속에서 길을 찾는 것은 쉽지 않은 일이었다. 더구나 전각 자체가 미로처럼 복잡하게 지어져 여간해서는 구분이 가지도 않았다.

"이리로 오시지요."

당평산은 걸음을 옮겨 의사청으로 향했다.

열흘이라는 시간이 흐르며 비무대회로 인해 모여들었던 사람들이 하나둘씩 떠나기 시작하고, 그로 인해 당문 내부는 조금은 한산해진 모습이었다.

그러나 그것은 어디까지나 외관상의 모습일 뿐, 실상은 달랐다. 지금 당문은 그 어느 때보다 바쁘게 돌아가고 있었다.

전각들은 각파에서 몰려든 무인들로 인해 인산인해(人山人海)를 이루고 있었고, 당문에서는 그 사실을 감추기 위해 평소보다 엄중한 경비를 취하고 있었다. 그렇지 않았다면 암혼대 조장으로 있는 기두위나 당평산이 이렇게 순찰을 나서지도 않았을 터였다.

"여기입니다."

"고맙네."

"아닙니다. 그럼 들어가시지요."

악단명을 의사청까지 안내한 당평산이 고개를 숙이고 순찰을 맡은 지역으로 되돌아갔다.

"늦었소이다."

"아니오. 어서 오시구려. 그렇지 않아도 왜 오시지 않나 하고 기다리고 있었소."

악단명이 들어서자 친분이 깊은 진철도 팽악이 자리에서 일어나 옆으로 안내했다.

"그럼 모두 모인 것 같으니 회의를 시작하겠습니다. 우선 어제 끝마치지 못한 안건부터 정리하도록 하겠습니다."

회의의 주재를 맡은 흑표 당철운이 주위를 둘러보며 말을 시작했다.

원래대로라면 어제 끝났어야 할 사안이었지만 그것이 마무리되지 않아 이렇게 이른 새벽부터 회의를 시작해야 했다.

회의는 빠르게 진행되었다.

출정일이 얼마 남지 않았다. 대체적인 계획은 잡혀 있었지만 아직 세부적인 사항은 논의해야 할 것들이 많았다.

원래대로라면 진작에 끝났어야 할 사항들이었지만 그렇지 못한 것이 문제였다.

소림의 부재.

그것이 가져온 파급이었다.

빙궁과 대막혈랑대의 움직임이 심상치 않아 섬서, 산서, 하남에 있는 문파들은 출정을 하지 못했다. 그나마 섬서는 화산이 북으로 지키고 있어 종남만이 출정할 수 있었다.

무당이 그 역할을 대신하고 있다고는 하나 부족한 면이 없잖아 있었다. 더욱이 삼십 년 전에 있었던 암천회(暗天會)의 난에서 무당은 너무 많은 피해를 입었다.

"그럼 이것으로 보급품 지원에 대한 안건을 마치겠습니다."

흑표 당철운은 이마에 흐르는 땀을 닦으며 회의를 진행했다. 이 자리에 모인 사람들 중 당철운보다 배분이 낮은 사람은 몇 되지 않았다.

그것이 무엇보다 당철운이 회의를 이끌어가는 데 있어 힘들게 만들었다.

"하면 지금부터 제가 병력 분포에 대해 말씀드리겠습니다."

당철운의 옆에 서 있던 중년 문사가 자리에서 일어났다.

신기제갈(神技諸葛).

중년 문사의 신분은 바로 제갈세가의 차기 가주로 지목되고 있는 제갈헌이었다. 지다성(知多星)으로 불리며 이번 운남행의 총군사를 맡은 인물이었다.

사혈련의 마뇌(魔腦) 우목후와 함께 지략에 있어서 타의 추종을 불허한다고 알려져 있었다.

병력은 크게 삼 로로 개편되었다.

곤명(昆明)과 대리(大理), 원양(元陽) 모두를 함락시키기 위한 방편이었다.

좌군에는 당문의 전위대와 아미, 팽가, 황보세가의 무인들을 제외한 정도의 문파들이, 우군에는 십팔도궁을 주축으로 한 흑도의 문파가 포진되었다.

중군에는 좌군과 우군에 속하지 않은 정도 문파들과 천독문을 비롯한 그 외 흑도 문파들이 포진되었다.

"아미타불, 회의를 더 진행해야 할 논제가 남아 있나요?"

"없습니다. 오늘은 이 정도까지 하면 되겠군요."

당철운이 고개를 저으며 대답했다.

"그럼 오늘은 이만 하고 내일 세부적인 계획을 논의하도록 합시다."

"그러도록 하지요."

"모두 수고하셨습니다."

시일이 다가온 탓일까? 각파의 수뇌들은 무거운 표정을 감추지 못하고 자리에서 일어섰다.

이제 출정일까지는 불과 칠 일.

대륙에는 그렇게 풍운이 불어오고 있었다.

*　　　　*　　　　*

"들어가도 되겠습니까?"

"가주인가? 어서 들어오시게."

"부르셨다 들었습니다."

당운학이 조심스럽게 방문을 열고 들어섰다. 방 안에는 노가주인 당문표가 창문에 걸터앉아 연초를 피우고 있었다.

연초를 가끔 피운다는 것은 알고 있었지만 처소에서는 가능한 한 삼가한다는 것을 알고 있는 당운학이었기에 그 모습을 보고 적잖게 놀랐다.

"앉게나."

"예."

"그래, 회의는 잘 진행되고 있는가?"

"어렵습니다. 소림의 부재가 이렇듯 클 것이라고는 생각하지 못했습니다."

"허허, 괜히 태산북두라는 말을 듣는 것이 아니겠지. 그만한 깊이와 능력이 있지 않고서야 그 명성을 어찌 이어가겠는가?"

당운학이 너털웃음을 흘리며 자리에 앉았다. 그제야 당운학도 조심스럽게 한편에 자리를 잡고 앉았다

"얼마 전 병력 구성이 끝났다고 들었네."

"그렇습니다."

"진입로의 결정도 끝났는가?"

"아직입니다. 아마도 내일 있을 회의에서 결정이 나지 않을까 싶습니다."

"내일이라……."

당문표가 눈을 감고 생각에 잠겼다.

'무슨 일이라도 있으신 것인가?'

지금껏 한 번도 운남행에 대해 거론한 적이 없던 당문표였기에 당운학은 이상한 생각도 들었지만 숙부이자 전대 가주인 당문표의 생각을 방해하지 않게 조용히 입을 다물었다.

당문표의 입이 열린 것은 그로부터 일각 정도가 지난 시점이었다.

"곤명(昆明)으로 가는 길이 있을 것이네."

"그렇습니다."

"통과하지 않을 수 없는 곳이지."

"전위대를 염두에 두고 있습니다."

"그래야겠지."

곤명은 운남의 수도였다. 비록 묘독문의 근거지가 있는 애뇌산(哀牢山)과의 거리는 상당하였지만 중심이 되는 축을 무너뜨리지 않고 지나간다는 것은 있을 수 없는 일이었다.

"나와 권왕 그 친구도 그리로 향할 것이네."

"숙부님?"

당운학이 놀란 눈빛으로 당문표를 바라보았다.

운남행이 비록 중차대한 일이라고는 하지만 당문표가 나설 정도의 일은 아니었다.

당문이 십의 힘을 지니고 있다면 그중 적어도 삼의 힘은 바로 당문표에게서 나왔다. 당가에서 당문표는 그런 위치였다. 오대세가의 말석을 차지하고 있던 당문이 수위의 자리다툼을 하고 있는 것도 당문표가 존재했기에 가능한 일이었다. 그런 상황에서 당문표가 움직인다는 사실은 당가 전체가 움직인다는 것을 뜻했다.

"전력에 포함시킬 필요는 없네."

"하면……?"

반대하기 위해 말을 하려던 당운학의 표정이 변하였다. 전력에 포함시키지 않는다는 것은 단순히 운남행에 참여하겠다는 의미가 아니었다. 당운학은 그 의미를 생각하기 위해 생각에 잠겼다.

"제가 이유를 들어도 되겠습니까?"

"가주도 알아두어야 할 일이긴 하지."

당문표는 굳은 낯빛으로 입을 열었다.

입술은 움직였지만 목소리는 흘러나오지 않았다. 전음이었다. 누가 엿들을 리도 없는 곳이건만 그만큼 신중을 기하고 있다는 뜻이기도 했다.

"그런……."

"이제 알겠는가?"

"차라리 이 사실을 모두에게 알리고 병력을 더 지원받는 것이 어떻겠습니까?"

"허허, 확신할 수도 없는 일이네. 그리고 인원수로 해결될 문제가 아니라는 것은 가주도 잘 알고 있지 않나?"

"하지만……."

"허허, 가주는 무엇을 그리 걱정하는가? 설마 내가 잘못될 것이라고 생각하는 것인가?"

당문표가 허허로운 미소를 흘리며 당운학을 바라보았다. 당운학은 감히 그 시선을 마주하지 못하고 고개를 숙였다.

"휴, 알겠습니다."

"고맙구먼."

당문표가 희미한 미소를 머금으며 말을 이었다.

"몇 가지 해주어야 할 일도 있네."

"말씀하시지요."

"몇 명을 곤명으로 가는 행로에 넣어주어야겠네."

당문표는 몇 사람의 이름을 언급했다. 그중에서는 당운학이 익히 알고 있는 사람들도 있었고, 그렇지 않은 사람들도 있었다. 그렇게 밤은 흘러가고 있었다.

*　　　　*　　　　*

당문에 머무르고 있는 각파의 제자들에게 운남행의 소식이 전해진 것은 불과 출정일을 삼 일 앞둔 시점이었다.

그들 중 대부분은 어째서 이곳에 머무르는지도 모른 채 사문의 명에 의해서 지루한 시간을 보내고 있었을 뿐. 그만큼 이번 운남행은 철저히 비밀에 붙여졌다.

한바탕 커다란 소란이 당문 전체를 휩쓸었다.

지난 십 년간 지속된 평화에 명성을 날리지 못하고 있던 신진 고수들은 들뜬 마음을 가라앉히기에 여념이 없었고, 어느 정도 연륜이 있는 무인들은 앞으로 몰아칠 혈풍에 한잔의 술로 걱정스러운 마음을 달래야 했다.

"사형, 출정 날짜가 잡혔다고 합니다."

"그렇구나."

이미 어느 정도는 짐작하고 있던 연운비가 담담한 표정으로 대답했다.

"언제이더냐?"

“삼 일 뒤입니다. 출발 시간은 묘시(卯時)입니다.”

“묘시라…….”

연운비는 천으로 닦고 있던 검을 검집으로 밀어넣고 자리에서 일어났다.

“사형은 중군으로 편성됐습니다.”

“네가 속한 곳은 어디더냐?”

“역시 중군입니다.”

“잘되었구나. 그렇지 않아도 너와 함께 가겠다고 운영 사숙께 말씀은 드려놓았는데 운영 사숙께서 힘을 써주신 모양이구나.”

“예.”

사실과는 조금 차이가 있었지만 유이명은 굳이 그런 사실을 밝히지 않았다.

어찌 된 영문인지는 몰라도 유이명을 중군으로 편성시킨 것은 운영 도인이 아닌 가주 당운학이었다. 그 일을 알아보려 했던 유이명이었지만 당 가주는 입을 열지 않았다.

“피해가 적어야 할 터인데…….”

“팔황 중 한 곳이라고는 하지만 백 년 전의 피해가 너무 커 아직 그 세를 완벽히 회복하지 못한 곳입니다. 실수만 하지 않는다면 피해를 최소화할 수 있을 것입니다.”

“그래, 네 말대로 되었으면 좋겠다.”

“노가주님께서도 이번 운남행에 참가하겠다는 의사를 밝히셨습니다.”

“노가주님이?”

“그렇습니다. 저와 사형과 같은 중군에 머무르실 것입니다.”

“그렇구나.”

연운비가 고개를 끄덕이며 대답했다.

조금 뜻밖의 일이긴 했지만 중군에 속해 있는 연운비의 입장에서 보면 잘된 일이라 할 수 있었다.

"사형, 저는 대원들과 약속이 있어 이만 가보아야 할 것 같습니다."

"알았다."

"쉬십시오."

유이명이 먼저 자리에서 일어났다.

*   *   *

떠나야 하는데 이상하게도 발걸음이 떨어지지가 않았다.

그것이 천수신검 막이랑이 동문 사형제들과 함께 화산으로 향하지 못한 이유였다.

"정말 이곳에 남을 생각이더냐?"

"에, 사숙님."

"허허, 매화검수의 자격을 상실한 이상 그럴 자격이 없는데도 말이냐?"

"부탁드리겠습니다."

막이랑은 청양 진인에게 깊숙이 고개를 숙였다.

"알겠다. 어차피 장문인의 결정이 내려지지도 않았으니 아직 매화검수가 아니라 할 수도 없겠지."

잠시 고민하던 청양 진인이 고개를 끄덕였다.

아무리 강호가 어수선하다지만 구룡 중 가장 강하다는 평을 받고 있는 막이랑이다. 그 한 몸 정도는 충분히 지킬 수 있는 능력을 지니고 있었다.

"감사합니다."

"얼마 정도 머무를 생각이더냐?"

"저, 그것이……."

"설마……."

막이랑이 대답을 하지 못하고 머뭇거리자 무엇인가 이상한 낌새를 느낀 청양 진인이 눈썹을 찌푸리며 물었다.

"그곳에 갈 생각으로 남겠다고 한 것이었더냐?"

"죄송합니다."

"아니 된다."

청양 진인이 종전과는 전혀 다른 모습을 보이며 단호히 고개를 저었다.

다른 일이라면 몰라도 운남행에 참가하는 것은 절대 허락할 수 없는 일이었다.

"이렇게 부탁드리겠습니다."

막이랑이 무릎을 꿇었다.

'허허, 이거 사형께 큰 꾸지람을 듣겠구나.'

그 모습을 본 청양 진인이 마음속으로 한숨을 내쉬었다. 쉽사리 고집을 꺾을 분위기가 아니었다. 그렇다고 무작정 끌고 가자니 그것 또한 여의치 않았다.

이렇게 되자 운남행에 대한 말을 꺼낸 것이 후회가 되었다. 상관없는 일이라 생각했기에 그리했던 것인데 그것이 화가 되었다.

"너도 알다시피 종남이 이번 운남행에 참가한 데에는 본 파가 있기 때문이다."

"알고 있습니다."

"매화검수가 본 문에 얼마나 큰 전력인지는 아느냐?"

"그것 역시 알고 있습니다."

"한데도 남겠다는 것이냐?"

"조금 더 보고 싶습니다. 그리고 느껴보고 싶습니다."

"허어."

청양 진인 역시 알고 있다.

한 번의 비무, 그것이 가져온 파장을.

매화만개(梅花滿開).

천하삼검으로 추앙받는 화산검성 청운 진인조차 이립을 넘어서야 깨우친 초식이었다.

아직 완벽한 것은 아니다. 아니, 오히려 그래서 더 남고 싶은지도 몰랐다.

"후우!"

청양 진인이 긴 한숨을 내쉬었다.

'그러고 보니 사형도 저랬던 적이 있었지.'

청양 진인은 문득 사형인 청운 진인이 떠올랐다.

암천회가 발호했을 때 청운 진인은 한 자루의 검을 들고 화산을 내려갔다.

차기 장문인으로 지목되고 있는 청운 진인이었기에 수많은 화산의 장로들이 하산을 반대했음에도 불구하고 그 누구도 청운 진인의 고집을 꺾을 수 없었다.

그것이 청운 진인이 화산 장문인이 되지 못하고 화산제일검이 된 이유였다.

"위험한 길이 될 것이다."

"사숙님……."

"자소단이다. 도움이 될 것이다."

청양 진인은 품에서 조그만한 목합을 꺼냈다. 목합 안에는 화산의 기단인 자소단이 들어 있었다.

"어찌 제가······."

"허허, 받아두거라."

막이랑은 더 이상 거절하지 못하고 자소단을 받아 들었다.

비록 소림의 대환단이나 신주의가의 천심단과 비교하면 그 약효가 떨어진다고는 하지만 실로 무가지보라 할 수 있는 것이 바로 자소단이었다.

"혹여 그와 행로라 갈린다고 해서 안타까워하지 말거라."

"알고 있습니다."

막이랑이 묵묵히 고개를 끄덕였다.

운남으로 들어서는 길이 한 갈래가 아니니만큼 병력을 여러 갈래로 나뉘어서 진입할 것이다. 결국에는 한곳에서 만나게 되겠지만 길이 갈릴 수도 있었다.

"내가 이곳에 남아 있다면 힘을 써주겠지만 그렇지 못하는 것이 아쉽구나. 종남과 함께하거라. 사형에게는 내가 잘 말씀드려 주겠다. 연화봉에서 기다리마."

"반드시 돌아가겠습니다."

막이랑은 등을 돌린 채 걸어가는 청양 진인을 향해 나지막한, 그러면서도 힘있는 목소리로 대답했다.

*   *   *

"오셨습니까?"

연운비는 소연무장으로 들어서고 있는 막이랑을 보고 인사를 건넸다.

"연 형, 먼저 와 계셨군요."

"아닙니다. 저도 이제 막 도착했습니다."

"그렇진 않은 것 같군요."

막이랑이 주변을 둘러보며 쓴웃음을 흘렸다.

은은하지만 주위에는 먼지가 넓게 퍼져 있었다. 고작 검 몇 번 휘둘렀다고 해서 생길 먼지가 아니었다. 수십, 아니, 수백 번은 휘둘렀을 것이리라.

"바로 시작하시겠습니까?"

"아닙니다. 저도 몸은 풀어야지요."

"그러시지요."

연운비가 한편으로 비켜서자 막이랑이 검을 들었다.

슈웅!

한 번의 휘두름이지만 검격의 끝이 살아 있었다. 마치 매화가 스스로의 의지로 움직이는 듯싶었다.

연운비는 막이랑의 검에서 시선을 떼지 못했다.

상대의 연무를 보는 것은 강호에서 금기시되는 일이었지만 지금처럼 초식을 사용하지 않고 검을 휘두르는 정도는 상관이 없었다. 막이랑도 그것을 알기에 아무런 말도 하지 않은 것이다.

그렇게 일각 정도 검을 휘두르고 나서야 막이랑은 움직임을 멈추었다. 격한 움직임은 아니었지만 막이랑의 이마에는 송골송골 땀이 맺혀 있었다.

너무 과하게도 그렇다고 부족하지도 않게 최선의 몸 상태를 만든 것이다.

"시작하시겠습니까?"

"잘 부탁드리겠습니다."

연운비는 무엇 때문에 막이랑이 떠나지 아니했는지 그 이유를 어렴풋이나마 짐작할 수 있었다.

무인이란 그런 것이다. 그런 상대에게 최선을 다하지 않는다는 것은 있을 수 없는 일이었다.

캉!

가벼운 한 번의 부딪침.

탐색전이었다.

이미 한차례 비무를 가졌던 두 사람이지만 그때와 지금은 또 달랐다.

막이랑은 신중에 신중을 기했다.

이미 전에 있었던 한 번의 비무에서 어느 정도 격차가 있다는 것은 알고 있었다. 그 격차를 조금이라도 좁히고자 하는 것이 이번 비무의 목적이었다.

쏴아아아악!

막이랑은 주저없이 선공을 택했다. 강한 상대에게 기회를 잡을 수 있는 것이 바로 선공이었다. 그런 이유 때문에 강호에서는 상당한 격차가 나지 않는다면 선수를 양보하지 않는다.

부드럽게 뻗어나간 매화의 기운이 태산의 웅장함을 감싸 안았다. 연운비는 당황하지 않고 한 발 물러섰다. 물러섰다고 해서 열세라는 것은 아니었다.

상대의 검세에서 진퇴가 자유롭다는 것은 이미 검세의 영향에서 벗어나 있다는 뜻. 특별한 초식을 사용하지 않았음에도 막이랑은 이내 수세에 몰렸다.

'이 정도였나?

막이랑의 얼굴빛이 가볍게 변했다.

두 사람 모두 특별한 초식을 사용하지 않고 부딪쳤다. 한데 공격은 너무나 쉽게 무위로 돌아갔고, 단 두 번의 부딪침을 이기지 못하고 수세에 몰렸다.

막이랑은 마음을 다스렸다. 이기자고 하는 비무가 아니라 배우고자 하는 비무였다.

우우우웅!

자하신공(紫霞神功)의 기운이 검을 타고 뻗어 나왔다.

지금부터가 시작이었다.

연이어 몰아친 검격에 연운비는 피하는 것보다는 흘려보내는 쪽을 선택했다.

쾌검을 상대함에 있어 물러나는 것은 상대에게 거리를 원하는 만큼 허용한다는 것을 의미한다.

쇄아아악!

순간 검세에 변화가 일었다. 쾌검이 통하지 않자 환검으로 전환한 것이다. 변화는 있었지만 틈은 없었다. 너무나 자연스럽게 환검으로 넘어간 검세를 보며 연운비는 감탄을 금치 못했다.

"파하!"

넋을 잃고 바라볼 수만은 없었다. 연운비는 태청신공을 운기하면서 상청무상검도를 펼쳤다.

천지(天址)의 조화(造化)가 검에 담겼다.

부족한 면도 있지만 그것만으로도 상대를 압박하기에는 부족함이 없었다.

콰쾅!

한차례 충돌과 함께 막이랑의 신형이 주르륵 밀려 나갔다.

막이랑은 물러섬과 동시에 신형을 뒤틀었다.

신행백변(神行百變).

쾌검을 사용하는 무인은 일반적으로 보법에 취약하다. 상대와 거리를 좁히는 그 한 걸음의 보법이라면 몰라도 보법에 의존할 리가 없으니 그럴 수밖에 없다.

그런 면에 있어서 막이랑의 보법은 상당히 뛰어난 편이었다. 구궁보(九宮步)와 함께 화산 보법의 양대산맥이라 불리는 신행백변을 자유자재로 펼쳤다.

후방을 점한 막이랑의 검격이 폭풍처럼 몰아쳤다.

삼재의 틀을 축으로 하여 막이랑은 쾌검과 환검을 적절히 섞으며 연운비를 압박했다.

카캉!

다시 한차례 충돌이 일었다.

이번에 물러선 것은 연운비였다. 상대의 검에 내공이 실릴 틈을 주지 않고 몰아친 효과였다. 내공에 있어서 연운비가 동배의 수준에서 벗어나 있다면 임기응변이나 상황에 따른 판단은 막이랑이 앞섰다.

화산의 검은 그렇게 상대를 압도하는 것이 아니라 서서히 무너뜨리는 것이다.

'이것이었나?'

막이랑은 이제야 아주 조금이나마 매화검법을 이해했다는 것을 몸으로 느낄 수 있었다.

기세가 올라가자 마음이 편해졌다.

막이랑은 서두르지 않고 지금 상태를 유지하며 연운비를 공격했다.

아쉬운 것은 연운비의 움직임이 적다는 데에 있었다. 조금이라도 당황했다면 자세가 흐트러져 파고들 수 있었겠지만 공세를 잡고 있는 것으로 만족해야 했다.

'화산의 정기란 이런 것인가?'

달라진 검세. 연운비는 감탄을 금치 못했다.

불현듯 화산에 가보고 싶다는 생각이 들었다. 구 파 중 소림이나 무당과 함께 그 성세를 구사한다는 화산. 그곳에는 어떤 무인들이 있을지 기대가 되었다.

그리고 지금 그 경지를 막이랑을 통해 조금이나마 볼 수 있다는 것이 즐거웠다.

캉! 카카캉!

그렇게 부딪치기를 십여 차례.

우세는 점하고 있었지만 그것이 승기로 이어지지는 않았다.

"후욱후욱!"

거친 호흡. 언제부터인가 막이랑에게서는 지친 기색이 역력히 느껴졌다.

일검, 일검에 전력을 쏟아 부은 결과였다.

연운비는 이제 끝을 내야 할 때가 다가왔다는 것을 본능적으로 느낄 수 있었다.

쩌엉!

검이 공명음을 토했다. 침묵하고 있던 대해가 범람했다. 연운비의 반격이 시작된 것이다.

공세에서 수세로 돌아선 막이랑은 최선을 다해 검을 부딪쳐 갔다. 부딪침이 일 때마다 물러서는 막이랑이었지만 그의 정신은 물러서지 않고 있었다.

연운비는 막이랑의 검세가 마치 견고한 둑과 같다는 생각이 들었다.

지금은 아니겠지만 저 둑의 높이가 올라간다면 그때는 또 다른 승부를 펼칠 수 있으리라.

콰콰쾅!

"졌습니다."

한 번의 부딪침이 이는 순간 막이랑의 신형이 뒤로 물러났다. 더 이상 버틸 수 없다는 것을 깨달은 것이리라.

조금 더 검을 섞어보고 싶지 않은 것은 아니었지만 무리라는 것을 알기에 멈출 수밖에 없었다. 지나침은 미치지 못한 것과 같았다.

"도움이 되었는지 모르겠습니다."

"물론입니다. 기회가 되면 다시 부탁드려도 되겠는지요."

연운비는 담담한 웃음으로 대답을 대신했다.

이런 비무는 막이랑에게도 도움이 되겠지만 연운비에게도 도움이 되었다.

마치 실전을 치르는 듯한 비무. 운남행에 앞서 경험을 쌓는다는 것은 무엇보다 중요한 일이었다.

터벅터벅.

막이랑과 비무를 마친 연운비는 오랜만에 홀로 걸었다.

걷는다는 것은 기분을 상쾌하게 만드는 일이다. 그래서 연운비는 걷는 것을 좋아했다. 기련산에 머무를 때에도 곤륜산에서도 그것은 마찬가지였다. 약초를 캐는 것도 어쩌면 약초를 캐는 본연의 목적보다는 그저 걷는다는 것이 좋아서 그랬을 수도 있었다.

정문을 나서자 두 명의 위사가 행선지를 물었다. 연운비는 간단히 답변을 해주고 당문을 벗어났다.

당문은 성도에서 조금 떨어진 당가타라는 지역에 위치해 있다.

무림세가 중에서 실제로 성도나 현 안에 자리를 잡고 있는 경우는 극히 드물었다.

기껏해야 관부와 어느 정도 안면이 있는 하북팽가나 북경에 자리잡고 있을 뿐이었다.

물론 당가타가 성도와 많이 떨어져 있는 것은 아니었다. 빠른 걸음이라면 두 시진 이내에 성도에 도착할 수 있을 정도로 지척에 위치해 있었다.

반 시진 정도 걷자 야산이 하나 나왔다.

그다지 크지 않은 야산이었지만 수풀이 울창한 것이 제법 험준해 보였다.

아마도 저 뒤 어딘가에는 청성산(靑城山)이 자리잡고 있을 것이리라.

연운비는 눈을 감고 청성의 기운을 음미해 보았다.

비록 웅장함은 곤륜보다 떨어진다 하나 그 맑고 청명한 기운만큼은 오악 중 제일이라는 항산과 비교해서도 처지지 않았다.

"후으읍!"

깊게 심호흡을 하자 산의 정기가 그대로 느껴졌다.

파파팍!

연운비는 빠르게 산을 타고 올라갔다. 풍경이 스쳐 지나가고 가슴속이 트이는 느낌이었다. 산을 내려와서 이런 느낌은 실로 오랜만이었다.

사람의 손길의 닿지 않은 곳인지 야생 동물들은 연운비를 보았음에도 크게 긴장하는 모습을 보이지 않았다. 아마도 그것은 연운비의 몸에서 흘러나오는 기운도 한몫을 했으리라.

상청무상검도(上淸無上劍道).

태청의 기운이 상청에 달해 하나의 뜻을 이루었다.

자연의 경지에 미치지는 못했지만 의지로 펼쳐 내는 것에는 더 이상 무리가 없었다.

차이는 있지만 그것이 부족함은 아니었다.

"하아!"

정상에 올라선 연운비는 산 아래를 내려다보았다.

아래서 보는 것과는 또 다른 산의 웅장함이 느껴졌다. 그 웅장함을 채우는 것이 바로 산의 정기였다.

연운비는 문득 십팔 년 전의 일이 떠올랐다.

스승인 운산 도인을 처음 만난 날이었다.

제자를 두지 않겠다며 문하에 들겠다고 찾아온 명가의 자제들을 모두 거절한 운산 도인이 연운비를 제자로 거둔 것은 하늘이 정해준 인연이라 할 수 있었다.

굶주림에 지쳐 바닥에 쓰러진 연운비를 발견한 것도, 연운비의 얼굴이 오래전 실수로 잃었던 친우의 얼굴을 빼다박은 것도 모두 인연이다.

그 이후 다시 두 명의 제자를 들인 운산 도인이었지만 그것은 운산 도인의 뜻이라기보다 연운비의 고집이 상당수 작용했다.

그렇게 해서 얻게 된 막내 사제.

이제는 훌륭히 자라 누구보다 당당하게 제 몫을 해나가고 있는 녀석이지만 아직 연운비의 마음속에는 한없이 약하고 어린 사제였다.

"어헝헝!"

연운비는 사자후를 터뜨렸다.

산천초목(山川草木)이 흔들리고 그 울림소리에 야생동물들이 일제히 날뛰었다.

사자후는 연운비의 의지였다.

무슨 일이 있더라도 막내 사제를 지켜주겠다는.

"나는 강호인이다!"

검을 택한 순간 그것은 이미 결정된 일이었다.

운산 도인 역시 연운비의 마음을 알았기에 어울리지 않는다는 것을 알면서도 말리지 않았다.

인생은 스스로가 결정하는 것이지 타인에 의해서 흔들려서는 아니 되는 것이었다.

―무엇을 세우고자 함이냐?

운산 도인의 말이 귓가에 들려왔다.

"의지를 세우고자 함입니다."

연운비가 답했다.

—의지란 무엇이더냐?

"가고자 하는 길입니다."

—유함이 강한 것은 그 안에 흔들리지 않는 믿음이 있기 때문이니. 스스로를 믿어라. 모든 것은 순리(順理)로 시작되어 순리(順理)로 마무리될지어니…….

환청은 그렇게 서서히 희미해지고 있었다.

"스승님……."

어느 순간 연운비는 감았던 눈을 떴다.

화악!

연운비는 검무를 추었다.

부드러우면서도 한없이 곧은 그런 검무였다.

검무의 중심에는 연운비가 있었다. 검무의 시작은 손끝이었으나 이어짐은 그 자체였다. 연운비의 검은 그렇게 또 다른 경지를 향해 나아가고 있었다.

第11章

낭인왕의 전설은 시작되고

사천 성도(成都)의 규모는 인근 몇 개 현을 합친 것보다 크다.

굳이 비교하자면 북경(北京)의 삼분지 일에 해당하는 수준이고, 정주(鄭州)나 낙양(洛陽), 수륙 교통의 중심지인 무한(武漢)에 비해서도 차이가 없다.

촉한이 들어설 당시만 하여도 성도의 규모는 지금보다 더욱 거대했다. 그러던 성도의 규모가 지금처럼 줄어든 것은 다름 아닌 천자(天子)의 명에 의해서였다.

천혜(天惠)의 요새.

십만 금군을 단 일만 보병으로 막을 수 있는 곳. 그곳이 바로 사천이었다.

거센 토벌 속에서 강남 문벌 귀족들이 천자에게 대항할 수 있었던 것이 물길 때문이라면 사천은 그 지형 자체가 외세의 침략을 허락하지 않았다.

그렇다고 병력을 이동해 주둔시키자니 옥문관(玉門關)이 위협을 받을 수 있었고 자체에서 병력을 늘리자니 그 역시 반란이 일어나면 적병이 될 자들이었다.

결국 천자는 사천 전역에 걸쳐 있는 현(縣)를 비롯해 성도까지 그 규모를 축소시켜 버렸다. 인구를 분산시켜 힘의 밀집도를 떨어뜨린 것이다.

"좋구나, 사천은. 이보다 살기 좋은 곳이 얼마나 될까. 천자께서 머무르신다는 북경도 이보다는 못할 것이다."

"그렇게 보이십니까?"

"먹을 것은 풍족하고 인심은 넘쳐 난다. 이보다 살기 좋은 곳이 얼마나 되겠느냐."

"문제는 아무나 성도에 살지 못한다는 것이지요. 오대에 걸친 조상 중 반역에 조금이라도 관여한 자나 나라에 죄를 지은 자는 이곳에 터를 잡을 수 없습니다."

유이명이 조금은 씁쓸한 표정으로 말했다.

"아쉬운 일이다. 내가 지나온 곳도 그러하였다. 사람이 살 만한 곳에는 정작 머무르는 사람이 많지 않고, 그에 비해 작은 촌락과 화전민들은 너무나 많더구나."

"어쩔 수 없는 일입니다. 신경을 거두기에는 이곳에서 민란이 너무나 많이 일어났지요."

"살기에는 척박한 곳이지만 그런 면에서 청해도 나쁘지는 않구나."

연운비는 눈을 감고 곤륜산이 있는 청해를 떠올렸다.

인근에 위치한 사천과는 다르게 청해는 사시사철 좋지 않은 날씨와 강풍을 동반한 폭풍우가 몰아쳤다. 동부로 가면 그나마 사정이 나아졌지만 넓은 초원이 펼쳐져 있는 반면 자원은 너무나도 부족했다. 그렇다고 폭우라고 해서 강수량이 많은 것도 아니어서 곡식을 재배하기도 힘들었다.

이래저래 유목민이 아니라면 살기 어려운 곳이 바로 청해였다.

그래도 드넓은 초원을 보고 자라서일까?

그곳에 사는 사람들은 천성이 순박하기 이를 데 없었다. 마유주(馬乳酒) 한 병을 마셔도 나눠 마시는 풍습을 가지고 있는 사람들이 바로 유목민들이었다.

"한데 갑자기 성내 구경은 웬 말이냐? 출행이 얼마 남지 않아 그렇지 않아도 바쁠 터인데……."

"양해를 구했습니다. 그래도 성도에 오셨는데 구경은 시켜 드려야 하지 않겠습니까?"

유이명이 괜찮다는 표정으로 말을 이었다.

"우선 현운사(玄雲寺)부터 구경하시는 것이 어떻겠습니까?"

"현운사?"

"성도에서 조금 벗어난 곳에 있는 사찰입니다. 연못이 있는데 그곳에 핀 연꽃이 보기가 좋아 많은 사람들이 찾는 곳이지요. 지금은 겨울이라 연꽃은 없겠지만 경치 또한 수려합니다."

"그곳이라면 들어보았다. 얼마 전 유 소저가 다녀왔다고 하더구나."

"유 소저라면……."

"아, 너도 들어보았을 것이다. 스승님과도 친분이 깊으신 보타 신니의 제자이지."

"천상신녀를 말씀하시는 것이었군요? 그리고 보니 사형께서 누구와 함께 오셨다고 들었는데 그 소저가 유 소저였군요."

유이명 역시 유사하에 대한 소문은 이전에도 들어본 적이 있었다. 오봉에 속하지는 못하였으나 오히려 어떤 면에 있어서는 그녀들보다 뛰어낸 일세의 재녀였다. 더구나 유사하는 비무대회에서 구룡 중 가장 강하다는 광도 무하태와 수백 초를 겨루며 그 무위를 입증했다.

"그렇다."

연운비가 고개를 끄덕이며 대답했다.

"사형이 유 소저와 친분이 깊은 줄 알았으면 함께 나올 걸 그랬습니다."

"하하, 아니다. 그저 우연치 않게 알게 되어 동행하게 된 사이일 뿐이다."

"그래도 사람이 많은 것이 낫지 않겠습니까?"

"되었다. 그보다 근처 어디에서 요기나 하도록 하자."

연운비가 되었다는 표정으로 고개를 저었다.

친분이 있는 것은 사실이었지만 아직 그것이 어디를 동행할 정도로 친한 것은 아니었다.

"요기라……. 알겠습니다. 마침 이 근처에 중화루라고 괜찮은 음식점이 있습니다. 그곳으로 가시지요. 저희 같은 타지 사람이 먹기에는 너무 맵지도 않고 괜찮습니다."

"중화루라 하였느냐?"

"예, 들어보셨습니까?"

"하하, 들어보다 뿐이겠느냐? 가보기도 하였다. 음식이 정갈한 것이 괜찮더구나."

"벌써 가보셨습니까?"

"그렇다. 권왕 어르신께서 당문에 들어서기 전 그곳부터 가시더구나. 그나저나 가격이 만만치 않던데 네가 무리를 하는 건 아닌지 모르겠구나."

연운비가 조금은 걱정이 된다는 듯한 표정으로 물었다.

간단한 요리 몇 가지와 탕 하나를 시켰는데도 나온 금액이 은자 두 냥을 넘어갔다.

마침 유사하가 지니고 있는 돈이 있었기에 망정이지 그렇지 않았다면 무전취식이나 하는 불한당으로 오해를 받을 뻔하였다.

"이 정도는 괜찮습니다. 이래 뵈도 월봉이 은 오십 냥 정도는 된답니다."

"처도 가져다주어야 하지 않더냐?"

"당가에서 필요한 것은 전부 마련해 주어서 따로 돈이 들지는 않습니다. 그저 전위대원들과 술이나 한잔하는 것이 전부이지요."

"알았다. 그럼 내 오늘 거하게 얻어먹으마."

"하하, 그러십시오."

유이명은 대소를 터뜨리며 연운비와 함께 중화루로 향했다.

"어서 오십시오."

중화루에 들어서자 대기하고 있던 점소이 하나가 부리나케 달려나오며 두 사람을 맞이했다.

"자리는 있느냐?"

"아이구, 오랜만에 오셨네요. 그럼요. 있구말굽쇼. 전위대주님께서 오셨는데 없더라도 만들어야지요."

"그 입담 하나는 여전하구나."

"헤헤, 어디로 모실까요?"

이제 열서너 살이나 되었을까?

점소이는 유이명이 품 안에서 동전 몇 닢을 꺼내주자 얼굴에 미소를 감추지 못하며 물었다.

"이층 창가 자리로 안내하거라."

"알겠습니다. 어서 올라가시죠."

점소이는 두 사람을 전망이 좋은 창가로 안내했다.

"주문은 어떤 걸로 하시겠습니까?"

"그다지 맵지 않고 고기가 섞이지 않은 요리 서너 가지와 소채도 가져다주고, 술도 한 병 가져오너라."

"고기가 섞이지 않은 것으로요?"

점소이가 의외라는 표정으로 유이명을 바라보았다.

사천 요리 중에서 고기가 섞이지 않은 것은 극히 드물었다.

후두면이나 향향소채, 해보탕이 유명할까 하는 정도였다. 더구나 중화루를 찾는 손님들 대부분이 매운 것을 좋아하지 않다 보니 그 가짓수는 더욱 한정됐다.

"굳이 그럴 필요 없다. 고기가 들어간 것도 상관없습니다. 저번에 먹어보니 향향소채가 괜찮더군요. 몇 가지 요리와 향향소채만 가져다주십시오."

연운비가 되었다는 표정으로 손을 저었다.

"어라? 그때 그분이시군요?"

그렇지 않아도 어디선가 본 듯한 인상에 긴가민가하고 있던 점소이는 손바닥을 마주쳤다.

한두 번 정도 들른 뜨내기 손님들까지 전부 기억할 수는 없었지만 특이하게도 하대를 사용하지 않는 손님이라 오래되었는데도 기억할 수 있었다.

"사형, 제가 먹으려고 온 것도 아닌데 그건 좀……."

"나는 저번에 많이 먹었다. 게다가 고기가 섞인 음식이라 하여도 굳이 못 먹을 것도 없지 않느냐? 전부 고기로 되어 있는 요리도 아닐 터이니."

"그래도 먹을 게 없는 건 사실이지 않습니까? 아삼아, 내가 말한 대로 가져오너라."

"알겠습니다."

그래도 눈칫밥 삼 년이었다.

물주가 누구라는 것 정도는 짐작하고 있던 점소이가 냉큼 고개를 끄덕이며 대답했다.

"아이고, 전위대주께서 이 누추한 곳까지 웬일이십니까?"

점소이가 내려가고 어디선가 쿵쾅거리는 소리와 함께 체구가 이백 근은 나감 직한 중년인이 뒤뚱거리며 계단 위로 올라왔다. 이곳 중화루의 주인 서화평이었다.

"제가 잠시 자리를 비워서 이거 마중도 못 나갔군요."

"오랜만이오."

"네, 정말 오랜만에 오셨습니다. 한데 이분은 누구신지……?"

뚱보 주인 서화평이 궁금하다는 표정으로 연운비를 바라보았다.

달포에 한 번 정도는 유이명이 중화루를 방문한다지만 그의 처인 당비연과 함께가 아니라면 극히 드문 일이었다. 아주 가끔은 전위대 조장들과 오기도 하였지만 도복 차림의 연운비를 전위대 조장으로 생각하기에는 무리가 있었다.

"내 사형이외다."

"아, 그러시군요. 이거 정말 저희 집에 잘 오셨습니다."

그제야 이해가 간다는 표정으로 뚱보 주인이 고개를 끄덕이며 말을 이었다.

"저희 집으로 말할 것 같으면 다른 지방에서 오신 손님들을 위해서 기존의 요릿집들과는 다른 고추기름을 사용하고 있습니다. 술도 일품이지요. 매화주와 분주, 십 년 이상 숙성시킨 죽엽청 등 없는 게 없답니다. 전망 또한 이렇게 성내가 훤히 보일 정도로 좋지요."

뚱보 주인은 주저리주저리 가게 자랑을 늘어놓았다.

자칫 지루할 수도 있는 이야기였지만 말솜씨가 여간 재치있는 게 아닌지라 기분 좋게 웃음보가 터져 나왔다.

"술은 저번에 먹었던 그것으로 가져다주게."

"저번에 먹었던 것이라면… 아, 알겠습니다. 그리하지요. 저, 한데 유대주님."

"왜 그러는가?"

유이명이 주문을 마쳤는데도 가지 않고 있는 뚱보 주인을 보고 물었다.

"다름이 아니라, 조금 있으면 단체 손님들이 오실지도 모르는데… 다소 시끄러울 수도 있으니 제가 미리 주의를 주도록 하겠습니다. 그래도 방해가 된다면 예약을 취소라도……."

"아니, 되었네. 예약 손님이라면 비켜줘도 우리가 비켜줘야지 그래서야 되겠나."

"그래도……."

"괜찮네. 그보다 주문한 요리나 빨리 가져다주게."

"알겠습니다. 그럼 즐거운 시간 되십시오."

뚱보 주인은 가쁜 숨을 몰아쉬며 계단을 내려갔다.

"곧 요리가 나올 것입니다. 곡차도 한잔 시켰습니다."

"대낮부터 술은 좋지 않다."

"독하지 않은 것입니다. 명월주(明月酒)라고, 얼마 전부터 유통되기 시작한 술인데 맛이 괜찮습니다. 독하지 않아 해장술이나 가벼운 목 축임으로 좋고 저녁 무렵에는 아녀자들이 마시기에도 괜찮지요."

"명월주……. 누가 지었는지 모르겠지만 운치 한번 좋구나."

"지나가던 시객이 지었다고 합니다. 그전까지는 탑주라고도 불렸는데 정자에서 그 술을 마시던 시객이 잔에 비친 달 그림자를 보고 그렇게 지었다고 하지요."

"자, 요리 나왔습니다. 여기 명월주도 있습니다."

잠시 후 점소이가 쟁반에 받쳐 두어 가지의 요리와 명월주를 가지고 올라왔다.

"헤헤, 두두파육과 해보탕도 곧 나올 것입니다. 더 시키실 것이 있으신지요?"

"지금은 되었다."

"예, 언제든 필요한 것이 있으시면 불러만 주십쇼. 금방 달려오겠습니다."

점소이는 허리를 굽실거리며 다른 손님들을 맞이하기 위해 계단을 내려갔다.

"드시지요."

"너도 먹거라."

연운비가 먼저 수저를 들자 유이명도 접시에 음식을 덜었다.

향향소채(香香蔬菜)는 느끼한 음식에 질린 사람들을 위해 이곳 중화루에서 특별히 만든 소채의 일종이었다. 향이 좋다고 하여 향향소채로 불리게 되었는데 향뿐만 아니라 그 신선함과 맛도 일품이었다. 그 옆 접시에 담겨 있는 것은 사천을 대표하는 요리 중 하나인 마파두부로 중화루에서는 다른 곳과는 달리 마파두부에 송유버섯을 넣어 매운 맛을 줄이고 고소한 향을 첨가시켜 또 다른 별미로 인정받고 있었다. 연운비를 배려해서인지 고기는 넣지 않은 듯싶었다.

"우선 제가 한잔 따라드리겠습니다. 그리고 보니 사형과 곡차를 마시는 것도 오 년 만이로군요."

"그렇구나. 세월이 참으로 빠르다. 네가 이만 했을 때가 얼마 되지도 않은 것 같은데… 그때는 한 잔만 마셔도 얼굴이 벌게졌지."

"언젯적 이야기를 하십니까."

"왜? 쑥스럽더냐? 하하, 하긴 이맘때였던가? 네가 매화주 석 잔을 마시고 스승님의 처소 앞에서 대(大) 자로 드러누워 술주정을 벌이던 것이 기억난다. 스승님이 출타 중이셨기에 망정이지 아니면 족히 면벽 일 년의 형벌은 당했을 것이다."

"사형!"

"하하, 알았다. 그만 하마."

연운비가 대소를 터뜨리며 얼굴 가득 미소를 머금었다. 두 사람은 그렇게 주거니 받거니 하며 담소를 나눴다.

해가 중천을 지나자 중화루에도 손님들이 들어서기 시작했다. 본시 숙박보다는 요리로 유명한 중화루였기에 중식인데도 제법 많은 손님들이 찾아왔다.

"이것참, 우리가 이런 곳엘 다 와부리네."

"킬킬, 그러게 말이우."

"이게 다 잘난 대장을 둬서 덕을 보는 거요."

대여섯 자리 정도나 차 있었을까, 조용하던 중화루에 십여 명이 넘는 인원이 우르르 들어서며 왁자지껄한 소리가 울려 퍼졌다.

일층에 있는 자리만 하여도 팔십여 석이 되는 상당한 규모의 중화루였지만 들어선 사람들의 체구가 원체 큰지라 객잔 전체가 꽉 차는 느낌이었다.

"이봐, 여기 손님 안 받나?"

일행 중 가장 체구가 큰 털보거한이 버럭 소리를 내질렀다.

"예, 예! 지금 갑니다!"

음식을 나르던 점소이가 부리나케 뛰어갔다.

"며칠 전에 등철악이라는 이름으로 예약을 했다."

"아, 선불로 내셨다는 그 손님들이시군요? 이리 오시죠. 이층에 자리를 마련해 두었습니다."

"킬킬, 역시 돈의 위력이 좋긴 좋나 보우, 형님."

염소수염사내가 연신 싱글거리며 입을 열었다.

"그러게 말이야."

"킬킬, 다 내 덕이오. 그보슈. 이번 일을 맡기 잘하지 않았소."

"시끄럽다. 모두 그만 주절거리고 자리에 가서 앉아라."

"쳇."

"괜히 대형은 야단이슈."

회의사내의 말에 장한들이 찔끔한 표정을 짓더니 저마다 구시렁대며 이층으로 올라갔다.

"됐습니다. 오늘 같은 날 기분이 좋을 수도 있지요."

"맞습니다."

"킬킬, 역시 대주가 뭘 좀 아신다니까."

죽립을 눌러쓰고 있는 사람의 말에 장한들이 다시 목소리를 높였다.

조금 특이한 것은 사내라고 하기에는 죽립인의 목소리가 어딘지 모르게 가늘다는 사실. 그렇다고 하여도 여자라고 보기에도 의심쩍어 보였다.

"어서 요리를 가져오거라. 그리고 술 두 동이도."

"두 동이납쇼?"

"그렇다. 더 마실 수도 있으니 빨리 가져오기나 하여라. 선금으로 그만한 돈은 치르지 않았느냐."

"예, 바로 준비하겠습니다."

점소이가 부리나케 주방으로 달려갔다.

"그나저나 성도에서 제법 유명한 객잔이라고 하더니 별것도 없구먼."

털보거한이 주위를 두리번거리며 말했다.

"킬킬, 그래도 요리 솜씨 하나만큼은 끝내준다 하더이다."

"오호, 그래?"

"킬킬, 믿어보시라고."

염소수염사내가 가슴을 탕탕 치며 자신있게 말했다.

"시끄러운 자들이군요."

창가에서 그 모습을 지켜보던 유이명이 눈살을 찌푸렸다.

조금 떨어져 있다 하지만 목소리가 워낙 크기에 그들의 말 한마디가 전부 들려왔다.

"신경 쓰지 말아라. 객잔이라는 곳이 원래 그런 곳이 아니냐."

연운비가 담담한 표정으로 말했다.

저 정도까지는 아니었지만 비슷한 일로 곤란을 겪은 적이 있었기에 저 모습을 보고 있자니 당시 생각이 떠올랐다.

"곡차를 한잔 더 하시겠습니까?"

"아니다. 어차피 음식도 다 먹지 않았더냐."

"그러시지요."

그다지 술을 잘 못하는 유이명이었기에 더 이상 권하지 않았다. 술은 같이 마셔야 제 맛이지 혼자 마시다 보면 아무래도 그 맛이 조금 덜했다.

사형제 중에서 오직 유이명만 술을 잘하지 못했다. 운산 도인의 주량은 당대 주당들과 비교해서도 처지지 않았고, 연운비나 무악도 잘 마시는 편에 속했다.

"자자, 요리가 나왔습니다."

"징그럽게도 오래 걸리는군."

"킬킬, 어서 드시기나 하쇼."

털보거한 일행은 음식을 먹으면서도 좀처럼 조용히 할 분위기가 아니었다. 그나마 다행인 것은 사내들만 모였음에도 음담패설 같은 이야기는 하지 않는다는 것이었다.

"저, 손님들, 조금만 조용히 해주시면 안 되겠습니까? 다른 손님들도 계신지라……."

보다 못한 뚱보 주인이 점소이를 시켜 조용히 해달라고 부탁했다.

"우리가 뭘 떠들었다는 거냐?"

"맞다. 이 정도야 객잔에서 당연한 것이 아니냐?"

털보거한이 무엇이 문제냐는 듯 오히려 큰소리를 치자 염소수염사내가 옳다는 듯 맞장구를 쳤다.

"저, 그것이 중요한 손님 와 계셔서……."

"이런, 육시랄! 그럼 누군 중요하고 누군 중요하지 않다는 것이냐? 그래, 그 중요한 손님 낯짝 좀 보자. 어느 놈이냐?"

점소이가 좀처럼 자리를 뜨지 않자 털보거한이 자리에서 벌떡 일어났다.

"예약까지 한 손님인데 이리 차별해도 되는 것이냐? 어디 왕후장상이라도 오셨다더냐?"

"킬킬, 저쪽 샌님 두 명인 거 같은데, 어디 급제라도 한 사람들인가 보오."

"얼어죽을, 사천에서 급제한 사람이 나왔다는 소리는 들어본 적도 없다."

머뭇거리며 눈치를 보던 점소이가 은근슬쩍 계단으로 내려갔다.

더 이상 자신이 관여할 일이 아니었다.

보아하니 이들도 무림인인 듯싶었고, 무림인들끼리의 일은 그들 스스로 처리하게 놔두는 편이 좋았다. 더구나 그 상대가 다름 아닌 당문의 전위대주인 바에야 더욱 그러했다.

"이보쇼, 우리가 시끄럽소?"

몇 잔 거하게 술을 들이킨 털보거한이 유이명과 연운비가 있는 곳으로 걸어갔다.

"아닙니다. 저희는 괜찮으니 신경 쓰지 마시지요."

한편에서 못마땅해하고 있는 유이명을 본 연운비가 나서서 괜찮다는 듯 미소를 지으며 고개를 저었다.

목소리가 조금 큰 것은 사실이었지만 그렇다고 크게 방해가 되는 정도는 아니었다.

"크크, 거봐라! 괜찮다 하지 않느냐!"

"그만 하고 와서 술이나 처마셔라! 너희들이 하도 떠드니 술맛이 다 떨어질 지경이다!"

"쿵! 아, 알겠소."

회의사내가 싸늘한 목소리로 한마디 하자 털보거한이 머리를 긁적이며 쥐 죽은 듯이 자리에 와 앉았다.

"어쨌거나 이번 일만 무사히 해결하면 그 전표에 적힌 돈이 우리 돈이라 이거지?"

"킬킬, 맞소이다. 단지 살아남을 경우에 한해서지만."

"이런 육시랄 놈! 그럼 우리가 죽기라도 한다는 것이냐!"

"킬킬, 그런 뜻으로 말한 게 아니란 걸 알지 않소!"

"어쨌거나 일을 앞두고 재수없는 말은 금물이다."

털보거한이 정색을 하며 말했다.

"킬킬, 알았소."

"어쨌거나 잘해보자고."

시간이 지나자 조금 수그러들었던 목소리가 다시 커졌다.

"이거 보시오. 너무 시끄러운 것 아니오? 주위에 사람이 없는 것도 아니질 않소?"

결국 참다 못한 유이명이 자리에서 일어나 한마디를 던졌다.

"킁, 저놈이 뭐라는 거지?"

"킬킬, 모르겠소. 시끄럽다고 하는 것 같은데 잘 못 들었수."

털보거한 일행은 들은 척도 하지 않은 채 자기들끼리 말을 주고받았다.

유이명의 눈썹이 찌푸려졌다.

예의라는 것이 있다.

어찌 되었거나 예약을 한 자들은 저들이었고 그만한 권리를 누릴 자격도 있었다. 하지만 그것이 남에게 피해를 끼칠 정도가 되어서는 아니 되었다.

"왜, 한번 해보자는 건가?"

유이명이 여전히 자리에 앉지 않자 털보거한이 비릿한 미소를 지으며 유이명을 바라보았다.

"아니오. 되었소."

유이명은 한숨을 내쉬며 조용히 자리에 앉았다.

그 역시 조금 전까지만 하여도 손을 쓸 기세였으나 마음을 돌렸다. 그것은 한편에서 좋지 않은 표정을 하고 있는 연운비의 모습을 보고 난 연후였다.

남과 다투는 것을 무엇보다 싫어하는 대사형. 적어도 오늘 하루 정도는 어떠한 시비라도 참여줄 용의가 있었다. 단 한 가지만을 제외하곤 말이다.

"킬킬, 자존심도 없는 것들이었군. 누가 가르쳤는지 자알 가르쳤다."

콰직!

그 순간 쥐고 있던 젓가락이 산산조각으로 으스러져 나갔다.

"지금 뭐라고 지껄였느냐?"

유이명의 전신에서 막강한 기세가 뿜어져 나왔다.

그들은 결코 해서는 아니 될 말을 내뱉고 말았다. 저런 시궁창 같은 입에서 나올 만한 말이 아니었다.

"킬킬, 꼴에 그래도 자존심은 있다는 건가?"

염소수염사내가 비릿한 웃음을 흘리며 다가오는 유이명을 바라보았다.

네까짓 게 오면 뭘 어쩌겠냐는 의미였다.

"무슨 소란이오?"

그 순간 객점 안으로 몇 명의 청의인이 안으로 들어섰다. 한눈에도 알아볼 수 있는 표식. 당문 무인들이었다.

"저, 그것이……."

당문 무인들이 나타나자마자 주인이 사색이 된 얼굴로 달려나왔다. 다른 사람도 아니고 전위대주와 관련된 일이었다. 당문 무인이 개입한다면 일이 커질 우려가 있었다.

"이곳은 당문의 영역이오. 소란을 피우려거든 나가서 피우시오."

"흥, 잘나빠진 명문정파 본색이 또 나오는군. 이곳이 왜 너희들 영역이냐? 천자께서 윤허라도 하셨더냐?"

"킬킬, 맞소."

"이놈들이……!"

당문 무인들의 안색이 변했다.

보통 당문이라는 이름만 거론하여도 웬만한 자들은 꼬리를 내리고 물러났다. 아니, 설령 그 누구라 할지라도 적어도 사천 내에서 당문이라는 이름은 절대적인 권위를 가지고 있었다. 지금 그 권위가 무너진 것이다.

"대주님!"

그 순간 당문 무인들 중 하나가 유이명을 발견하고는 급히 허리를 숙였다.

"전위대주님을 뵙습니다."

나머지 당문 무인들도 일제히 유이명을 향해 포권을 취했다.

"호, 이제 보니 대단한 양반이셨구려. 좋수다. 한번 붙어봅시다. 내 그렇지 않아도 당신과는 한번 붙어보고 싶었소. 너희들은 물러나 있거라!"

'무공을 숨기고 있었다는 건가?'

유이명의 표정이 달라졌다.

전위대주라는 말을 듣는 순간 털보거한의 기세가 달라졌다. 지금껏 보여주었던 기세와는 천양지차(天壤之差)였다.

다소 경시하는 마음도 있었지만 무공을 숨기고 있다는 사실을 알아차리지 못했다는 것은 그만큼 상대가 만만치 않은 인물이라는 것을 뜻했다.

유이명은 이들의 신분에 대해 생각해 보았다.

팔 척 장신의 털보거한. 철조를 사용하는 염소수염사내. 어디서나 흔히 볼 수 있는 자들이 아니었다.

"어디서 감히!"

당문 무인 하나가 분노를 드러내며 암기를 손에 쥐었다.

지금 그들의 앞에 있는 것은 당문의 자존심, 그곳의 대주인 유이명이었다. 한낱 뜨내기 무인들에게 손을 쓴다는 것은 있을 수 없는 일이다.

살기가 흘러나오자 기세 또한 강렬해졌다.

당문이 자랑하는 전위대나 암혼대에는 속하지는 못했지만 그래도 정식 당문 문도였다. 무공이 약할 리 없었다.

"모두 물러서라! 이것은 나 개인의 일, 그대들과는 상관없는 일이다!"

"대주님의 일이 곧 저희들의 일입니다!"

"물러서라 했다! 이 일에 끼어든다면 그대들이라 하여도 용서하지 않겠다!"

"존명!"

당문 무인들이 썰물처럼 빠져나갔다.

상하복명의 원칙. 당문은 그 어느 문파보다도 규율에 있어서 엄격했다.

저벅저벅.

유이명이 말없이 걸음을 옮겼다.

상대가 누구이든 간에 이미 그들은 돌이킬 수 없는 벽을 넘었다.

하다못해 눈살이라도 찌푸렸다면 이렇게까지 분위기가 긴장되지 않았으련만 장내의 분위기는 무겁다 못해 숨이 막힐 정도였다.

쐐애액!

유이명의 검이 움직였다. 검집에서 뽑히지도 않은 채였다.

털보거한이 급히 물러나며 검, 아니, 검집을 피했다. 검집은 호곡선을 그리며 그런 털보거한을 뒤쫓았다.

"이익!"

더 이상 피할 공간이 없자 털보거한은 한 팔로 검집을 막으며 다른 한 손으로는 유이명을 내려쳤다.

쩍!

외마디 소리와 함께 기묘한 움직임을 보인 검집은 털보거한의 뺨을 후려쳤다.

털보거한도 당하기만 한 것은 아니었다. 그가 휘두른 일권이 정확하게 유이명의 가슴패기에 격중했다. 피할 수도 있었지만 유이명은 그렇게 하지 않았다.

"이런 개자식이?"

모욕도 이런 모욕이 없었다.

털보거한이 시뻘게진 얼굴로 유이명을 노려보았다. 그의 전신에서 살기가 뿜어져 나왔다. 피해를 입은 것은 분명 유이명이었지만 손해를 본 것은 그였다.

"그것을 모욕이라 생각하는가?"

"이……!"

털보거한이 한참 동안이나 유이명을 노려보다 결국 한숨을 내쉬곤 시선을 거두었다.

"미안하오. 내 말이 과했소. 고의는 아니었소. 강호인인 줄 알았다면 그런 말은 하지 않았을 것이오."

"강호인이 아니라면 그런 말을 해도 된다는 뜻인가?"

"그런 의미에서 한 말이 아니란 것은 당신도 잘 알지 않소?"

털보거한이 눈썹을 찌푸리며 말했다.

상황이야 어찌 되었든 사과는 했고 목숨을 걸 생각이 아니라면 상대 역시 이쯤에서 그만두어야 했다.

"낭인대에서는 수하들을 이렇게 관리하는가?"

평상시라면 이 정도에서 그쳤겠지만 유이명은 그렇게 하지 않았다. 그만큼 분노가 깊다는 뜻이다. 유이명이 시선을 돌려 죽립인을 바라보았다.

"우리가 누구인지 알고 있었나?"

그 소란에서도 음식을 집어먹고 있던 죽립인의 시선이 유이명에게 향했다.

"이곳은 사천당문의 터전이다. 그대들이 얼마 전 수녕(邃寧)을 지났다는 사실을 들었지."

'당문……. 역시 사천의 패자라는 건가?'

찰나지간이지만 죽립인의 눈빛에 섬광이 스치고 지나갔다.

"한데도 손을 쓰겠다? 당문에서는 손님을 이런 식으로 접대하나 보지?"

"먼저 시비를 건 건 그대들이다."

유이명은 상관없다는 태도로 말을 받았다.

낭인대에서 이번 운남행에 참여한다는 사실을 들어 알고 있었지만 그 것과 이번 일은 별개의 일이었다.

"후—"

죽립인, 아니, 낭인대주 단령옥이 비릿한 미소를 흘렸다.

죽립에 가려 입술 근처만이 보이는 미소였지만 고혹적이면서도 어딘지 모르게 차가운 기운이 느껴지는 미소였다.

그 어느 파벌에도 속하지 않고 유유자적 천하를 떠돌던 낭인삼살(浪人三殺)을 끌어들임으로써 고작 변방의 그저 그런 집단에 불과했던 낭인대를 중소 문파 이상의 위치까지 끌어올린 장본인.

지닌 바 무위는 알려지지 않았지만 절정을 넘어선 무인이라 평가받고 있었다.

"자신이 없다면 하지 않으면 그만. 너희들은 이곳에서 기다리다 이분들을 본 가로 모셔다 드려라."

"존명."

유이명이 신형을 돌리며 당문 무인들에게 명령을 내렸다.

"같잖은!"

유이명이 등을 돌리자 털보거한이 이를 갈며 일권을 내질렀다.

어찌 되었거나 자신은 사과를 하였고, 상대는 거기에서 멈추지 않았다. 그런 상황에서 이렇듯 등을 내준다는 것은 상대를 무시하는 처사였다.

콰쾅!

기파를 느낀 유이명이 귀찮다는 듯한 태도로 손을 내저었다.

아무렇게나 휘두른 듯하지만 그 안에는 정종의 숨결이 가득 깃들어 있었다.

태청산수(太淸散手).

곤륜이 자랑하는 또 하나의 무공.

검(劍)으로는 태청검법이 있다면 수(手)로는 금룡십팔해(擒龍十八解)와 태청산수(太淸散手)가 있다.

부드러운 산수(散手)의 기운이 패도적인 권세를 흩어내며 그 힘을 무력화시켰다.

쿵!

이어지는 격타음.

돌덩이를 후려친 듯하나 부드럽고도 강인한 기운이 돌덩이를 그대로 밀어내었다.

"쿨럭! 어떻게 이럴 수가……?"

털보거한. 낭인삼살 중 둘째 철탑쌍부(鐵塔雙斧) 둥철악이 울혈을 뱉으며 믿어지지 않는다는 표정으로 가슴패기에 찍힌 장인을 바라보았다.

권세가 흐트러진 것은 이해가 갔지만 외공이 무너진 것은 이해가 가지 않았다. 그것도 몇 번에 걸친 공격이 아니라 단 일 수였다. 이미 구성의 성취에 이른 외문기공이었기에 더욱 믿기 힘들었다.

그제야 둥철악은 그전의 싸움에서 유이명이 전력을 다하지 않았다는 사실을 느낄 수 있었다.

"봐주는 것은 여기까지이다! 손님 대접을 받고 싶다면 그에 준하는 모습을 보여라!"

"이놈이!"

둥철악의 표정이 변했다.

낭인이라고는 하지만 천하를 떠돌며 어디서든 무시받지 않고 지내던 그였다.

"그만!"

회의사내가 차가운 어조로 말을 내뱉었다.

잠시 유이명을 노려보고 있던 둥철악이 이를 악물고 뒤로 물러났다. 다른 사람이라면 몰라도 그로서는 감히 회의사내의 명령을 거스를 배짱이 없었다.

"네 상대가 아니다."

"대형, 나는 아직 밑천을 드러내지 않았소."

"그것은 저자도 마찬가지이다. 광검의 쾌검은 그 무엇보다 무섭다."

둥철악이 이를 악물며 고개를 떨궜다.

확실히 유이명이 명성을 떨친 것은 검객으로서였지 다른 무공에 의해서가 아니었다.

"그래도 이대로 물러선다면 체면이 말이 아니겠지."

회의사내 염후아가 느긋한 표정으로 자리에서 일어났다.

흑살객(黑殺客) 염후아.

낭인삼살 중 첫째이자 구대문파 중 한 곳인 형산파(衡山)의 장로를 꺾음으로써 천하에 그 무위를 입증해 보인 무인. 그가 바로 흑살객 염후아였다.

비록 다른 두 사람과 함께 낭인삼살로 불린다고는 하지만 나머지 두 사람과는 차원이 다른 고수였다.

염후아의 손이 검 손잡이로 움직였다.

발검술(拔劍術).

쾌검이라고 해서 전부 비슷한 형을 띠고 있는 것은 아니다. 발검술을 사용하는 쾌검이 있는가 하면 그렇지 않은 쾌검도 있다. 유이명은 후자에 속했다.

미묘한 공기가 흘렀다.

다른 무공들과는 달리 발검술을 사용하는 무인과의 승부는 단 일 합으로 끝이 난다.

막으면 이기는 것이요, 그렇지 않으면 지는 것이다. 물론 발검술을 사용하는 자가 실패했다 하더라도 반드시 지는 것은 아니었지만 불리한 것은 사실이었다.

"그만 하시지요."

그 순간 연운비가 두 사람 사이에 끼어들었다.

움찔.

누가 먼저랄 것도 없이 유이명과 염후아가 각각 한 발자국씩 뒤로 물러섰다.

"말다툼이었을 뿐입니다. 그것을 가지고 목숨을 걸 필요가 있겠습니까."

연운비가 씁쓸한 표정으로 두 사람을 만류했다.

스승이 거론되었다는 사실만으로도 연운비의 기분 역시 좋지 않았지만 그 일로 인해서 목숨을 걸고 싸우는 것 또한 마음이 편치 않았다.

'이자… 대체 누구인가?'

염후아는 굳은 표정으로 연운비를 바라보았다.

언뜻 보기에는 무표정한 모습이었지만 내심 손에 땀이 날 정도로 긴장하고 있었다.

비록 내공 대결은 아니었다고 하나 아무나 끼어들 수 있는 상황이 아니었다. 자칫 잘못한다면 연운비가 두 사람 모두의 공격을 감당해야 하는 상황이었다.

흐름이라는 것이 있다.

유형의 기운은 아니지만 내가고수라면 누구나 그 흐름을 읽을 수 있다.

'내 아래가 아니다.'

아무것도 모른 채 상대가 끼어들었다고는 생각할 수 없었다.

염후아도 물론 그런 흐름을 읽을 수는 있었지만 그렇다고 지금 같은 상황에서 그 흐름을 읽고 중간에 멈출 수 있는 능력은 없었다. 그것은 흐름을 읽는다고 가능한 일이 아니었다. 그전에 앞서 흐름을 예측할 수 있는 수준이어야 했다.

"이명아, 검을 거두어라."

"알겠습니다."

조금은 강경한 말투에 회의사내를 바라보고 있던 유이명이 검을 거두었다.

"운이 좋았군. 다음에는 이런 요행을 바라지 마라. 그대들은 어디까지나 당문의 손님이지 나와 내 사형의 손님은 아니니까."

"내가 할 소리를 하는군."

염후아가 둔탁한 저음으로 대답했다.

강호의 명성으로 따지자면 유이명과 염후아는 비교가 되지 않았다. 염후아는 형산파의 장로조차 무찌른 무인이었다. 하지만 그것은 어디까지나 알려져 있는 명성일 뿐 막상 목숨을 걸고 겨룬다면 누가 이길지 몰랐다.

"사형, 가시지요."

"실례가 많았습니다. 어차피 다시 볼 사람들, 사소한 시비였을 뿐이니 마음을 푸시지요. 그럼."

연운비는 가볍게 포권을 취한 후 유이명과 함께 중화루를 빠져나갔다.

"후우!"

유이명과 연운비의 모습이 사라지자 염후아가 긴 숨을 들이키며 자리에 앉았다.

"어떠했습니까?"

"강하더군요. 알려진 것보다 배는 강한 듯싶습니다."

염후아가 공손히 대답했다.

"그렇군요."

그녀가 염후아를 대하는 것과 다른 낭인대원들을 대하는 것에는 큰 차이가 있다.

단령옥이 비록 낭인대주이고 낭인삼살을 거느리고 있다 한들 그들 모두와 주종 관계는 아니었다. 굳이 따지자면 염후아는 호법의 지위라 하면 옳았다.

"죄송합니다. 괜한 시비를 걸어서……."

둥철악이 고개를 들지 못하고 말했다.

"알면 되었다. 다음부터는 상대를 보고 시비를 걸어라."

"존명."

단령옥의 싸늘한 일갈에 둥철악의 고개가 더욱 숙여졌다.

확실히 남의 집 안방이나 다름없는 곳에서 그 주인에게 시비를 거는 것은 무례한 일이었다.

"광검이라……. 그 옆에 있던 자는 누구일까요?"

"모르겠습니다. 저보다 약하지 않더군요."

"염 아저씨?"

단령옥의 목소리가 크게 흔들렸다.

그녀가 아는 염후아는 낭인대 전체가 달려들어도 쉽게 자신할 수 없는 고수였다.

물론 그녀가 직접 낭인대를 이끌고 지휘한다면 사정이 달라지겠지만 그렇다고 하여도 염후아가 강하다는 사실은 부정할 수 없었다.

낭인들의 정신적 지주이자 그들을 포용하는 자.

낭인왕(浪人王) 악구패가 아니라면 그 누구도 염후아에게 승리를 자신할 수 없었다.

"사실입니다. 실전이라면 몰라도 비무라면 승리를 장담할 수 없습니다."

"그런……!"

단령옥이 좀처럼 믿어지지 않는다는 표정으로 고개를 주억거렸다.

"어차피 아군으로 생각됩니다. 저런 알려지지 않은 고수가 있다는 것은 나쁘지 않은 일이지요."

"광검이 그에게 사형이라 했지요. 그렇다면 당문 무인은 아니라는 것인데……."

찰나지간이었지만 죽립에 가려진 단령옥의 눈에 섬광이 스치고 지나갔다.

다른 사람들이라면 모르겠지만 그녀는 연운비가 지니고 있는 검, 아니, 검집을 알아볼 수 있었다. 그 검집에 담긴 의미까지야 알지 못했지만 그녀에게는 너무나 익숙한 검집이었다.

"아가씨, 함부로 대할 자가 아닙니다. 더구나 이곳은 사천입니다."

"상관없습니다. 이번 운남행, 재미있어지겠군요."

단령옥의 입가에 묘한 미소가 흘렀다.

第12章

인연은 이어지고

제12장

"계시우?"

"누구십니까?"

방문 밖에서 들려오는 목소리에 연운비는 마시던 차를 내려놓고 자리
에서 일어났다.

"구걸개이우."

"어서 오십시오."

연운비는 뜻밖의 반가운 손님에 방문을 급히 열었다.

구걸개는 개방의 사천 분타주였다. 개인적으로 친분이 있는 사이는 아
니었으니 구걸개가 찾아왔다면 필경 둘째 사제인 무악과 관련된 일이 아
닐 수 없었다.

"마침 있었구려."

"안으로 들어오시지요."

"그러시우."

구걸개는 방 안으로 들어와 탁자에 앉았다.

"이렇게 불쑥 찾아온 것은 다름이 아니라 연 소협의 사제에 관한 이야기 때문이우."

"예, 말씀하시지요."

"흠… 우선 내가 몇 가지 물어볼 것이 있는데 상관없겠수?"

"물론입니다."

연운비가 당연하다는 듯이 대답했다.

"우선 사제가 산을 내려온 것이 정확히 언제이우?"

"홍무(洪武) 이십오년입니다. 그리고 겨울이었던 것으로 기억합니다."

"겨울이라……. 그럼 시기상으로는 맞아떨어지는군."

구걸개는 품속으로 손을 넣어 양피지 한 장을 꺼냈다.

"신장은 육 척에 무기는 도(刀). 청해 서녕(西寧)에서 감숙 난주(蘭州)로 들어옴. 무공 측정 불가. 최절정고수로 분류. 호북으로 향함."

"알아듣게 설명해 주십시오."

연운비가 사천 사투리를 쓰며 중얼거리는 구걸개를 향해 말했다.

"말 그대루이우. 사실 개방의 정보력이 탁월하다 한들 청해 깊숙한 곳에 있는 곤륜에까지 닿지는 않수. 이것은 사 년 전 서녕에 있던 본 방 제자 하나가 우연치 않게 수상한 인물을 목격한 후 작성한 보고서이우."

"그렇다면……."

"사실 그때는 변방의 무인이라 생각했는데 이 정체불명의 인물이 아마 연 소협의 사제 같수."

구걸개가 다행이라는 표정으로 말했다.

어찌 되었거나 정체를 알 수 없었던 자가 곤륜의 문하라는 것은 커다란 짐 하나를 더는 일이었다.

"지금 어디 있는지 알 수 있겠습니까?"

연운비가 평소답지 않게 다급한 어조로 물었다.

"아쉽지만 그것은 알 수 없수."

"방도가 없겠습니까?"

"본 방 역시 당시 무공이 강하다 생각하여 주의 깊게 살펴보고 있었는데 호북에 들어선 후 그 흔적이 사라졌수. 알다시피 호북은 본 방 총타가 있는 하남에서 멀리 떨어지지 않는 곳이우. 그런 곳에서 놓쳤다는 것은 상대가 스스로 자취를 감췄다고 하는 것이 옳을 것이우. 이만한 고수가 작정하고 숨는다면 아무리 본 방이라 하여도 종적을 발견하는 것은 쉽지 않수."

"하아!"

연운비는 깊은 한숨을 내쉬었다.

개방마저 방법이 없다면 사실상 무악을 찾기란 이제 불가능에 가까운 일이었다.

"조금 의심쩍은 것은… 아무리 무공이 강하다고 하여도 이렇게 불식간에 사라질 수가 있느냐는 것이우. 그것도 번화한 곳도 아니고 형문산(荊門山) 근처였수."

"무슨 뜻입니까?"

"조력자가 있지 않겠느냐 하는 것이우."

"조력자라 하심은……."

"그것까지는 모르겠수."

구걸개가 고개를 저었다.

팔황의 난 이후 개방에서는 변방에서 들어오는 무인에 대해서는 철저한 감시를 하였다.

"내가 연 소협에게 묻고 싶은 것은 이 사람의 나이이우. 보고서에는 적어도 불혹 정도로 보인다 하였는데……."

"맞습니다. 대충 그 정도 되었을 것입니다."

"이해할 수가 없구려. 내가 알기로는 연 소협이 곤륜에 들어간 것이 아홉 살 때라고 들었수. 그렇다면 이 사람이 곤륜에 들어온 것은 이립이 넘어서라는 이야기가 되는데… 그전에 무슨 일을 하였는지 알 수 있겠수?"

"저도 그것은 모르겠습니다."

"흠, 알았수. 어찌 되었거나 계속 조사는 해볼 터이니 너무 낙심하지는 마시우."

"예."

"가보겠수."

구결개가 자리에서 일어났다.

탁.

연운비는 구결개를 배웅하고 다시 탁자로 와 몸을 기댔다. 탁자 위에는 차갑게 식은 찻잔이 놓여져 있었다. 연운비는 찻잔에 입을 대었다. 향기가 넘치던 차는 이제 쓴맛만이 느껴졌다.

권왕 위지악의 부름에 송죽림으로 향하고 있던 연운비는 등 뒤에서 들려온 무덤덤한 목소리에 신형을 돌렸다.

"구면이군. 그렇지 않나?"

"다시 뵙는군요."

시선이 향한 곳, 그곳에는 회의사내 흑살객 염후아가 나무 그늘 아래에서 등을 기대고 서 있었다.

"저에게 무슨 볼일이라도 있으십니까?"

"잠시 시간 좀 낼 수 있겠는가?"

"어디를 가는 중인지라……."

연운비가 지금은 곤란하다는 표정으로 대답했다.

딱히 시간 약속을 정한 것은 아니지만 아무래도 만날 사람이 권왕이다 보니 서두르는 편이 좋았다.

"오래 걸리지 않네."

"나중에 제가 다시 찾아가면 아니 되겠습니까?"

"발걸음이 급해 보이지 않더군. 오래 걸리지 않는다 말했네."

"휴, 알겠습니다."

염후아의 단호한 말투에 연운비는 한숨을 내쉬며 고개를 끄덕였다.

허락하지 않으면 당장에라도 끌고 갈 기세였다. 물론 끌고 간다 하여도 쉽게 끌려갈 연운비도 아니었지만 어쨌든 굳이 문제를 만들 필요는 없었다.

"따라오게."

"다른 곳으로 가야 합니까? 이곳에서도 이야기는 나눌 수 있을 터인데……."

"자네를 보자고 한 사람은 내가 아닐세."

"하면……?"

"멀지 않은 곳이네. 가보면 알지 않겠는가?"

"알겠습니다. 가시지요."

염후아가 등을 보이고 걸어가자 연운비가 그 뒤를 조심스럽게 따랐다.

염후아가 향한 곳은 그곳에서 멀리 떨어지지 않은 정자였다. 당문의 규모가 워낙 방대하다 보니 곳곳에 이야기를 나눌 수 있는 정자가 상당수 존재했다.

"저를 보고자 하셨다 들었습니다."

연운비는 정자에 앉아 있는 사람을 향해 말을 걸었다. 뒤를 돌아보고 있기에 얼굴을 확인할 수 없었지만 어딘지 모르게 낯이 익은 모습이었다.

"이렇게 갑자기 뵙고자 해서 죄송하네요."

"아닙니다."

연운비는 목소리를 듣고서야 적삼여인이 누구인지 알 수 있었다.

낭인대주 흑요화(黑妖花) 단령옥. 정파에 오봉(五鳳)이 있다면 사파에는 삼화(三花)가 있다. 비록 단령옥이 사파 무인이라고 하기에는 애매한 면이 없지 않아 있었지만 낭인대라는 낭인 집단을 이끌고 있다는 점에서 흑도로 구분되었다.

"한데 무슨 일이신지요?"

한바탕 시비가 있었다고는 하지만 좋게 해결을 본 상황이었고, 그 외에는 단령옥이 자신을 찾을 만한 이유가 없었다.

"할아버지는 건강하신가요?"

단령옥이 천천히 신형을 돌렸다.

잠시나마 연운비는 눈앞이 아찔해지는 것을 느낄 수 있었다.

그간 적잖은 사람들을 만나보았고, 그중에서는 오봉에 속한 종남일화 설운영이나 유빙화 당비연도 있었다. 하지만 단령옥의 미(美)는 그녀들과는 전혀 다른 것이었다.

요기를 머금은 듯하면서도 사람을 빨아들이는 듯한 순백의 미소. 웬만해서는 평정심을 잃지 않는 연운비였지만 마음이 두근거리는 것을 멈출 수가 없었다. 하지만 연운비는 이내 평정심을 회복하고 담담한 표정으로 물었다.

"무슨 말씀이신지?"

"제 할아버지를 만나셨을 텐데요?"

"저는 단 소저의 할아버님을 알지 못합니다."

연운비는 단이라는 성을 가진 사람을 기억에서 떠올려 보았지만 적어도 그런 성을 사용하는 노인은 알지 못했다.

한편에서는 염후아가 조금은 뜻밖이라는 표정으로 연운비를 바라보고 있었다.

많은 사람을 보아왔지만 단령옥의 얼굴을 마주하고도 지금처럼 빨리 신색을 회복하는 사람은 흔치 않았다. 지천명을 바라보는 염후아조차 그녀의 얼굴을 볼 때면 아직도 가슴이 두근거릴 정도였다. 그것은 그녀가 익힌 무공과도 연관이 있었다. 그녀가 항상 죽립을 쓰고 다니는 것은 괜한 이유에서가 아니었다.

"그 검집, 저희 할아버님께서 주신 게 아닌가요?"

"아! 그럼 소저가……?"

그제야 연운비는 그녀가 누구인지 짐작할 수 있었다.

단령옥. 성을 제외하고 이름만 뒤집으면 단옥령. 그녀가 바로 연운비의 검을 수리해 주었던 대장간 노인의 손녀였다.

"그 검집을 보고 알았죠. 유난히 할아버지께서 아끼던 물건이거든요."

"그렇군요. 할아버님께서는 아직 건강하십니다. 단 소저를 무척 보고 싶어하시더군요."

"그런가요?"

"집을 떠나오신 지 십 년이 넘었다고 들었습니다. 이제는 돌아가야 하지 않겠습니까?"

"할아버지한테 듣지 못하셨나요? 저는 원수를 갚기 전까지는 돌아갈 생각이 없어요."

"단 소저……."

너무도 단호한 단옥령의 태도에 연운비는 입을 다물었다. 이 정도라면 단순히 설득 정도로는 마음을 되돌릴 수 없었다. 그녀 자신이 마음을 결정하게 만들어야 했다.

조금 이상한 것은 아직 원수를 갚지 못했다는 그녀의 말이었다. 태청신공이 팔성의 경지에 이르러 상대의 능력 정도는 능히 알아볼 수 있는 연운비였다.

단옥령의 무위는 못해도 천수신검(千手神劍) 막이랑과 비슷한 수준이었다. 비록 옆에 있는 흑살객 염후아보다는 떨어진다 하여도 일개 도적을 상대하지 못할 정도는 아니었다. 더구나 그녀는 낭인대를 이끌고 있는 대주였다. 그만한 세력을 지니고도 원수를 갚지 못했다는 것은 이상한 일이 아닐 수 없었다.

"혹여 아직 원수를 찾지 못한 것입니까?"

"아니에요."

'대체 원수가 누구이기에……?'

연운비는 낭인대의 능력으로도 감당할 수 없는 상대를 생각해 보았다. 도적이라고 하였으니 정파의 무인은 아닐 것이고, 그렇다고 사파의 무인이라고 하기에도 애매한 면이 있었다.

대장간 노인은 분명 단옥령의 부모가 무공을 익히지 않았다고 말했다.

낭인대가 감당할 수 없을 정도의 고수가 무공도 익히지 않은 일반인을 잔인하게 죽일 이유가 없었다. 그런 짓을 했다면 사파에서도 배척당했을 것이다.

"그 이야기는 그만 하죠. 오늘은 그 이야기를 하러 온 것이 아니니까요"

단령옥이 고개를 저으며 말을 이었다.

"이번 운남행에 출정하신다고 들었어요."

"그렇습니다."

"부탁이 하나 있어요. 할아버지께서 애지중지하시던 그 검집을 주었다는 것은 무엇인가 이유가 있었을 터, 제가 부탁 한 가지 정도 해도 되겠죠?"

'무슨 말인가? 검집이라면 이것을 말하는 것인가?'

연운비는 조금은 의아한 모습으로 검집을 보았다.

그다지 특별한 것이 없는 평범한 검집이었다.

단지 일반적인 검집에 비해 조금 더 무겁다는 것이 다른점이라면 다른 점일 뿐이었다.

"어려운 부탁은 아닐 거예요. 할아버님은 분명 당신에게 저를 찾아달라고 부탁하셨겠지요?"

"그렇습니다."

"만약 제가 이번 운남행에서 돌아오지 못한다면……."

잠시 뜸을 들이던 단옥령이 말을 이었다.

"그렇게 된다면… 할아버님께 저를 보지 못했다고 말씀해 주세요."

"단 소저?"

"그 정도는 해주실 것이라 믿어요. 연 소협 역시 저희 할아버님께서 괴로워하는 모습을 보고 싶진 않을 테니까요."

"그 일은… 조금 더 생각을 한 연후에 대답해 드리겠습니다."

당장은 결정할 수 없는 문제였다. 좋은 일이든 나쁜 일이든 그것은 당사자가 선택해야 할 문제였지, 연운비가 주관할 수 있는 일이 아니었다.

"생각해 보니 제 정체를 모르셨던 것 같은데 이럴 줄 알았다면 괜히 만나자고 한 것 같네요. 호호."

단옥령은 조금은 아쉬운 표정으로 말을 이었다.

"어쨌든 생각해 보도록 하세요."

"더 하실 말씀이 있으십니까?"

"없어요."

"그럼 저는 이만 가보도록 하겠습니다."

"그러도록 하세요. 나중에 다시 만날 일이 있겠죠."

"가보겠습니다."

연운비는 두 사람에게 정중히 고개를 숙인 뒤 처소로 발길을 돌렸다.

송죽림으로 향할까 생각도 해보았지만 이야기를 나누느라 시간이 상당히 지체되었다. 급한 일은 아니라 하였으니 내일 찾아가도 될 듯싶었다.

처소로 돌아온 연운비는 깊은 한숨을 내쉬며 창밖을 바라보았다.

서쪽 하늘녘에는 은은한 노을이 지고 있었다. 지금 연운비의 마음은 그런 노을처럼 붉게 물들어 있었다.

"내가 잘하는 일인지 모르겠구나."

연운비는 목에 걸고 있는 부적을 꺼내 물끄러미 바라보았다.

단(斷)이라는 글자가 부적에는 선명히 적혀 있었다.

누구를 선택한다는 것, 세상을 살아가면서 그것만큼 힘든 일은 없다. 그럼에도 연운비가 결정을 내릴 수밖에 없었던 것은 둘 모두를 잃을 수도 있다는 우려 때문이었다. 그 점이 무엇보다 연운비를 힘들게 만들었다.

"운남행이라……."

묘독문(妙毒門).

한때 운남 전역에 그 세력을 떨쳤던 점창파(點蒼派)를 물리치고 패자가 된 문파.

구파의 일익이었던 점창이 멸문까지 당하게 된 것은 그만큼 묘독문의 힘이 강성하다는 것을 의미했다.

묘독문뿐만 아니라 팔황의 모든 세력이 그러하다.

구파 중 소림을 제외한다면 그 어느 문파도 단일 문파로 그들과 자웅을 겨룰 수 없다. 천하제일세 무벌이나 광서, 광동에 걸쳐 그 세력을 뻗고 있는 십팔도궁이라면 가능하겠지만 정파 중에는 소림이 유일했다.

백여 년 전 팔황이 발호하고 묘독문이 점창을 무너뜨리는 데에는 고작 이 개월이 걸렸을 뿐이다.

팔황 중 빙궁과 함께 그 세력이 가장 약하다고 평가받는 묘독문이 그러한 힘을 지녔으니 다른 세력들은 그 세가 어떻다는 것을 여실히 짐작할 수 있는 일이다.

그렇다고 해서 묘독문의 힘이 약하다는 것은 아니다. 고독과 충독, 각종 독충들을 부리는 그들의 능력은 어떻게 보면 팔황에 속해 있는 다른 문파들에 비해 더욱 상대하기가 까다로웠다.

연운비가 걱정하는 것도 이런 부분이었다. 차라리 상대가 빙궁이나 배교의 무리들이라면 오히려 이렇게 부담이 되지는 않았을 터였다.

"후으읍!"

좀처럼 마음이 진정되지 않자 연운비는 깊게 숨을 들이쉬었다.

우우웅!

연운비는 천천히 태청신공을 운기했다.

칠성을 넘어 팔성에 도달해 있는 태청진기의 기운이 전신의 혈맥을 돌며 풀어져 있던 몸과 마음을 하나로 엮어주었다.

생각지도 않게 올라선 팔성의 경지.

한때는 그것이 부담이 되었지만 오히려 지금에 와서는 위안이 되어주고 있었다.

태청신공은 크게 오성과 칠성, 그리고 대부분의 무공이 그러하듯 십성에 그 궤가 달라진다.

오성이 일류의 경지라면 칠성은 절정의 경지, 십성은 최절정의 경지이다. 십성을 넘어선다면 흔히 말하는 검강을 사용하고 등평도수의 경신술을 펼치는 반선의 경지에 올라서게 된다.

칠성을 넘었다는 것은 십성 전까지 벽을 만나지 않는다는 것을 의미한다.

이제 남은 것은 시간과의 싸움이었다. 물론 하나의 큰 벽을 넘었다는 것이지 단순히 운기만 한다고 해서 구성의 경지에 다다를 수 있는 것은 아니다. 다만 상대적으로 팔성에 올라서기보다는 구성에 올라서는 것이 수월하다는 뜻이었다.

우우우우웅!

이전과는 달라진 진기의 흐름이 느껴졌다.

고작 몇 번의 소주천만으로도 전신에 힘이 충만하고 진기가 넘친다. 진퇴 역시 자유로워 많은 제약을 둬야 했던 초식 역시 틀을 벗어나 있었다.

연운비는 문뜩 검을 휘두르고 싶다는 생각이 들었다.

하나 이 좁은 방 안에서 검을 휘두를 수는 없는 일.

스르릉!

연운비는 마음속으로 검을 만들었다.

검은 곧 연운비의 마음이었다. 검은 검집에서 빠져나와 자유롭게 움직였다.

만든 것은 연운비였지만 검의 움직임은 연운비의 통제를 벗어나 있었다.

'자유로워지고 싶은 것인가?'

연운비는 검이 가고자 하는 길을 막지 않았다.

초식도 없이 투로도 없이 검은 무작정 움직였다. 일정한 규칙이 있는 것 같았지만 어떻게 보면 그렇지만도 않았다.

언제부터인가 연운비의 전신은 땀으로 젖어가고 있었다.

진기를 소모하는 것도 아니었고 고작해야 머리 속으로 그려 나가는 검무일 뿐이다.

그것은 심기(心氣)의 소모였다.

검은 비좁은 방 안을 벗어나 대지로 가고자 했다.

연운비는 조금 더 검을 놓아주고 싶었지만 이제는 그 끝맺음을 해야 할 시간이었다.

전신에 퍼져 있던 진기들을 단전으로 불러들였다.

차츰 팔성에 올라서며 늘어난 조금은 이질적인 진기들이 하나가 되어가는 것을 느낄 수 있었다.

"후우우!"

마지막 호흡을 끝으로 연운비는 자리에서 일어났다.

온몸이 상쾌했다.

얼마나 시간이 지났는지 알아보기 위해 창문을 열려던 연운비는 문밖에서 누군가 다가오는 소리에 입을 열었다.

"누구십니까?"

"접니다."

"이명이로구나."

연운비는 반가운 표정으로 급히 문을 열었다.

문밖에는 유이명이 한 손에 무엇인가를 든 채 서 있었다.

"웬일이냐?"

"잠도 안 오고 해서 찾아왔습니다. 그나저나 너무 늦은 시간이 아닌지 모르겠습니다."

"늦은 시간이라니, 고작……."

문득 말을 하던 연운비가 이상한 감을 느끼고 창문을 열었다. 노을은 어느새 사라지고 만월(滿月)과 무수한 별들이 하늘에서 그 빛을 발하고 있었다.

"벌써 시간이 이렇게 되었구나."

"주무시고 계셨습니까?"

"아니다. 앉거라."

연운비는 고개를 저으며 침상에 걸터앉았다.

"오랜만에 바둑이나 한 판 둘까 해서 찾아왔습니다."

"바둑이라……."

연운비는 그제야 유이명의 손에 들려 있는 것이 바둑판이라는 사실을 알았다.

"그래, 좋지. 한 판 두자꾸나."

"예."

유이명은 들고 있는 바둑판을 내려놓고 품 안에서 다듬은 백돌과 흑돌을 꺼내놓았다.

"먼저 두시겠습니까?"

"두 점만 깔도록 하자."

"아닙니다. 저도 산을 내려와서는 거의 두지 않았습니다. 맞두어도 될 것 같습니다."

"하하, 아니다. 네 실력이야 내가 잘 아는데 그때나 지금이나 내 실력은 마찬가지이니 두 점 정도 놓으면 될 것 같다."

"알겠습니다. 그럼 시작하시지요."

"그래."

연운비는 대각선에 위치한 천원점(天元點)에 두 개의 돌을 놓고 대국을 시작했다.

도가에서는 심심치 않게 바둑을 배운다. 마음을 다스리고 안목을 넓힐

줄 알게 된다는 이유에서였다.

연운비나 유이명도 곤륜에 입문하면서부터 운산 도인에게 바둑을 배웠다.

운산 도인이 바둑을 잘 두는 것은 아니었지만 흐름은 읽을 수 있었고, 그런 흐름을 제자들에게 가르쳤다. 그중에서도 유이명의 실력은 뛰어나 나중에는 오히려 운산 도인보다 나을 정도였다.

딱! 딱!

조용한 가운데 바둑돌이 놓아지는 소리만이 방 안에 울려 퍼졌다.

대국은 중반으로 들어서고 있었다.

연운비는 좌상변의 집을 견고하게 유지 중인 상황이었고, 유이명은 사방에서 그런 연운비의 집을 압박했다. 그러면서도 한편으로는 중앙에 자리잡고 있는 연운비의 대마를 호시탐탐 노렸다.

"사형."

잠시 연운비의 눈치를 보던 유이명이 조심스럽게 말을 꺼냈다.

"무슨 일이라도 있으십니까?"

"무슨 소리냐?"

"벌써 실착이 세 번째입니다. 평소의 사형답지 않으시군요. 두는 방식도 그러하고."

유이명이 걱정이 되는 표정으로 물었다.

대국은 이미 백으로 기울었다고 해도 과언이 아니었다. 흑돌은 좌상변을 제외하곤 찾아볼 수가 없었고, 그나마 중앙의 대마 역시 잡히기 일보 직전의 상황이었다.

몇 번의 연이은 실착이 가져온 결과였다. 분명 연운비의 실력이 유이명에 비해 미치지 못하는 것은 사실이었지만 두 점을 깔고도 이렇게 차이가 날 정도는 아니었다.

무엇 때문인지 몰라도 연운비는 초조해하고 있었다. 평소라면 두지 않았을 수도 무리해서 강행하고 있었다.

"아무것도 아니다."

"사형……."

"그저 마음이 좀 불안할 뿐이다."

"너무 걱정하지 마십시오. 별일없을 것입니다."

사실 연운비가 걱정하는 것은 귀상과 부적에 얽힌 일이었지만 유이명은 연운비가 운남행에 대한 일을 걱정한다고 생각하고 위로의 말을 꺼냈다.

"오늘은 여기까지만 하자."

"알겠습니다. 쉬시지요. 이만 가보겠습니다."

유이명은 바둑판을 정리하고 자리에서 일어났다. 연운비는 창밖으로 유이명의 뒷모습을 물끄러미 바라보았다. 만월(滿月)이 유이명이 가는 길을 밝혀주고 있었다.

"부르셨다고 들었습니다."

송죽림(松竹林)에 들어선 연운비는 그곳에서 기다리고 있는 권왕 위지악을 향해 정중히 포권을 취했다.

"왔느냐."

"노가주님께서는……?"

"잠시 자리를 비워달라 했다."

"무슨 이유라도 있으신지요?"

"쯧쯧, 있으니 불렀지 없으면 불렀겠느냐."

위지악이 한심하다는 듯한 표정으로 혀를 찼다.

"어떤 일로……?"

"검이나 뽑아라."

위지악은 귀찮다는 듯한 표정으로 입을 열었다.

"예?"

"시시콜콜 잡소리는 그만 하고 검이나 뽑으란 소리다."

"어르신?"

연운비는 영문을 모르겠다는 표정으로 위지악을 바라보았다.

최근 위지악의 기분을 언짢게 만든 일이 있었던가?

아무리 생각해도 그런 것 같지는 않았다. 얼마 전 천수신검 막이랑의 일만 아니라면 위지악과 부딪친 적도 없을뿐더러 그렇다고 그 일로 화가 난 것 같지도 않았다.

"혹시라도 제가 기분을 상하게 한 일이 있다면 용서해 주십시오."

"쯧쯧, 막혀도 이렇게 막힐 수가 있다니, 말코도사가 너를 가르치면서 얼마나 답답했을지 알 만하다. 왜 너를 정식 제자로 받아들이지 않았는지 이제야 알 것 같구나."

"……."

위지악의 날카로운 지적에 연운비는 아무런 말도 하지 못하고 입을 다물었다.

곤륜의 모든 장로들뿐만 아니라 장문인조차 연운비를 정식 제자로 받아들이는 것을 허락했음에도 운산 도인은 그것을 허락하지 않았다. 굳이 따지자면 유보시킨 것이었지만 상황상 큰 차이는 없었다.

운산 도인이 결정한 일이기에 연운비는 그럴 만한 이유가 있을 것이라 생각하고 단 한 번도 거기에 대해 불만을 가진 적이 없었다. 때가 되면 알 수 있을 것이라는 말만을 기억하고 있을 뿐이었다.

한데 위지악의 입에서 다시 그런 소리가 나왔다. 쉽게 넘어갈 만한 일이 아니었다.

"세상을 보거라. 도인이라고 해서 전부 다 같은 도인은 아니다. 하긴 나 같은 늙다리 무인이 그런 말을 할 자격은 없겠지만 말이다."

"가르침을 내려주십시오."

"쯧쯧, 가르침을 내려주고 할 것이 무에 있느냐. 나에겐 그럴 자격도 없을뿐더러 그리고 싶지도 않다. 이것 하나만은 가르쳐 주도록 하마. 네가 지금 가야 할 곳은 어디냐?"

"가야 할 곳이라 하심은……?"

"네가 이루고자 하는 것을 말하는 것이 아니라 네 그 몸뚱어리가 가야 할 곳을 묻는 것이다."

"운남입니다."

"되었다. 그럼 이제 검이나 뽑거라. 비무나 한 번 하도록 하자."

연운비는 잠시 생각에 잠겼다.

무엇인가 손에 잡힐 듯하면서 좀처럼 잡히지 않았다.

그것은 마치 검을 익히면서 느낀 적이 있던 커다란 벽을 마주하는 느낌이었다.

'너무 많은 것을 바라는 건가, 아니면 스승님의 말씀처럼 아직 때가 되지 않은 것인가.'

연운비는 마음을 추스르고 검을 들었다.

"비무라고 하여 적당히 봐줄 생각은 없다. 너는 최선을 다해야 할 것이다."

"명심하겠습니다."

"이전에는 내가 공격을 하고 너는 막기만 하였다. 오늘은 그 반대로 행할 것이다. 삼 초식을 펼쳐 나를 공격하거라. 모든 내공을 사용해도 좋다."

"알겠습니다."

연운비는 천천히 태청진기를 끌어올렸다.

이전과는 달리진 막대한 진기의 흐름이 느껴졌다. 팔성에 이른 태청신공의 효능이었다.

"가겠습니다."

연운비는 느리지도 그렇다고 빠르지도 않은 속도로 검을 휘둘렀다.

소청검법의 제팔식 유유중허(柔柔中虛)였다.

상청무상검도가 일정 경지에 오르면서 구성에 머무르고 있던 소청검법이 십일성까지 올라섰다. 태청검법을 배우지 않은 것은 자질이 미치지 못해서가 아니라 상청무상검도와는 그 궤를 달리하는 무공이기 때문이었다. 하지만 소청검법은 어떻게 보면 상청무상검도와도 매우 밀접한 무공이었다.

부드러움 속에 부드러움이 있고, 그 안에 허상과 실상이 존재한다.

환검과 유검을 접목시켜 놓은 유유중허의 초식은 위력은 강하지 않으나 허초와 실초를 구분하기가 쉽지 않아 상대하기가 까다롭기 그지없는 초식이었다.

"같잖구나."

퍼펑!

위지악은 굳이 허초와 실초를 구분하지 않았다.

그가 휘두른 일권에 허초와 실초가 모두 부서졌다. 그다지 힘을 실은 공격도 아니었다.

"그런 것은 하수를 상대할 때나 쓰는 초식이다. 네 본신 실력 모두를 사용하여 부딪쳐 와라!"

"파하!"

연운비의 입에서 사자후가 터져 나왔다.

동등한 실력이라면 모르되 지금처럼 실력 차가 상당한 경우에는 무공이 높은 사람이 낮은 사람을 가르쳐 주는 형식으로 비무가 이루어진다. 자연 얻는 것이 적지 않았고, 그렇게 되기 위해서는 지닌 바 모든 능력을 보여주어야 했다.

단설참(斷雪斬).

상청무상검도는 특별한 초식이 존재하지 않는다.

진기의 흐름에 몸을 맡겨 검을 휘두르고 자연과 동화하여 몸을 움직인다.

그런 이유로 인해 위력 면에 있어서는 태청검법보다 떨어지지 않을 수 없었고, 곤륜에서는 상청무상검도를 익히는 무인이 그 수가 극히 적었다.

물론 그런 상청무상검도에도 일정 초식은 존재했고, 단설참은 몇 안 되는 공격 초식 중 하나였다.

'이놈, 정말 괴물 같은 놈이로구나. 그때와는 비교조차 되지 않는다.'

기의 파동.

그것을 느낀 위지악의 표정이 굳어졌다.

얼마 전 있었던 비무 당시 모든 매화가 떨어졌을 때 위지악이나 당문표조차 사고가 일어날 것이라 생각했다. 그만큼 검의 기세는 막강했고, 막이랑은 버티지 못할 것 같았다. 하지만 사고는 일어나지 않았고, 연운비는 검을 회수했다.

그것은 곧 기의 흐름을 언제 어느 때든 의지대로 움직일 수 있다는 의미. 적어도 최절정의 경지를 넘어선 무인들만이 보일 수 있는 수준이었다.

위지악이 군이 비무를 거론한 이유는 그것을 확인하고 싶었기 때문이다.

당시 본 것이 사실이라면,

이번 운남행에 있어 중원무림은 감춰져 있는 하나의 패를 확보하는 것이다.

지금 연운비가 펼치고 있는 단설참(斷雪斬)이 바로 당시 막이랑을 상대로 펼친 초식이었다.

쾅! 콰쾅!

초식은 하나였지만 부딪침은 둘이었다.

위지악이 반동을 이기지 못하고 한 걸음 뒤로 물러섰다.

연운비 역시 대여섯 걸음 물러섰다고는 하더라도 천하의 권왕이 이제 강호에 갓 출도한 신진에게 물러섰다는 것은 천지가 경악할 만한 일이었다.

"놈, 더 있느냐?"

"무슨 말씀이신지······?"

"나는 세 번의 공격을 펼치라 하였고 너는 두 번의 공격을 하였다. 더 보여줄 것이 남았느냐 하는 말이다."

위지악이 묘한 눈빛으로 연운비를 바라보았다.

방금 펼친 초식만 하여도 단언컨대 막을 수 있는 자는 이패, 삼검, 오왕을 제외하곤 그 수가 열, 많아야 그 배를 넘지 못할 것 같았다.

일반적인 상황이라면 아무래도 이초식보단 삼초식의 공격이 강하다는 것이다. 그렇다면 연운비에겐 아직 보여줄 것이 남아 있다는 뜻이기도 했다.

"그렇습니다."

"펼쳐라."

"다시 가겠습니다."

연운비는 구성에 가까운 내력을 끌어올렸다.

전력을 다하지 않는 것은 위지악을 무시해서가 아니라 그렇게 될 경우 연운비 본인이 반탄력으로 인해 큰 피해를 입을 수도 있다는 우려 때문이었다.

만월파(彎月波).

단설참의 기세가 빠르고 날카로웠다면 만월파에 얽힌 기세는 부러우면서도 장중했다.

쩌엉!

연운비가 밟고 있는 땅에서부터 시작된 진동이 사방에서 터져 나왔다.

그것을 맞서가는 위지악의 손에서 권력이 뿜어져 나왔다.

권력은 권풍과는 다르다.

권풍이 기의 힘에서 파생된 힘이라면 권력은 기 자체를 뜻한다. 그만큼 위력 면에 있어서 비교조차 할 수 없었고, 상당한 내공의 소모를 가져왔다.

콰르르릉!

기암절벽이 붕새의 외침에 무너져 내렸다.

산악의 웅혼함에 맞서는 그것은 모든 것을 무너뜨릴 듯 밀려드는 강인함.

강함의 끝을 보여주는 무인, 그것이 바로 권왕이었다.

펑!

피하면서 부딪쳤고, 부딪치면서 피했다. 그 와중에 연운비가 택한 것은 망설임없는 공격이었고, 이전에 있었던 권왕과의 삼 권 비무와는 사뭇 다른 모습이었다.

주르륵.

연운비의 입가로 한줄기 선혈이 흘러내렸다.

피였다.

하지만 검붉은 피는 아니었다.

그것은 연운비가 내상을 입었다라기보다 단순히 기혈이 뒤틀린 정도에 그쳤다는 것을 의미했다.

"내 처소를 망가뜨리려고 작정을 했는가?"

부딪침이 끝나고 한 인영이 장내로 날아왔다.

초상비(草上飛).

움직임이 이는 데도 소리가 나지 않았다. 땅의 울림조차도.

실로 절정의 경공술. 강호오왕 중 일인이자 경공과 암기에 있어서 최고의 자리에 올라선 무인 암왕 당문표, 바로 그였다.

"난 십팔도궁에서 도왕이라도 쳐들어온 줄 알았다네."

"흥, 그랬다면 당문의 주춧돌 하나 남아났을 것 같은가."

위지악이 못마땅하다는 표정으로 당문표를 바라보았다.

삼 초의 대련은 끝났다고 하지만 이제부터 본격적으로 비무다운 비무를 벌이려 마음먹고 있었다.

그것은 연운비의 실력이 그 정도는 된다는 뜻이기도 했다.

하지만 당문표가 온 이상 이번 비무는 이 정도에서 멈출 수밖에 없었다.

"그만 하게. 이 정도면 되었네. 더 이상 시험해 보지 않아도 무방하지 않은가."

"놈, 마지막에 펼친 초식이 무엇이더냐?"

"만월파라 합니다."

"만월파……. 초승처럼 양 날의 검이라는 뜻이더냐? 아직 만월(滿月)이 되지 못한 것이 아쉽지만 멋진 초식이었다."

"가, 감사합니다."

연운비가 조금은 당황하는 표정으로 대답했다.

설마 위지악의 입에서 이런 말이 나올 것이라고는 미처 생각하지 못한 모습이었다.

"이번 운남행은 쉽지 않을 것이다."

위지악은 접혀진 소맷자락을 펴며 말했다.

"알고 있습니다."

"네가 생각하는 정도가 아니다."

"무슨 뜻이온지……?"

"알려진 것과 그렇지 않은 것에는 엄연한 차이가 있기 마련이다. 이번에 저 친구와 내가 참여하는 것도 괜한 이유에서가 아니다."

"제가 우둔해서 말을 알아듣지 못하겠습니다."

"너를 중군에 넣은 것에는 그럴 만한 이유가 있다는 말이다."

"아!"

그제야 연운비는 중군에 들어간 것이 운영 사숙이 힘을 쓴 것이 아니라 위지악이 그렇게 조치를 내린 것이라는 사실을 알아차렸다.

"오늘은 이만 가보거라. 이 이야기는 나중에 다시 하도록 하겠다."

"허허, 다음에 보세나."

"알겠습니다. 두 분, 편히 쉬시지요."

연운비는 두 사람에게 정중히 인사를 한 뒤 송죽림을 벗어났다.

"쯧쯧, 아주 난장판을 만들어놓았군."

연운비의 모습이 사라지자 당문표가 입을 열었다.

"어쩔 수 없었네."

"그 정도로 강하던가?"

"당문에서 자네를 제외하면 누가 가장 강하다 할 수 있나?"

"글쎄… 드러나 있는 것만 치자면 원로인 섬수환독 추 늙은이 정도나 아니면 흑표 그 아이겠지. 유 대주도 무시할 수 없을 터이고."

"적어도 저놈은 흑표보다 위라네."

"그 정도인가?"

당문표가 사뭇 놀라는 모습으로 반문했다.

"문제는 모질지가 못하다는 것일세. 천성이라고나 할까? 비무라면 흑표를 이길 수 있겠지만 실전이라면 잘해야 동귀어진. 그것도 아니면 패할 수도 있겠지."

"재미있는 아이로군."

"시간만 넉넉하다면 다듬을 수 있겠지만 그러지 못한다는 게 문제일세."

"차라리 이번 싸움에서 제외시키는 것은 어떤가? 도왕 늙은이한테 보내서 한 반년 정도 데리고 있어보라는 것도 좋을 듯한데. 큰 전력이 되지 않겠나?"

"도왕이라고 해서 여유가 있을 것 같은가?"

"하긴 그렇긴 하군."

"결국 저 아이의 일은 운에 맡기는 수밖에 없겠군."

"곤륜의 말코도사가 그렇게 허망하게 가버리는 바람에 한 축이 무너졌네. 저놈이 그 일을 해주면 좋으련만……."

송죽림에서 저물어져 가는 노을을 바라보고 있는 두 기인의 표정은 노을만큼이나 어두워 보였다.

第13章

천랑성은 빛을 발하고,
칠마는 세상에 모습을 드러내다

제13장

운남행. 이 말에 담긴 의미는 적지 않다.

팔황(八荒)의 난.

백 년 전 일어났던 최악의 참변 이전에도 세외 세력과 중원 세력의 싸움은 항상 끊이질 않았다. 하지만 시작은 언제나 척박한 곳을 벗어나 중원으로 들어서려는 세외 세력의 침입에서부터 시작되었지 그 반대는 아니었다.

천칠백이라는 실로 엄청난 인원이 이번 싸움에 투입되었다.

더구나 그 인원 대부분이 속가나 일반 제자들이 아니라는 것을 생각했을 때 그 전력은 상상을 불허하는 것이었다.

그중 정파의 인원이 구백, 귀주의 천독문에서 삼백, 광서, 광동의 십팔도궁에서 사백을 보내왔다. 나머지 일백은 낭인들로 구성되었다.

"궁주님, 들어가도 되겠습니까?"

십팔도궁의 부궁주 헌원산이 조심스럽게 실내로 들어섰다.

"일은."

"무사히 마쳤습니다."

차가운 목소리였다. 그런 차가운 목소리를 대하는 헌원산의 태도는 공손하기 이를 데 없었다.

전 무림을 통틀어 헌원산에게 이런 대접을 받을 만한 무인은 단 한 사람뿐.

강호오왕 중 일인이자 천하에 도로는 적수가 없다는 무인.

도왕(刀王) 혁련무극.

권왕 위지악과 함께 오왕 중에서 가장 강하다고 평가받으며 광서, 광동에 걸친 패자 십팔도궁의 주인이었다.

정파에 구파일방과 오대세가가 있다면 흑도에는 십팔도궁과 사혈련이 있다고 할 정도로 십팔도궁의 세는 엄청났다. 굳이 비교하자면 사천에 있는 아미, 청성, 당문이 합쳐야 상대할 수 있을까 하는 정도였다.

더구나 중원을 통틀어 가장 그 세가 크다는 무벌(武閥)도 엄밀히 말하자면 흑도의 세력이기에 현 강호에서 흑도의 세력은 정파를 넘어서고 있었다.

"다른 곳의 분위기는 어떠한가?"

"빙궁과 대막혈랑대를 제외하곤 조용합니다."

감정이라고는 조금도 느껴지지 않는 목소리에 헌원산은 한차례 몸을 부르르 떨었다. 앞에 서 있는 것만으로도 존재감을 느낄 수 있는 무인. 그가 바로 혁련무극이었다.

'대체 얼마나 강해지시려 한단 말인가…….'

헌원산은 이제는 서 있기조차 힘든 상황에 고개를 내저어야 했다.

불과 오 년 전까지만 하여도 이 정도는 아니었다.

부궁주인 자신과 십팔도객이라면 승리는 장담할 수 없어도 최소한 지지는 않을 것이라 생각했다.

하나 지금은 아니었다.

십팔도객은커녕 삼태상과 합공을 한다 하여도 자신이 없었다.

"앉게."

"감사합니다."

그렇지 않아도 서 있기 힘든 상황이라 헌원산은 사양하지 않고 자리에 앉았다.

"조용하다라……. 있을 수 없는 일이로군."

"그렇습니다. 무엇인가 흉계를 꾸미고 있다 해야겠지요. 아시다시피 팔황의 난에서 가장 앞장선 문파가 묘독문, 대막혈랑대, 빙궁, 배교였습니다. 세력이 크게 꺾인 문파가 움직이는데 오히려 그렇지 않은 세력들이 움직이지 않는다. 이상한 일이지요. 어떻게 할까요? 조금 더 알아봐야 하지 않겠습니까?"

"되었다. 어차피 강호는 힘이 지배하는 곳, 그런 계략 따위를 꾸밀 정도라면 더 이상 팔황은 신경 쓸 가치도 없겠지."

'역시…….'

헌원산은 짐작했던 대로 윤허가 떨어지지 않자 내심 쓴웃음을 머금었다.

말은 꺼냈지만 혁련무극이 그것을 허락할 것이라고는 생각하지 않고 있었다.

오로지 정면으로 부딪치는 무투(武鬪). 그것을 추구하는 무인이 바로 도왕 혁련무극이었다.

"그보다 사천에서 중요한 소식을 전해왔습니다."

"말하라."

"곤륜에서 별이 떨어졌다고 합니다."

"……"

단 한 올의 표정 변화도 없던 혁련무극이었지만 지금 이 순간만큼은 누가 보더라도 알 수 있을 정도로 그의 표정이 굳어 있었다.

"그가… 죽었다고?"

"그렇습니다."

헌원산은 조심스레 혁련무극의 두 눈을 바라보았다. 희미하게나마 눈동자가 흔들리고 있었다.

'아직 그 일을 잊지 못하시는 것인가?'

십 년 전 보타암에서 있었던 비무.

세상은 알지 못하는 일이었지만 당시 이패를 제외한 삼검, 오왕의 격돌이 있었다.

승패가 가려진 싸움도 그렇지 않은 싸움도 있었지만 그들 모두가 보여준 무위는 인간의 한계를 뛰어넘는 것이었다. 당시 헌원산은 수행원으로 따라갔었기에 그 싸움을 볼 수 있었다.

"일이 어렵게 되겠군."

"아무래도 세 축의 하나였으니까요. 이로써 배교와 포달랍궁은 움직임이 자유로워지겠지요. 사천에서 서두르는 것도 그런 이유인 것 같습니다."

"보조는 맞춰주게. 사천이 무너진다면 그 다음이 우리 차례가 될 터이니까."

"알겠습니다. 그리고 무벌에서 사람이 왔었습니다. 만해도에 침투시켰던 자들에게서 연락이 끊겼다는군요. 예상했던 일이지만 조금 빠른 것 같습니다."

"그것은 자네가 알아서 하도록. 이만 나가보게. 쉬고 싶군."

"존명."

헌원산은 공손히 허리를 숙인 뒤 실내를 빠져나갔다.

*   *   *

"흐흐, 처음 뵙겠소. 이길편이오."

장년인이 모여든 사람들을 향해 가볍게 포권을 취했다.

비독(飛毒) 이길편. 귀주를 차지하고 있는 천독문의 삼단 중 한 곳을 책임지고 있는 자였다.

"십팔도궁의 막표외다."

현 강호에서 최강 성세를 자랑한다는 십팔도궁. 막표는 그 십팔도궁에서도 열 손가락 안에 들어가는 강자였다. 더불어 십팔도궁의 대외 총관직을 맡고 있기도 했다.

"악단명이오."

"클클, 풍두개이네."

중군의 총인원은 팔백 명.

우군과 좌군의 합친 수가 천 명을 넘지 않는다는 것을 생각했을 때 실로 엄청난 인원이었다.

당가의 전위대와 천독문의 청혈단, 아미, 팽가, 황보세가, 십팔도궁의 무인들을 비롯하여 낭인 일백과 절강 보타암의 무인들도 그 안에 포함되어 있었다.

"오느라 수고들 하시었소."

중군의 총지휘를 맡은 진철도 팽악이 천막 안으로 일행을 안내했다.

"흐흐, 권왕 어르신께서는 계시지 않은가 보오?"

"아직 오지 않으셨소. 당문의 노가주께서 따로 행동하신다고 하였으니 곧 도착하실 게요."

"호호, 그렇구려."

"이미 모든 준비는 끝났소. 여기 있는 유 대주가 설명을 해줄 것이오이다."

팽악이 한편에 서 있는 유이명을 가리켰다.

"전위대주 유이명입니다. 이번에 선봉을 맡게 되었습니다."

"호호, 이거 반갑소. 천하에 그 위명을 떨치고 있는 광검을 직접 눈으로 보게 되다니."

이길편이 조금은 비웃는 듯한 태도로 말을 받았다.

명성으로만 따지자면 아무래도 비독 이길편보다는 광검을 한 수 위로 쳐주었다.

동배도 아니고 한 배분 아래인 애송이보다 아래로 평가받는 것은 아무래도 자존심이 상하는 일이었다.

"막표라 하네. 이전부터 광검에 대한 소문은 들었다네. 기회가 된다면 한 번 겨루어보세나."

"물론입니다."

이길편과는 전혀 다른 태도로 인사를 건네는 막표를 향해 유이명이 정중히 포권을 하였다.

'십팔도궁, 무벌을 제외하곤 상대할 곳이 없다더니 소문이 거짓이 아니로구나.'

사람을 보면 그가 속한 문파도 알 수 있다.

정중하면서도 힘이 깃들어 있다.

대외총관이라고는 하지만 어떻게 보면 결국 십팔도객 중 일인. 그런 무인에게서도 범접치 못할 위엄이 배어 있다. 이것이 바로 십팔도궁이 지니고 있는 힘이었다.

이길편도 만만한 자는 아니었다. 하지만 막표보다 그 격이 떨어지는 것은 사실이었다.

"아시다시피 우군의 본대를 본 궁에서 책임지기로 하여 중군에는 많은 인원을 보낼 수 없었소."

"얼마나 보내온 것이오?"

팽악이 물었다.

"본인을 포함한 십팔도객 중 삼 인과 도객 삼십 명이오."

"흠."

"크흠."

정파 무인들의 얼굴에 불편한 심기가 그대로 드러났다. 애초부터 우군의 주력을 맡기로 한 십팔도궁이었지만 그래도 그렇지, 삼십 명은 너무하다는 모습이었다.

"너무 적은 것 아니오?"

"그 대신 단도객 오십 명을 추가로 데려왔소. 그 정도면 충분하지 않겠소?"

"뭐, 그 정도라면……."

그제야 팽악이 고개를 끄덕이며 수긍하는 모습을 보였다.

단도객은 일반적인 도보다 짧은 도를 위주로 사용하는 무인들을 가리켰다.

비록 편법이긴 하지만 그들이 펼치는 도법은 기괴하기가 이를 데 없어 상대하기가 까다롭기 그지없다고 알려져 있었다. 더구나 합공에 있어서는 오히려 도객을 능가한다고 알려져 있었다.

"일단 주요 거점부터 설명드리겠소. 유 대주, 부탁하네."

"알겠습니다. 여기 보시지요. 이곳이 진입로가 시작되는 입구로써 오른쪽에 매복이 있을지도 모르는 곳입니다. 왼쪽으로는……."

유이명은 운남 전역 지도를 펼친 후 설명을 시작했다.

*   *   *

"이제 중원의 하늘을 보는 것도 오늘이 마지막이구나."

연운비는 구름에 감싸인 천랑성(天狼星)을 바라보며 나지막하게 중얼거렸다.

이런 우중충한 날씨 속에서도 천랑성은 그 빛을 잃지 않고 있었다. 하늘에서 가장 밝은 별이라는 말이 괜한 말이 아닌가 보다.

"무엇을 그리 생각하시나요?"

한편에서 사박거리는 소리와 함께 누군가가 다가왔다.

"유 소저."

연운비가 반가운 표정으로 다가온 사람을 맞이했다. 다름 아닌 그녀는 천상신녀 유사하였다.

"제가 괜히 방해한 것은 아닌지 모르겠네요."

"아닙니다. 그저 바람을 좀 쏘이고 싶어서 나온 것뿐입니다."

"그렇군요. 그럼 저도 함께 바람 좀 쏘여도 될까요?"

"물론입니다."

연운비는 당연하다는 듯한 태도로 한 발 옆으로 물러섰다.

"별이 잘 보이지가 않네요."

"날씨가 흐려서 그럴 겁니다."

"구름도 끼어 있지 아니한데… 그래도 천랑성만큼은 밝네요."

연운비는 조용히 미소를 지었다.

그런 연운비의 미소를 바라보던 유사하는 어느 순간 쓴웃음을 흘리며 고개를 돌렸다.

불문에 몸을 담고 있던 그녀는 저런 미소를 수도 없이 많이 보아왔다. 보타암에 머물고 있는 노사태들이 이따금씩 지어 보이는 미소가 바로 저런 미소였다.

"연 소협은 이번 운남행에 대해 어떻게 생각하시나요?"

"글쎄요. 특별히 생각해 본 적이 없습니다."

"저는 과연 이런 일이 옳은 것인지 모르겠어요. 비록 그들이 백 년 전 혈겁을 일으켰다고는 하나 이미 지난 일이고, 지금은 다를 수도 있지 않겠어요?"

"그럴 수도 있겠지요."

연운비는 고개를 끄덕이며 수긍하는 모습을 보였다.

"제 생각을 말했으니 연 소협의 생각도 듣고 싶어요."

"저는……."

연운비는 잠시 말을 멈추고 생각에 잠겼다.

특별히 이번 운남행에 깊게 생각해 본 적은 없었다. 사제의 안위가 염려되어 따라온 것뿐이었고, 다만 서로 간에 사상자가 최대한 적게 발생하기를 바랄 뿐이었다.

"잘 모르겠습니다. 다만 피해가 없었으면 하는 바람뿐입니다."

"그렇군요."

그 모습을 보고 있던 유사하가 나직한 한숨을 내쉬었다.

그녀는 이번 운남행에 참가한 보타암의 제자들 중 서열이 가장 높았다.

아무리 보타암의 문도 수가 적다 한들 평소 같았다면 일대제자에 불과한 그녀가 책임자로 오는 것은 있을 수 없는 일이었겠지만 현재 절강 일대는 왜구의 출몰로 인해 몸살을 앓고 있어 지원할 여력이 없었다.

보타암뿐만 아니라 절강을 주름잡고 있는 벽라검파와 해사방 역시 그
것은 마찬가지였다.

책임자라는 것은 유사시 문도들의 생명을 책임져야 하는 위치였다.
부담감이 적을 리 없었고, 그것이 그녀의 얼굴에 수심이 가득한 이유였
다.

"한데 면사로 얼굴을 가리는 데에는 무슨 이유라도……?"

"아니에요. 그저 어렸을 때부터 써오던 것인지라 이제는 면사를 걸치
는 것이 습관이 되어버렸네요. 왜요, 제 얼굴이라도 보고 싶으신 건가
요?"

유사하가 묘한 눈빛으로 연운비를 바라보았다.

"아, 아닙니다."

연운비가 당황하며 급히 손사래를 쳤다.

"호호, 농담이에요. 그렇게 당황하지 마세요."

"예."

연운비는 어느새 이마에서 흘러내리고 있는 땀을 닦으며 한숨을 돌렸
다.

"그건 그렇고, 얼마 전 단 소저와 만나는 모습을 보았는데 무슨 관계
라도……?"

"단 소저라면… 아! 아무 관계도 아닙니다. 그저 그녀의 할아버님과
조금 인연이 있었을 뿐입니다."

"그렇군요."

유사하가 고개를 끄덕이며 대답했다.

"보타 신니께서는 어떤 분입니까?"

연운비는 그동안 물어보고 싶었던 말을 조심스럽게 꺼냈다.

운산 도인은 곤륜은 떠난 적이 흔치 않아 교분을 나눈 사람이 몇 되지

않았다. 그중 한 사람이 바로 보타 신니였다. 달리 검후라고도 불리는 보타 신니는 소림 방장인 혜원 대사와 함께 민간인들에게는 가장 존경받는 보살(菩薩)이기도 하였다.

"무례가 되었다면 죄송합니다."

연운비는 한참 동안 유사하가 아무런 말을 하지 않자 당황하며 고개를 숙였다.

물어보고 나서 생각이 든 것이지만 제자에게 스승에 대해서 물어보는 것만큼이나 무례한 일은 없었다.

"아니에요. 사부님은… 자상한 분이세요. 고아나 다름없는 저희들을 친자식처럼 대해주셨죠. 물론 저희뿐만 아니라 대부분의 사람들에게 그리 대하시지만요. 하지만 때론 엄격하기도 하셨어요."

"좋으신 분이군요."

연운비는 그녀의 말에서 그녀가 보타 신니를 어떻게 생각하고 있는지 알 수 있었다. 마치 그가 스승인 운산 도인을 생각하고 있듯이 말이다.

"연 소협의 스승님은 어떤 분이셨나요?"

"스승님은……."

한 호흡을 쉰 연운비가 말을 이었다.

"제게 길을 열어주신 분이셨습니다. 제가 태어난 것이 부모님의 은혜라면 제가 가야 할 길을 가르쳐 주고 이끌어주신 분은 스승님이셨습니다."

연운비는 잠시 말을 멈추고 스승인 운산 도인을 떠올렸다.

마치 지금도 스승님이 곁에 서 계신 것만 같았다. 검을 휘두를 때도 다른 무엇을 할 때에도 마찬가지였다. 하지만 연운비는 이제 그 사실을 잊어야 한다는 것을 잘 알고 있었다.

"부럽네요."

"…예?"

다른 생각을 하느라 그녀의 말을 듣지 못한 연운비가 물었다.

"부럽다고요. 저는 아직 그런 길을 찾지 못했으니까요."

"유 소저도 곧 찾으실 수 있을 겁니다."

"그렇게 되면 좋겠어요. 밤이 늦었네요. 저는 이만 가보도록 할게요. 연 소협은 이곳에 더 계실 생각인가요?"

"아닙니다. 저도 들어가 봐야지요."

"그럼 먼저 들어가세요."

"다음에 뵙겠습니다."

연운비는 정중히 고개를 숙인 뒤 신형을 돌렸다.

"하아!"

유사하는 그렇게 멀어져 가는 연운비의 뒷모습을 바라보며 한숨을 내쉬었다.

'유사하야, 유사하야, 대체 어쩌자고 이러는 거냐. 그는 도인이고 너는 얼마 후면 암동에 들어가야 할 신분인데…….'

유사하는 흔들리는 자신의 마음을 탓하며 고개를 저었다.

언제부터인가 그녀의 마음속에는 연운비의 부드러운 미소가 자리잡고 있었다.

*   *   *

"사형, 불편하지는 않으십니까?"

"괜찮다."

중군의 선봉을 맡은 것은 당문의 전위대. 전위대를 이끌고 있는 것은 유이명이었다.

부대주로의 강등이 있었다고는 하지만 이번 운남행에서만 대주라는 지휘는 유지되었다.

이런 중요한 싸움을 앞두고 지휘관을 바꾼다는 것은 있을 수 없는 일이다.

"흐흐, 여기 계셨구려, 유 대주."

"무슨 일입니까?"

한편에서 다가온 비독 이길편을 보고 유이명이 탐탁지 않다는 듯 얼굴을 찌푸렸다.

"흐흐, 그냥 별일없는가 해서 왔소. 이거 뒤에서 따라가려니 답답해서 말이오."

삼 군 중 중군의 병력은 좌군이나 우군과는 다르게 운용된다.

그것은 아무래도 흑백 양도의 모든 세력이 모여 있는 만큼 어쩔 수 없는 선택이었다. 선봉은 당문의 전위대가 맡았고 후방은 천독문에서 책임졌다.

"아직은 없습니다."

"흐흐, 그렇구려."

중후한 인상과는 다르게 연신 음침한 괴소를 흘리며 말하는 이길편의 모습에 유이명의 얼굴이 더욱 찌푸려졌다.

"옆에 계신 분은 처음 보는 듯한데……."

"연운비라 합니다."

상대가 누구이든 간에 공손함을 잃지 않는 연운비답게 정중하게 포권을 취하며 대답했다.

"아! 권왕 어르신과 한바탕했다던?"

일순한 이길편의 눈에 섬뜩한 한광이 스치고 지나갔다.

정파의 무인들과 사, 마도의 무인들이 권왕 위지악을 대하는 것은 다르다.

암왕 당문표나 창왕 벽리극이 정파 무인으로서 하나의 신화를 일구어 냈다면 권왕 위지악이나 도왕 혁련무극은 흑도의 무인으로서 신화를 일구어낸 사람들이었다.

"호호, 권왕 어르신께서 손속에 사정을 많이 두셨나 보구려, 아직까지 멀쩡한 것을 보니."

"그런 것 같습니다. 당시 많은 도움을 받았습니다."

아무리 그 상대가 권왕이라 할지라도 상대의 면전에다 대고 이런 소리를 하는 것은 실로 무례한 행동. 그럼에도 연운비의 표정에는 조금의 변화도 없었다.

연운비가 이렇게 순순히 수긍하는 태도로 나오자 할 말이 없어진 이길편의 표정이 묘하게 변했다.

응당 반박이 있을 것이라 생각하고 있었고, 반박을 한다면 트집을 잡아 매운맛을 보여주리라 내심 다짐하고 있었다. 그것이 물거품으로 돌아갔으니 기분이 좋을 리 없었다.

"더 할 말이 남아 있습니까?"

그 순간 유이명의 목소리가 싸늘하게 울려 퍼졌다.

"그렇지 않아도 가볼 생각이었소이다. 그럼 순찰 열심히 하시구려. 크흐흐."

명백한 축객령.

실력이 아직 정확히 검증되지 못한 연운비라면 몰라도 광검 유이명은 상대하기 까다로운 무인이었다. 얼굴색이 조금 변한 이길편이 그대로 말머리를 돌려 후미로 향했다.

"신경 쓰지 마십시오, 사형."

"하하. 아니다. 권왕 어르신께서 사정을 봐주신 것이 사실인데 무슨 신경이 쓰이겠느냐."

연운비는 괜찮다는 듯 싱긋 미소를 지었다.

"그건 그렇고, 이제 조금 있으면 운남이구나."

"예."

이제 운남 접경 지역까지 남은 거리는 고작해야 십 리. 지금 진군 속도로 본다면 반 시진이면 족히 닿을 거리였다.

"휴!"

연운비의 입에서 가벼운 한숨 소리가 흘러나왔다.

아무리 조심했다 한들 이 정도의 인원이 움직이는데 묘독문에서 파악하지 못할 리 없다.

그것은 곧 접경 지역에서부터 치열한 전투가 벌어질지도 모른다는 뜻이기도 하였다.

"운남의 상황은 어떠하더냐?"

"묘독문의 입김이 닿지 않은 곳이 없습니다. 운남 전역에 퍼져 있는 중소 문파들 역시 모두 묘독문의 하수인들이라 봐도 무방합니다."

"난감하겠구나."

"점창파의 명맥이 끊어진 것이 아쉬울 뿐입니다. 만약 점창파가 지금까지 존재했다면 저들이 저렇듯 날뛰지는 못하였을 테니까요."

점창파(點蒼派)!

백여 년 전까지만 하여도 당당히 구파에 소속되어 명성을 떨치던 문파.

하나 팔황의 발호 이후 점창파는 모용세가와 함께 가장 먼저 멸문을 당했고, 이후 그 명맥이 완전히 끊어졌다.

"적들의 총병력은 어찌 되더냐?"

"어림잡아 이천오백 명 정도 됩니다. 하지만 대부분이 삼류무인들이고 일류가 넘어선 자들은 고작 팔백여 명에 불과합니다."

"팔백이라……."

아무리 대부분이 삼류무인들이라 하지만 그래도 적지 않은 병력이다. 더구나 삼류무인이라 하여도 그 수가 많다면 그것 또한 상당한 부담이라 할 수 있었다.

"두 어르신은 어디를 가셨느냐?"

"글쎄요. 전 오히려 사형께서 알고 계신 줄 알았습니다."

유이명이 오히려 묻고 싶었다는 표정으로 반문했다.

이상한 일이었지만 어제부터 당문의 노가주와 권왕 위지악이 모습을 보이지 않고 있었다.

그들의 무위를 생각한다면 무슨 일이 일어났을 리는 없겠지만 그래도 불안한 것은 매한가지였다.

그 순간이었다.

"운남입니다!"

앞서서 길을 나아가고 있던 정찰조 중 한 명이 돌아오며 큰 목소리로 외쳤다.

두근!

그 외침을 듣는 모든 이들의 심장에 가벼운 떨림이 일었다. 드디어 운남에 도착한 것이다.

*   *   *

"어찌 되었나?"

"놓쳤네."

암왕 당문표가 침중한 표정으로 고개를 내저었다.

"시마, 다른 건 몰라도 신법 하나만큼은 인정하지 않을 수 없는 놈이군. 아무리 늪지대라 한들 자네의 추격을 뿌리치다니."

"마치 평지처럼 달리더군."

"하긴, 놈들은 지난 십 년간 이런 곳에서 살아왔을 터이니."

"그만큼 원한도 깊어졌겠지."

당문표는 긴 한숨을 내쉬었다.

상황이야 어찌 되었든 온몸에서 김이 올라올 정도로 전력을 다했다. 한데 잡지 못했다. 그 점이 당문표의 마음을 무겁게 만들고 있었다. 이전이라면 상상할 수도 없는 일이었다.

시마(屍魔).

얼핏 흘려듣고 넘어갈 만한 이름이 아니었다.

칠마(七魔), 이패, 삼검, 오왕과 비교해도 크게 떨어지지 않는 무공을 보유하고 있는 일곱 명의 마인.

그 성정이 하도 포악하고 잔혹한 짓을 서슴지 않아 강호에서 공적으로 낙인찍히고 정, 사 양측 무인들의 합공에 의해 뿔뿔이 흩어져 죽거나 실종되었다고 알려져 있었다.

시마가 그 칠마 중 일인이었다.

"제놈들이 한 짓을 생각하면 이것은 아무것도 아니지. 그들 중 창마 그 친구를 제외하고는 제대로 된 놈이 있나?"

"그렇긴 하네만 그런 것을 따졌다면 그들이 칠마라 불리지도 않았겠지."

칠마 중 유일하게 공적으로 낙인찍히지 않은 이가 바로 창마였다.

그럴 만한 일도 저지르지 않았을뿐더러 오히려 어떤 면에서는 광명정대하기 그지없었다. 그럼에도 창마가 정사 양도의 합공을 받은 것은 광마를 도와주었다는 그 한 가지 이유 때문이었다.

"그들이 묘독문과 손을 잡은 것일까?"

"창마가 죽었다면 모를까 그렇지는 않을 걸세. 묘독문 정도로는 그들을 포섭할 능력이 없다네."

"하긴."

칠마의 무공은 구파일방의 장로급 무인들과 비슷한 수준이었고, 그중에서 광마와 창마의 무공은 이패, 삼검, 오왕과 비교해도 차이가 없었다.

팔황 중에서도 무공에 있어서 가장 처지는 묘독문이 칠마를 포섭하기란 다소 요원한 일이었다.

"몇 명이나 살아남았을 거라 생각하나?"

"당시 시체가 발견되지 않은 자들이 네 명, 요마는 시체가 발견되었다곤 하지만 그 시체가 정말 요마인지 누구도 확신할 수 없었지."

"결국 다섯 명일 가능성이 크다는 이야기군."

위지악의 표정도 시간이 지날수록 무겁게 가라앉았다.

칠마 중 두 명의 합공이라면 위지악도 필승의 자신이 없었다. 그런 자들이 무려 다섯이 살아 있다. 결국 위지악과 당문표는 그들에게 발이 묶여야 한다는 뜻이다.

문제는 그렇게 되면 묘독문주를 상대할 사람이 없다는 데에 있었다. 좌군에 흑표 당철운이 있다고는 하지만 아무래도 묘독문주를 상대로는 부족한 감이 없잖아 있었다. 그렇다고 진철도 팽악이나 십팔도궁의 삼태상이 나서기에도 독공에 약하다는 문제점이 있었다.

"허허, 너무 걱정하지는 말게나. 우리에게도 감춰둔 패가 하나 정도는 있지 않은가?"

"십팔도궁에서도 하나 정도는 보내왔겠지."

"그렇겠지."

"가세. 너무 오래 자리를 비우면 사기에도 영향이 있으니까."

두 노기인은 음울한 달빛을 바라본 후 모습을 감추었다.

第 14 章

운날의 바람은 우울하다

제14장

"지독히도 덥군."

"그러게 말일세. 초봄인데 이렇게 덥다니, 여름이라면 끔찍할 정도겠어."

"어째서 비무대회를 겨울에 개최했는지 이제야 알 것 같네. 만약 평소와 같이 개최했다면 여름에 이곳을 왔어야 하는 것이 아닌가?"

전방 정찰은 맡은 전위대 무인 둘이 숨이 막힐 것 같은 습기에 흘러내리는 땀을 닦으며 말을 주고받았다.

이제 운남 접경에 들어선 지 반 시진.

당문 전위대와 천독문 청혈단이 교대로 전방 정찰을 책임졌다. 정찰이라고는 하지만 아직은 접경 지역이기에 늘상 있는 순찰 정도에 불과했다.

"모두 조용히 해라. 적들이 어느 곳에 숨어 있을지 모른다."

"죄송합니다."

"주의하겠습니다."

대화를 주고받던 전위대 무인 둘이 급히 고개를 숙였다.

전위대는 도합 십팔 개 조로 이루어져 있다.

조장은 열 명의 조원을 이끌며 그 위로는 세 명의 부대주가 있어 조장들을 관리한다. 이번 운남행에는 모두 아홉 개 조가 출정했고, 그 인원이 무려 일백이었다.

"독기는?"

팔조 조장 문기택이 주위를 살피며 물었다.

그는 당씨 성을 가지고 있지 않은 몇 안 되는 조장 중 하나였고, 그 때문에 유이명과 무척이나 친분이 깊었다.

"느껴지지 않습니다."

"피독주에도 반응이 없습니다."

"좋다. 이만 회군한다. 어차피 진군은 여기까지이니 모두에게 회군하라고 일러라."

"알겠습니다."

전위대원들은 고개를 숙이며 근처에 있는 다른 전위대원들에게 전음을 날렸다.

"조장님, 육조에서 연락이 왔습니다."

"무슨 연락이냐?"

이제 막 회군하려 하고 있던 문기택이 눈살을 찌푸리며 물었다.

"앞에 늪지대가 있는데 그곳에서 심상치 않은 기운이 느껴진다고 합니다."

"심상치 않은 기운?"

"독기인 듯은 싶은데, 그것이 자연적인 것인지 인위적인 것인지 구분이 되질 않습니다."

"절반은 이곳을 지키고 나머지 절반은 나를 따라 이동한다."

"알겠습니다."

어느새 신형을 날리고 있는 문기택과 함께 전위대 무인 다섯이 그 뒤를 따랐다.

"무슨 일이오?"

"문 조장, 마침 잘 왔소. 이것 좀 보시오."

육조 조장 당칠이 한곳을 가리켰다.

문기택이 정찰을 맡은 곳과는 달리 육조가 맡은 곳은 늪지대였다. 당칠이 가리킨 곳에는 보기에도 역겨워 보이는 잿빛 늪이 거품을 뿜어내고 있었다.

"독이군."

"자연적인 독 같기는 한데 저 거품이 수상스럽소. 뭔가 수작을 부린 것 같기도 하고."

"병에 담을 수 있겠소?"

"어렵소. 보다시피 공기 중에 독기가 퍼져 있는지라 근처에 다가가기가 쉽지 않소."

"흠."

문기택은 생각에 잠겼다.

피독주를 입에 물고 간다면 약병에 담아 독의 성분을 확인할 순 있겠지만 그렇게 된다면 피독주 하나를 소모하는 셈이 된다. 이번 운남행에 있어 당문은 새로이 개발한 피독주를 지참하였는데, 독을 감지하는 것 이외에도 일정 시간 면역 효과를 가져왔다. 물론 무형지독이나 천독문이 자랑하는 청살독 같은 극독에까지 효과는 없었지만 웬만한 독에는 통용이 되었다.

문제는 면역 상태를 만들기 위해서는 피독주를 반으로 부숴 입 안에 넣어야 한다는 사실이었다. 독 중에는 호흡을 하는 것만으로도 중독되는 독이 적지 않아 피독주의 기운이 얼굴 전체를 감싸게 만들어야 했다.

　"통과해야 하는 길은 아니질 않소?"

　"그렇긴 하오만……."

　당칠이 마음이 걸린다는 표정으로 늪을 바라보았다.

　피독주 하나의 가격은 은 수십 냥에 육박했다. 아니, 그것도 재료가 구해지지 않는다면 만들 수 없는 것인지라 만들기 또한 쉽지 않았다. 이번 운남행에 가지고 온 피독주는 모두 스무 개. 이런 곳에서 소모할 정도로 하찮게 다룰 만한 것이 아니었다.

　"여기까지만 하고 갑시다. 어차피 저런 독기라면 근처에 마땅히 숨어 있을 수도 없지 않겠소?"

　"부대주님께 다른 연락은 없었소?"

　"일조부터 오조까지는 복귀했다고 연락이 왔소."

　"벌써 말이오?"

　"맡은 지역이 아무래도 평지이다 보니 쉽게 끝난 듯싶소."

　"쳇, 누구는 죽도록 고생만 하는데 이거야 원."

　당칠이 마땅치 않다는 표정으로 얼굴을 찌푸렸다.

　"그거야 짧은 노끈을 고른 십조 조장을 원망해야 할 일이지 않소."

　"하하, 그렇긴 하오."

　"갑시다. 우리도 가서 좀 쉽시다. 세 시진 동안 허리를 굽히고 있었더니 결려 죽겠소."

　"쯧쯧, 그래서 제수씨한테 사랑받겠소?"

　"허어, 이래 뵈도 뱀탕이 필요없을 정도로 아직 끄떡없다오."

　"크흠, 소문에 의하면 뱀탕 대신 녹용을 먹는다는 소문도……."

"누, 누가 그러오?"

문기택이 당황한 표정으로 반문했다.

"이거 당황하는 것을 보니 사실인 듯싶은데?"

"그렇지 않소."

문기택은 그제야 당칠의 잔꾀에 당했다는 것을 느끼고 얼굴을 붉혔다.

"어쨌든 갑시다. 그렇지 않아도 나도 힘들어 쓰러지기 일보 직전이었소."

당칠은 주위에 있던 육조 조원들에게 회군하라는 명령을 내린 뒤 문기택과 함께 본진이 있는 곳으로 향했다.

        *   *   *

쇄아아악!

한줄기 세찬 파공음과 함께 날아든 한 발의 화살. 그리고 그 뒤를 잇는 무수한 화살비. 적의 습격이었다.

"크악!"

"아아아악!"

여기저기서 비명 소리가 터져 나왔다.

긴장은 하고 있었다지만 정찰조가 이미 정찰을 끝낸 상황이었기에 방심하고 있던 자들이 적지 않았다.

서너 명이 저항조차 하지 못하고 쓰러졌다.

"적이다!"

"위치를 파악하라!"

단일 문파로 이루어진 병력이었다면 이내 대응할 수 있었겠지만 다섯 개 이상의 문파가 연합해 있는 상황이다. 통제가 제대로 되지 않아 부상자가 속출하기 시작했다.

"어떻게 적이?"

정찰을 책임졌던 부대주 당옥기가 이해가 가지 않는다는 표정으로 습격한 자들을 바라보았다.

적어도 삼백 장 안으로는 완전히 정찰을 끝낸 상황이었다. 때문에 지금과 같은 기습은 전혀 예측하지 못하고 있었다.

일상적인 순찰이었지만 그래도 전위대원들이 직접 나선 상황이었다. 매복이 가능한 장소도 없었을뿐더러 그것을 놓칠 전위대원들도 아니었다.

유일한 가정은 매복자들이 모두 전위대원보다 높은 무공을 지니고 있다는 것인데 사실상 그것은 불가능한 일이었다. 그 정도의 전력이라면 굳이 매복을 하지 않아도 중군을 상대할 정도였다.

"그 늪, 그곳에 매복이 있었구나!"

당옥기는 그제야 육조 조장 당칠에게서 받은 보고를 떠올리곤 이를 갈았다.

이 정도의 인원이 숨어 있을 만한 곳은 그곳 이외에는 존재하지 않았다.

"운남에 오신 것을 환영하외다."

시야 저편에서 운남인 한 명이 유창한 한어를 사용하며 말을 걸어왔다.

당옥기는 뒷짐까지 지고 서 있는 그를 보고 이를 갈며 뛰쳐나가려 했지만 지금은 그럴 상황이 아니었다. 피해를 최소화하기 위해서는 혼란을 잡아야 했다.

"중앙을 지켜라!"

그 순간 유이명의 입에서 사자후가 터져 나왔다.

"흔들리지 마라! 적은 소수에 불과하다! 기척을 찾고 원형 태세를 유지한다!"

반격을 하는 것도 하나의 방법이지만 지금은 아니었다.

이곳은 누가 뭐래도 그들의 터전 운남이었고, 어설프게 움직이다간 큰 피해를 입을 수도 있었다.

"그대는 누구인가?"

유이명이 이십여 장 밖에 서 있는 운남인을 바라보았다.

두 사람의 시선이 허공을 격하고 부딪쳤다. 그곳까지 말이 들릴 리 없었지만 미르타하는 대답을 해왔다. 서로의 표정과 입 모양만 보고도 두 사람은 상대가 하고자 하는 말을 알 수 있었다.

"미르타하, 훗날 운남과 귀주, 광서를 다스릴 이름이다."

"불가능한 소리를 하는군."

"불가능한 소리인지는 시간이 지나봐야 알지 않겠나, 중원의 맹호 사천당가의 전위대주여."

"나를 알고 있나?"

"물론이다."

"자신이 있다면 오라."

"아니, 지금은 아니다. 그대를 상대하는 것은 훗날의 일이 될 터, 지금은 돌아가겠다. 애뇌산까지 오도록. 물론 그곳까지 오기 위해서는 살아 있어야 하겠지."

운남인이 천천히 신형을 돌렸다. 그와 동시에 어디선가 폭발음이 터져 나왔다.

펑! 퍼펑!

"독이다!"

"독탄에 대비하라!"

화살비에 이어 계속되는 적의 공격. 상황이 좋지 않게 흘러가고 있었다.

이 정도라면 기습이 아니라 대규모 복병전이라 해도 과언이 아니었다. 그것을 증명이라도 하듯 공격의 강도는 점점 거세어지고 있었다.

"후미도 공격받고 있습니다!"

"중앙에서 불길이 치솟고 있습니다!"

공격은 한 곳에서만 행해진 것이 아니었다.

팔황(八荒).

그 이름값을 하는 것인가?

단 여덟 개의 문파로 중원 천지를 뒤흔들었던 그들의 저력이 지금 이곳에서 드러나고 있었다.

"단순한 습격이 아니었단 말인가?"

유이명의 안색이 좋지 않게 변했다.

기습이라고 하기엔 그 숫자가 너무 많았다. 궁수들을 제외하고서라도 여기저기서 치고 빠지는 녹포인들만 해도 그 수가 어림잡아 일백은 되어 보였다.

"일조와 삼조를 제외한 모든 전위대는 좌측으로 돌진한다! 궁수를 제거하라!"

상황을 살피던 유이명이 일갈을 내질렀다.

중앙이나 후미는 신경 쓸 필요 없다는 태도였다. 후미라면 천독문이 알아서 할 터이고 중앙에는 상당한 수의 절정고수가 있다. 결코 이 정도의 공격에 무너질 진영이 아니었다.

캉! 카카캉!

교전이 벌어졌다.

궁수들을 지키려 하는 묘독문 무인들과 전위대 무인들이 격돌한 것이다.

"죽어라!"

"중원의 개들이 이곳이 어디라고 침입해 왔단 말이냐!"

궁수들의 십여 장 전방에는 괴이한 병기들을 들고 있는 삼십여 명의 녹포인이 자리를 잡고 있었다.

당문 전위대 무인들은 녹포인들을 맞이하여 공세를 퍼부었다.

녹포인들의 무공도 고강했지만 전위대 무인에 비할 바는 아니었다. 그것을 증명이라도 하듯 녹포인들은 점차 밀리고 있었다.

문제는 시간이 그리 많지 않다는 것이었다. 최대한 빨리 이곳 상황을 정리해야 우측에 있는 궁수들도 제거할 수 있었다. 그것을 눈치챈 녹포인들이 수비에 치중하기 시작했다. 단순히 막아내기만 하는 것이라면 그렇게 어려운 일도 아니었다.

"좌측의 돌파가 쉽지 않습니다. 다소 시간이 걸릴 것 같습니다."

"알았다."

보고를 받은 유이명의 안색이 침중히 가라앉았다.

힘을 한곳으로 집중시킨 것은 피해를 최소화하기 위한 하나의 선택이었다.

이렇게 되면 우측도 누군가 견제를 해줘야 한다는 것을 의미했다. 그렇지 않을 경우 좌측으로 향한 병력 또한 화살 세례에서 안전하다 말할 수 없었다.

'어쩔 수 없는 건가.'

유이명은 검을 굳게 움켜쥐고 우측 숲으로 신형을 날렸다.

"남아 있는 전위대는 모두 나를 따른다!"

생각했던 대로 그곳에도 적지 않은 녹포인들이 자리를 잡고 있었다. 그에 비해 유이명을 따라온 전위대는 이십여 명뿐. 힘겨운 싸움이 될 터였다.

"내가 전위대주이다! 그대들의 수장은 누구인가? 누가 나를 상대하려는가?"

유이명이 일갈을 터뜨리며 적들을 위협했다.

소수의 병력으로 다수를 상대하기 위해서는 몇 가지 선제 조건이 필요하다.

적보다 무력이 높거나 그것도 아니라면 병력의 우위를 바탕으로 적을 압박하는 것. 지금은 그 어느 사항에도 해당되지 않았다. 그렇다면 남은 방법은 하나. 적군의 수장을 꺾어 아군의 사기를 드높이는 방법뿐이다.

패한다면 그 반대의 입장이 되겠지만 지금은 이 방법 외에는 선택의 여지가 없었다.

능선 너머에서는 궁수들이 화살을 무차별로 난사하고 있었다. 시간을 끌면 끌수록 불리한 것은 이쪽이었다.

"네가 광검이라는 애송이 녀석이냐?"

녹포인들 사이에서 어깨에 창을 걸친 한 명의 장년인이 걸어 나왔다.

"그대는 누구인가?"

장년인의 전신에서 느껴지는 기세. 만만치 않았다. 유이명의 안색이 침중하게 굳어졌다.

"이르타. 그것이 내 이름이지."

"묘독문 소속인가?"

"묘독문이라……. 뭐, 비슷하다고 해야겠지."

장년인이 의미심장한 미소를 지으며 대답했다.

"어쨌든 용기 하나는 칭찬해 줄 만하군. 수하들을 살리기 위해 단독으로 돌진하다니 말이야."

"……"

"하지만 어쩌나? 여기서부터는 아무도 통과할 수 없는데 말이야. 후후."

평상시라면 응당 공격을 취했을 상황.

지금 이 순간에도 저 위에서 궁수들이 쏘아낸 화살에 전위대 무인들이 피를 흘리며 쓰러지고 있었다. 연이어 두세 발을 날릴 정도로 뛰어난 궁수들이었다.

그럼에도 함부로 움직일 수 없는 것은 이르타에게서 느껴지는 강인한 기도 때문이었다. 경솔히 움직인다면 당하는 것은 이쪽이 될 터였다.

"내가 맡겠다. 너는 전위대를 도와라."

"사형!"

그 순간 등 뒤에서 들려온 나지막한 목소리에 유이명의 안색이 환하게 밝아졌다.

잠시뿐이었지만 잊고 있던 사실을 깨달았다. 지금 이 자리에는 그만있는 것이 아니었다. 무엇보다 든든한 벽이 그의 뒤를 지켜주고 있었다.

"부탁드리겠습니다."

유이명은 급히 신형을 틀어 궁수들이 있는 곳으로 몸을 날렸다.

유이명은 이런 상대라면 한 번쯤 부딪쳐 보고 싶었지만 지금은 아니었다. 지금 유이명은 한 명의 무인이기 이전에 전위대를 이끌고 있는 지휘관이었다.

"누가 보내준다 하더냐!"

이르타가 가소롭다는 표정으로 비웃음을 흘리며 한차례 창을 휘둘렀다.

경기가 일어날 정도로 패도적인 기세의 창이었다. 창이 유이명의 등 뒤를 노리고 날아들었다.

챙!

그 순간 하나의 검이 창을 가로막았다. 부드러운 기세였지만 기세에 담긴 힘만은 땅을 뒤흔들 듯 장중했다.

거무튀튀한 철검의 주인. 바로 연운비였다.

"누구냐?"

이르타의 안색이 와락 찌푸려졌다.

단 일 수의 교환이었지만 그것만으로도 상대의 수준을 파악하기에는 어렵지 않았다. 그만큼 상대의 무공은 뛰어났다.

"당문 전위대에 너 같은 자가 있었던가?"

이르타의 목소리가 흔들렸다.

어느 정도는 파악했다고 생각하던 전력. 그 전력에 예기치 않은 힘이 숨어 있었다. 불안하지 않을 수 없었다.

"당문, 녹록하지 않다는 것인가!"

이르타는 뒤를 바라보았다.

그 짧은 사이 무려 세 명의 궁수가 별다른 저항도 하지 못하고 목숨을 잃었다. 녹포인들은 당문 전위대 무인들을 막기 위해 손발이 묶여 있었다.

유이명의 무공이 고강한 탓도 있었지만 그것보단 궁수들이 대비를 하지 않고 있었다는 것이 그 이유였다.

철저히 계획된 기습.

거기에 더해 유이명의 성격까지 파악하여 대부분의 병력을 한편으로 보낼 것이라는 가정 또한 세워두었다.

남아 있는 유이명을 상대하는 것이 바로 이르타가 해야 할 일이었지만 뜻하지 않은 연운비의 존재로 인해 그것이 좌절되었다. 그 결과는 곧 궁수들의 목숨으로 이어졌다.

"누구인지는 모르겠다면 이렇게 된 이상 살아 돌아갈 생각은 하지 말아라!"

이르타는 말이 채 끝나기도 전에 창을 뻗어 연운비를 공격했다.

쩌엉!

힘만을 앞세우는 단조로운 공격. 연운비는 상대의 공격을 가볍게 피하며 검을 휘둘렀다.

일학충천(一鶴沖天)!

상청무상검도의 한 초식이 펼쳐지며 연운비의 검이 하늘로 날아올랐다.

"헛!"

공격이 파훼되고 반격이 이어졌다. 등골이 서늘해진 이르타가 급히 물러서며 창을 무차별로 내질렀다.

"이놈이?"

그렇게 한참을 물러서던 이르타가 신형을 물리고 매서운 눈빛으로 연운비를 노려보았다.

응당 공격이 이어질 것이라 생각했다.

그랬기에 창을 휘둘러 추격을 제지한 것인데 연운비의 신형은 미동조차 없이 그 자리에 서 있었다.

'이자… 생각보다 약하다.'

한편 이르타를 바라보고 있는 연운비는 의아함을 떨칠 수 없었다.

유이명이 그러했던 것처럼 연운비 역시 상대가 상당한 수준의 고수라 생각했다. 적어도 이르타의 전신에서는 그만한 기도가 흘러나오고 있었다.

하나 막상 겨루어보니 예상외의 결과가 나왔다.

의외로 상대는 힘에 치우친 단조로운 공격을 해올 뿐이었고, 그 정도라면 언제든 우위를 점할 수 있는 수준이었다.

"죽여주마!"

수치심을 느낀 이르타가 종전과는 달리 매서운 공격을 퍼부으며 연운비를 위협했다.

탕! 타타탕!

대여섯 번의 공수.

촤악!

그것이 빚어낸 결과는 이르타의 허리에서 흘러나오는 피였다.

"크으!"

막아낼 수 없었다. 단조로운 공격 같음에도 허를 찌르는 상대의 검격. 만약 다시 한 번 같은 상황이 펼쳐진다면……. 역시 막을 수 없었다.

이르타의 안색이 딱딱하게 굳어졌다.

"중원무림에 그대 같은 자가 있었던가?"

이르타는 주변을 둘러보았다.

자신이 상대에게 묶여 있는 사이 유이명에 의해 상당한 궁수들이 죽어나갔다.

그로 말미암아 여유가 생긴 당문 전위대 무인들이 좌측에 매복하고 있던 묘독문 무인들을 모조리 제거하고 하나둘씩 이곳으로 향하고 있었다.

"좋다. 오늘은 우리가 패한 것을 인정하지. 하지만 오늘만 날이 아니라는 것을 잊지 말아라."

이르타가 품속에서 무엇인가를 꺼내 들었다.

"모두 후퇴한다!"

이르타는 연막탄을 사방으로 내던지며 후퇴를 명령했다. 아직 수하들이 상당수 남아 있음에도 이르타는 조금도 망설이지 않고 늪이 있는 방향으로 몸을 날렸다.

"이런."

그제야 상황을 알아차린 연운비는 고개를 주억거리며 이르타가 사라진 곳을 아쉬운 눈빛으로 바라보았다. 그다지 강하지는 않았지만 그래도 적의 수뇌부로 짐작되는 자였다. 사로잡았다면 아군에 큰 도움이 될 수도 있는 일이었다.

"사형, 괜찮으십니까?"

적들이 후퇴하자 여유가 생긴 유이명이 급히 달려왔다.

"괜찮다."

"놈은 어떻게 됐습니까?"

"놓쳤다."

"그렇군요. 그래도 사형께서 다치지 않으셔서 다행입니다."

유이명은 마음이 놓인다는 듯 고개를 끄덕였다.

"중앙과 후미는 어찌 되었느냐?"

"마침 대열에 합류하신 노가주께서 손을 쓰신 덕분에 큰 피해는 없었다고 합니다."

"다행이구나."

연운비는 품 안에서 곱게 접힌 천을 꺼내 검에 묻은 피를 닦았다.

"놈들이 늪과 숲 속 깊숙이 들어가 매복 위협이 있어 더는 추적하지 못하였습니다."

그사이 묘독문 무인들을 추격했던 당문 전위대 무인들이 복귀했다.

"사상자는?"

유이명이 복귀한 전위대 무인들에게 물었다.

"다섯 명이 죽고 일곱 명이 중상을 입었습니다."

"엄청난 피해로군."

유이명의 얼굴색이 변했다.

단 한 차례의 기습이었다.

그 기습에 중군에 소속된 당문 전위대 무인 다섯 명이 죽은 것이다. 아무리 선발대라고는 하지만 당문이 이 정도의 피해를 입었다는 것은 다른 문파의 피해 역시 적지 않다는 것을 의미했다. 그리고 그것은 이번 운남행이 결코 쉽지만은 않은 일이 될 것이라는 사실 또한 의미하고 있었다.

기습은 한 번으로 끝이 아니었다.

사방이 산림과 늪으로 뒤덮여 있는 운남 특유의 지형에서 수성의 이점을 이용한 묘독문의 매복과 암습은 실로 무서웠다.

한 번의 공격이 가해질 때마다 어김없이 사상자가 발생했다.

그렇게 늘어난 사상자의 숫자가 벌써 삼십 명이 넘어갔다. 부상자까지 합치면 그 배를 상회하는 수준이었다.

사상자들 중 대부분이 아직 절정에 올라서지 못한 일류고수들이었다. 아무래도 무공이 상대적으로 약한 중소 문파의 피해가 가장 많았고 그다음이 당문과 천독문이었다.

"피해가 너무 크오이다."

중군의 총지휘를 맡은 진철도 팽악이 눈살을 찌푸리며 좌중을 둘러보았다.

애초부터 중군이 가장 많은 피해를 입을 것이라 어느 정도 생각하고는 있었다. 절정고수의 숫자도 적을뿐더러 익숙하지 않은 흑백 양도의 문파들이 섞여 있는지라 단합도 기대하기 어려웠다. 하지만 이것은 아니었다. 피해는 어디까지나 적의 주요 거점로를 무너뜨릴 때의 일이지, 이런 기습 따위로 입어서는 아니 되었다.

"맞소. 이대로라면 곤명에 도착하기도 전에 삼 할의 인원은 죽어나갈 것이오."

"그렇다고 마땅한 방법이 있는 것도 아니지 않소이까?"

각파의 명숙들이 저마다 의견을 내놓으며 말을 이어나갔다.

중군이 가야 할 곳은 곤명.

그곳을 지나 대리(大理)를 무너뜨린 좌군, 석림(石林)을 무너뜨린 우군과 합세하여 묘독문의 근거지가 있는 애뇌산에서 마지막 일전을 벌인다.

군이 병력을 세 갈래로 나눈 것은 세 곳이 모두 주요 거점로인지라 제거하지 않는다면 자칫 포위당해 큰 피해를 입을 수도 있다는 우려 때문이었다.

"대체 이럴 때 낭인들은 어디를 간 것이오?"

"그러게 말이오."

호남 회화(懷化)에 자리잡고 있는 문파 대웅보의 무인 하나가 언성을 높였다.

아무리 절정고수라 한들 이런 복병전에서는 제대로 힘을 쓸 수 없었고, 그에 비해 이런 경험이 많은 낭인들은 조직적으로 움직일 수 있어 큰 도움이 되었다. 이럴 경우를 대비해 비싼 돈을 주고 낭인을 데려온 것이다. 한데 낭인들은 대체 어디를 갔는지 코빼기도 보이지 않았다.

"노가주님께서 병력이 필요하다고 하시며 그들을 데리고 갔습니다."

"흐흐, 아무리 그분이시라 하나 이럴 때 마음대로 병력을 빼가도 되는 것이오?"

비독 이길편이 못마땅한 표정으로 말했다.

"권왕 어르신도 관여하신 일 같습니다."

"크흠."

위지악의 이름이 언급되자 이길편은 이내 표정을 바꾸고 입을 다물었다.

오왕이라는 이름에 앞서 위지악은 흑도 무인들의 우상이었고, 또한 이길편이 소속되어 있는 십팔도궁의 궁주 혁련무극과 망년지우(忘年之友)이기도 했다.

"지금은 그런 일 가지고 왈가왈부할 때가 아니오. 그보다 앞으로의 진군에 대해 이 단주는 어떻게 생각하시오?"

"흐흐, 나야 전략가도 아닌데 무슨 좋은 생각을 내겠소이까? 그보다 명성이 자자한 유 대주의 의견이나 들도록 합시다."

이길편은 자신에게 몰린 시선을 유이명에게 돌렸다.

"병력을 재배치해야 합니다. 그리고 진군 속도를 지금보다 올려야 합니다."

유이명은 조금도 망설이지 않고 생각하고 있던 의견을 말했다.

"아미타불, 지금도 이렇게 적의 매복에 걸리는데 진군 속도를 빨리 한단 말인가?"

"그렇습니다."

"무슨 이유가 있는가?"

"매복에 당하는 이유는 이곳이 적진이기 때문입니다. 하지만 그 모든 곳에 매복이 있을 리 없습니다. 적은 그 정도의 전력이 되지 않습니다. 있다면 고작해야 십 리 반경. 적이 매복을 할 시간적 여유를 주지 않고 몰아붙인다면 큰 피해 없이 진군이 가능할 것이라 생각합니다."

"오!"

"일리가 있는 말이로군."

매영 신니와 팽악이 누가 먼저랄 것도 없이 고개를 끄덕이며 말했다.

"흐흐, 하지만 그 십 리에 걸쳐 있는 매복과 함정을 무슨 수로 통과한단 말이오? 무시하고 지나간다면 그 피해가 적지 않을 것인데 그 희생을 당문에서 맡겠소?"

이길편이 코웃음을 치며 유이명의 의견에 반박했다.

"그래서 병력의 재배치가 필요하다고 말한 것입니다."

"병력의 재배치란?"

"최절정고수 서너 명을 앞세우고 나머지 모든 절정고수들이 매복을 부수는 방법을 써야 합니다. 무공이 처지는 무인들은 그 뒤를 따라오면 되겠지요."

유이명이 조금도 물러서지 않은 채 말을 받았다.

"그 최절정고수란?"

이번에는 팽악이 물었다.

"아무래도 두 분이 나서주셔야 할 것 같습니다."

유이명이 조심스럽게 매영 신니와 사풍도 막표를 바라보았다.

아무래도 후미를 책임지고 있는 이길편과 총지휘를 맡고 있는 팽악이 움직일 수는 없는 노릇이었다.

"흐흐, 내가 보기에는 그 정도로도 부족할 듯싶은데? 더구나 권왕 어르신마저 계시지 않은 마당에 배후를 공격받기라도 한다면 후미를 책임지고 있는 천독문 문도들은 모두 죽은 목숨이 될 것 아니겠소?"

전투 중 홀연히 나타나 묘독문 무인들을 상대한 암왕 당문표와는 다르게 권왕 위지악은 사라진 이후 지금까지 모습을 드러내지 않고 있었다.

"어차피 권왕 어르신은 이번 작전에서 전력 외로 분류해 놓은 상황이었습니다. 더구나 지금까지 천독문은 별다른 사상자가 없다고 들었습니다. 그 정도 전력이라면 충분히 막아낼 수 있지 않겠습니까?"

'이놈이?'

순간이지만 이길편의 눈에 한광이 번뜩였다.

단순히 천독문이 입을 피해를 우려해서가 아니었다.

피해라면 습격 이후 계속해서 앞장을 서고 있는 전위대가 더했으면 더했지 낮지는 않았다. 그보다는 이런 작전을 계획하고 그것을 저돌적으로 밀어붙이는 유이명의 능력에 두려움이 일었다.

이제 이립도 되지 않은 나이.

앞으로 경험이 쌓이고 무공도 강해진다면 차후 누가 그를 당해낼 것이라 장담하겠는가!

'살려두려 했더니 안 되겠다. 반드시 이번 기회에 제거해야 할 놈이다. 그렇지 않으면 천추의 한이 될지도 모른다.'

얼핏 듣기에는 무모하기 짝이 없는 작전. 하지만 그 안에 감추어진 실리와 그로 인해 얻어질 사기는 다른 무엇에 비할 바가 아니었다.

지난 오십 년 당문과 중경(重慶)을 사이에 두고 대립하고 있던 천독문에 짐이 될 자였다.

"내 생각엔 유 대주의 의견이 가장 좋은 것 같소. 다른 의견이 있다면 말씀들 하시오."

팽악이 자리에서 일어나 주위를 한 바퀴 둘러보았다.

"그럼 없는 것으로 알고 이번 작전에 대해 세부적으로 논의해 봅시다."

이제 운남에 들어선 지 사흘. 아직도 곤명까지 남은 거리는 수백 리에 달했다.

'살고자 하면 죽을 것이요, 죽고자 하면 살 것이다. 귀곡자 어르신께서는 무슨 뜻으로 이런 말씀을 하셨단 말인가?'

연운비는 식사를 마친 후 바위에 걸터앉아 귀곡자가 남긴 말을 곰곰이 생각했다.

마치 불가에서 선문답을 주고받듯 아무리 생각해도 그 말에 담긴 의미를 알 수 없었다.

목에 걸린 부적이 이렇게 무겁게 느껴지기는 처음이었다.

'스승님이시라면 이런 상황에서 어떻게 하셨을까?'

좀처럼 고민해도 답이 나오지 않았다.

그렇다고 무턱대고 유이명을 따라다니기에도 한계가 있었다. 아무도 모르는 일이었지만 얼마 전 권왕 위지악이 낭인대와 모습을 감추기 전 연운비에게 동행하라는 말을 건넸다. 하지만 연운비는 그것을 거절했고, 중군에 남았다.

가야 한다는 것을 알고 있었다. 그럼에도 가지 못했다.

중군에 그를 넣은 이유가 그것 때문이었으니, 실로 큰 피해를 끼치는 일이었다.

'어찌해야 한단 말인가?'

산을 내려와서 이렇게 밤을 지새우며 고민하는 것도 오늘이 처음은 아니었다.

'휴, 어렵구나.'

"사형, 아직까지 주무시지 않으셨습니까?"

"너로구나."

등 뒤에서 들려온 목소리에 연운비는 반사적으로 고개를 돌렸다. 그곳에서는 유이명이 호로병 하나를 든 채 걸어오고 있었다.

"웬일이냐?"

"사형이 이곳에 계시다는 소리를 듣고 왔습니다. 최근 잠을 잘 주무시지 못한다고 그러더군요."

"아니다. 요 며칠 생각할 일이 있어 그런 것뿐이다."

"제가 들으면 안 되는 이야기입니까?"

"그런 것이 아니다. 정말 혼자 생각하고 싶은 일이 있어 그러했던 것이다."

연운비가 별거 아니라는 태도로 담담히 말했다.

"이거라도 좀 드시지요."

"무엇이냐?"

"곡차입니다. 죽엽청인데 수하들이 마시고 있어 얻어왔습니다."

"쓸데없는 짓을 하였구나. 그들도 많지 않을 터인데……."

"아닙니다. 아직까지는 보급이 잘되어 문제가 없습니다."

"어쨌든 고맙다."

연운비는 호로병을 받아 들고 한 모금 들이켰다.

목줄기를 타고 넘어가는 화끈한 감촉이 상당히 독한 술이었다. 독한 술을 즐기지는 않지만 그래도 기분은 나쁘지 않았다. 고민이 많을 때 이런 술 한 모금 정도는 마음의 부담감을 덜어주었다.

"그만 가보아라. 내일 중요한 전투가 있는데 쉬어야 하지 않겠더냐?"

"사형도 들어가셔야지요."

"나는 조금만 더 있다 들어가마."

"알겠습니다. 너무 오래 있지는 마십시오. 먼저 가보겠습니다."

조금 더 있고 싶은 것이 유이명의 솔직한 마음이었지만 연운비의 표정을 본 유이명은 자리에서 일어났다. 고민이 있다면 그것을 들어주고 싶었지만 그럴 분위기가 아니었다.

"녀석."

연운비는 쓴웃음을 흘리며 다시 술을 한 모금 들이켰다.

호리병을 보니 예전 일이 떠올랐다.

곤륜산에 머물 당시 유이명은 때때로 어디선가 이렇게 호리병에 곡차를 담아 오곤 했다.

산을 내려가는 것 같지도 않은데 재주가 용해 한 번은 몰래 그 뒤를 따라가 본 적이 있었다. 자정이 되어 산을 내려간 유이명은 계속 산 아래로 걸음을 향했다.

한 시진… 두 시진……

시간이 흐르고 유이명은 계속해서 걸음을 옮겼다.

결국 유이명이 도착한 곳은 곤륜산 중턱에 있는 조그마한 마을이었다. 그곳에 약초를 가져다준 유이명은 술 몇 병을 얻어 산으로 다시 걸음을 옮겼다.

그렇게 얻어온 술병은 느릅나무 아래 파묻어놓은 호리병에 담겨 연운비에게로 왔다.

그제야 연운비는 어째서 가끔씩 유이명이 수업 중에 졸음을 참지 못하고 꾸벅꾸벅 조는지 그 이유를 알 수 있었다. 그런 일이 있은 후 연운비는 더 이상 유이명이 가져다주는 술을 마시지 않았다.

스르르릉!

적당히 술기운이 돈 연운비는 검을 빼 들었다.

마음속에 맺힌 무엇인가를 오늘은 터뜨리고 싶었다. 이 상태로 내일 적들과 마주 선다면 무슨 일이 일어날지 몰랐다.

검이 움직이고, 신형이 춤을 췄다.

여기저기 간간이 비추는 달빛과 어우러진 검무는 아름다웠다. 말로는 표현하지 못할 미묘한 곡선이 운율을 이뤘고, 살포시 들리는 발자국 소리는 가무였다.

그렇게 월하의 검무는 운남의 우울한 바람과 함께 그 빛을 발하고 있었다.

*   *   *

"우리는!"

유이명이 진중한 목소리로 말했다.

"전위대입니다!"

전위대 무인 전원이 입을 모아 대답했다.

"전위대는!"

"당문의 자존심입니다!"

"물러섬은 없다! 우리가 바로 당문의 자존심 전위대이다!"

유이명은 검을 빼 들고 전방을 가리켰다.

"전진한다! 물러서는 자는 죽을 것이다! 살기 위해서는 동료를 지켜라! 그것이 너희들의 목숨을 이어주는 유일한 길이 될 것이다!"

파파파팟!

유이명의 입에서 터진 사자후와 함께 당문 전위대 서른 명의 무인이 일제히 땅을 박차고 날아올랐다.

쏴아아아아!

얼마 지나지 않아 기다렸다는 듯이 무수한 화살과 암기 세례가 날아들었다.

그와 동시에 두 명의 무인이 지체없이 양 옆으로 갈라섰다.

그들의 손에 들려 있는 것은 한 자루의 검(劍)과 도(刀).

쩌쩡!

대지를 뒤흔드는 검명에 날아오던 암기들이 힘을 잃고 바닥으로 떨어졌다.

그 엄청난 위용에 화살과 암기를 날리던 묘독문도의 얼굴에 경악성이 어렸다. 이것은 결코 일개 전위대 무인이 보일 수 있는 능력이 아니었다.

"뭔가 잘못되었다."

"어서 후퇴하라! 이진과 합류한다!"

묘독문도들이 무자비로 독을 살포하며 물러났다. 동료의 안전은 어떻게 되든 좋다는 태도였다. 그만큼 상대는 그들로서는 상대할 수 없는 고수였다.

매영 신니와 사풍도 막표.

천하를 떨쳐 울리는 무인들이 그곳에 있었다.

"크악!"

"아아아악!"

암기를 쳐내고 적진으로 뛰어는 두 무인의 칼 아래 비명 소리가 난무
했다.

"전진하라!"

기회를 잡은 유이명이 전위대원들과 함께 사방에 퍼져 있는 묘독문 무
인들을 제거해 나갔다.

매영 신니와 막표에게는 미안한 말이지만 양 숲의 매복은 그들이 해결
해 주어야 했다.

어디까지나 이번 승부의 관건은 시간.

조금이라도 빨리 돌파하여 더 이상 적에게 매복이나 함정 따위를 설치
하지 못하게 만들어야 했다.

쉬이이이이익!

"뱀이다!"

"전방에서 독충이 밀려옵니다!"

어느 정도 진격하자 다급해진 묘독문도들이 그들의 장기인 독물을 사
용하여 공격을 가해온 것이다.

종전의 싸움도 그러했지만 묘독문에서는 굳이 독을 사용하지 않았다.
정확히는 사용하지 못한다는 것이 옳았다. 운남과 사천, 귀주를 사이에
두고 묘독문과 천독문, 당문이 치열한 대립을 보인 것이 벌써 백 년이라
는 시간이 흘렀다.

대다수의 독은 어지간해선 적들에게 통하지 않았고, 통한다 할지라도

심각하게 중독되지 않는 한 치명상을 입히기 어려웠다. 지금까지의 싸움에서도 상처에 스며든 독이 아니라면 피해자가 발생하지 않았다.

"백분 가루를 사용한다! 진군 속도를 늦추지 마라!"

백분 가루는 이번 운남행을 위해 당문에서 구지황초와 백록잎을 갈아 만들어낸 대비책.

전위대 무인들은 준비해 두었던 백분 가루를 날리며 그대로 뱀과 독충 속으로 뛰어들었다.

끼아악!

백분 가루에 뱀과 독충들이 놀라 기음성을 토하며 발버둥을 쳤다. 덕분에 피해를 입은 것은 묘독문 무인들이었다. 독충들이 통제가 되지 않아 오히려 역으로 피해를 입은 것이다.

"돌파! 진격한다!"

적들이 혼란에 빠진 틈을 타 기회를 잡은 유이명이 큰 소리로 외쳤다.

펑! 퍼퍼펑!

그 순간 흙바닥에 은신하고 있던 몇 명의 인영이 솟구쳐 올라오며 사방으로 무엇인가를 내던졌다.

"독탄이다!"

"대주님! 놈들이 독을 사용하기 시작했습니다!"

그들이 내던진 것은 바로 독탄. 짙은 독무가 사방으로 빠르게 퍼지기 시작했다.

"꺼억!"

독무 속에 있던 내공이 약한 전위대원 하나가 피 거품을 흘리며 땅바닥에 쓰러졌다.

그것을 본 전위대 무인들은 기겁을 하며 뒤로 물러섰다. 이미 피독단을 복용한 뒤였으나 칠공으로 스며드는 치명적인 독무에는 무용지물이었다.

"화공을 사용하라!"

잠시 고민하던 유이명이 결단을 내렸다.

자칫 이런 우거진 숲에서의 화공은 아군에게 치명적인 피해를 가져올 수도 있었지만 독무를 제거하기 위해서는 다른 마땅한 방법이 없었다.

시간이 흐른다면 독무는 바람에 날려 흩어지거나 가라앉아 피해를 끼치지 못하겠지만 그렇게 되면 이번 작전을 계획하고 실행한 의미가 없어진다.

적들 역시 그것을 노리고 이런 방법을 쓴 것이리라.

화르르르!

불길이 일어나기 시작하며 독무가 잠식되어 가기 시작했다. 그 와중에 전위대원들은 최대한 불길이 크게 번지지 않도록 주위의 나무들을 베어 넘기며 사력을 다하고 있었다.

"독무가 흩어졌다! 진군한다!"

"아직 잔독이 남아 있을 수도 있습니다!"

유이명이 앞으로 나가려 하자 전위대원 중 하나가 급히 외쳤다.

"독을 두려워하지 마라! 당문이라는 이름이 너희들을 지켜줄 것이다!"

전위대 무인들이 조금 머뭇거리는 모습을 보이자 유이명이 가장 앞서 독무 속으로 뛰어들었다.

피독단을 복용하였다고는 하지만 확신할 수는 없는 상황. 그럼에도 유이명의 모습에서는 조금의 머뭇거림도 찾아볼 수 없었다. 유이명이 앞서 나가자 전위대원들 역시 이를 악물고 독무 속으로 돌진해 들어갔다.

언제였던가?

중경(重慶)을 차지하고 있던 오독문과의 싸움이었다.

소문주를 잃은 묘독문은 눈에 핏발이 선 채 극독을 사용하며 당문에

선전포고를 하였고, 당문에서는 전위대를 내보내 오독문을 상대하고자 하였다.

당시 전위대는 아직 체계가 잡혀 있지 않은 상황이었다. 전대 전위대 주는 뜻하지 않은 사고로 인해 유명을 달리했고, 새로운 전위대주는 이 제 이립도 되지 않은 외부에서 들어온 사람이었다.

그 싸움에서 신임대주 유이명이 보여준 능력은 경이에 가까웠다.

하지만 무엇보다 전위대원들을 감동시켰던 것은 단순히 오독문을 패 퇴시켰다는 사실보다 유이명이 언제나 그들에게 뒷모습만을 보여주었다 는 사실이다.

지금 이 순간도 그는 선두에서 서서 적들을 쓰러뜨리며 앞서 나아가고 있었다.

그런 믿음이 있었기에 전위대원들 역시 위험을 감수하고 독무 속으로 뛰어든 것이리라.

"좌상 방향의 복병을 제거하라! 독을 사용하는 자들을 우선 제거한 다!"

끊임없이 터져 나오는 일갈.

이제 더 이상 그의 명령을 따르는 무인들에게 머뭇거림이란 존재하지 않았다.

백여 장 정도를 더 전진했을까?

끼이이잉!!

기괴한 형태의 손바닥만한 암기가 허공에서 내리 꽂혔다. 마치 륜을 축소시킨 듯한 그것은 미세한 바람에도 영향을 받아 모두지 종잡을 수 없는 방향에서 공격해 들어왔다.

"크악!"

전위대 무인이 하나가 그만 그것을 피하지 못하고 목숨을 잃었다.

'고수다.'

유이명은 암기가 날아온 방향을 살폈다. 희미한 기척이 감지되었지만 정확한 위치까지는 구분이 되지 않았다.

'어찌해야 하는가?'

저런 암기를 사용하는 자가 많을 리는 없었다. 문제는 그 극소수에게도 이런 독무 속이라면 큰 피해를 입을 수 있다는 것이다. 두 치 앞도 내다보기 힘든 상황이었다.

'피해가 너무 크다. 천독문은 왜 오지 않는가?'

유이명은 지금까지 함께한 전위대 무인들을 바라보았다.

"하악!"

"후욱후욱!"

가쁜 숨을 내쉬고 있는 그들은 정말 힘껏 싸워 이제는 한 줌의 진기도 남아 있지 않은 상태라는 것을 알 수 있었다.

부대주나 조장들이야 아직 싸울 만하다고 하지만 그들을 모두 잃었을 때 돌아올 파장도 생각해야 했다. 지휘관의 부재는 곧 전력의 약화를 의미했다.

"우리가 나서겠네."

그 순간 유이명의 등 뒤에서 중후한 목소리가 들려왔다. 유이명은 시선을 돌렸다. 그곳에는 온몸에 피 칠을 한 막표가 도를 세운 채 싱긋 미소 짓고 있었다.

"막 대협!"

"천독문보고 도와주라 했더니 예상치 못한 부상자가 발생했다며 움직일 생각도 하지 않더군."

"독무가 심상치 않습니다."

유이명이 신경 쓰지 않는다는 태도로 말을 받았다.

지금 중요한 것은 눈앞의 암습자들이었지, 이곳에 오지 않은 천독문이 아니었다.

"우리도 그 정도 대비는 했다네."

"그럼 후방 본대와 합류할 때까지 잠시만 부탁드리겠습니다."

유이명의 외침에 전위대 무인들이 무기를 거두고 후방으로 신속하게 물러섰다.

"광검이라……. 어떤가, 소궁주?"

"대단하더군요. 당문이 외인에게 전위대주의 자리를 맡긴 이유를 알 것 같습니다."

막표의 말에 도객들 사이에서 한 사내가 걸어 나왔다. 이제 이십대 중반 정도나 되었을까 하는 사내는 칠 척 장신에 체구만큼이나 커다란 도를 들고 있었다.

"앞으로 당문이 오대세가 중 최고의 자리에 올라서는 데에는 그리 많은 시간이 걸리지 않을 걸세. 그나저나 천독문도 문제로구먼. 작금의 상황을 모르고 있는 것도 아닌데 이렇게 내분을 일으켜서야……."

"문주부터가 그런데 그 수하라고 해서 오죽하겠습니까? 그러니 삼단 중 가장 약하다는 청혈단만 보내왔겠지요."

"허허, 그래도 천독문에도 인재는 있다네."

"천독객(千毒客), 소문주인 그를 말씀하시는 거라면 반박할 말이 없군요."

"천독문주가 어째서 그보다 둘째 제자를 더 총애하는지 모르겠네. 천독문의 몰락이 눈에 보이는구먼. 허허, 잡담이 길었군. 슬슬 시작해 보세나."

막표가 가볍게 손을 흔들었다.

그와 동시에 삼십여 명 정도 되는 단도객들이 진을 유지하며 독무 속으로 진입했다.

끼이이잉!

전위대의 발목을 묶었던 그 암기가 다시 날아들었다.

미약한 바람에도 영향을 받아 도무지 짐작할 수 없는 곳으로 공격해 옴에도 단도객들은 조금도 위축되지 않은 표정으로 도를 휘둘렀다. 부상을 입은 자들은 물러섰고, 그 빈자리를 대기하고 있단 다른 단도객들이 곧장 채웠다.

"저기였군."

마침내 적들의 위치를 파악한 막표가 몸을 날렸다. 은신에도 일가견이 있는 암습자들이었지만 거리가 가까워지자 막표 같은 절정고수에게는 그 수가 통하지 않았다.

"크억!"

"이렇게……."

암습자들이 하나둘씩 막표의 도에 쓰러지기 시작했다.

"늦었습니다."

"허허, 지금도 충분하다네."

그 무렵 어느새 유이명이 후방에 대기하고 있던 다른 전위대원들을 이끌고 전장에 합류했다.

"전위대는 철망을 펼쳐 십팔도궁을 지원한다!"

명령이 끝나기도 전에 이미 몇 명의 전위대 무인들이 몸을 날리고 있었다.

탕! 타타탕!

철망에 걸린 암기가 힘없이 튕겨져 나갔다.

그사이 암기를 날린 적도들의 위치를 파악한 유이명이 몇 명의 전위대원을 데리고 그들을 제거했다.

물러서면서 이미 충분한 대비책은 세웠다. 남은 것은 전진하는 일이었다.

"가자!"

"그동안의 빚을 갚자!"

사기가 오른 전위대원들의 공격이 거세졌다.

그렇게 이십 리 정도를 지나왔을까?

언제부터인가 적들의 공격이 뜸해지기 시작했다. 습격자들의 수도 급격히 줄어들었다.

"대로입니다!"

"밀림을 벗어났습니다!"

여기저기서 외침 소리가 울려 퍼졌다.

마침내 길고 길었던 우거진 밀림과 늪지대를 벗어나 대로에 들어선 것이다.

"참으로 지독하구나. 그 길을 이런 식으로 뚫다니……."

그 길 한가운데 서 있는 것은 단 한 명의 무인. 이르타가 침통한 표정으로 유이명을 바라보았다.

"그대가 이번 작전의 책임자였나?"

유이명이 한 걸음 앞으로 나서며 물었다.

"그렇다. 당문은 참으로 무서운 인재를 길러내었구나."

"나는 당문에 몸담고 있지만 당문 사람은 아니다."

"당문의 사람이 아니라……. 어디이냐?"

"그것은 말할 수 없다."

"크크, 하긴 어디인지 알아봐야 무슨 상관일까."

이르타가 피식 실소를 흘렸다.

"함께 있던 자는 어디로 갔느냐?"

어느새 창을 치켜든 이르타가 말했다.

"본대."

"흐흐, 그자가 본대로 갔다니 타하무르도 무사히 살아오긴 글렀군. 어쨌든 그자와 한 번 더 승부를 내고 싶었는데 아쉽게 됐어."

"당신은 사형의 상대가 아니다."

"네가 그런 말을 할 자격이 있을까?"

"검객은 검으로 말한다."

유이명이 검을 뽑으며 대답했다.

"오라!"

검을 비스듬히 세운 것은 선수를 양보하겠다는 것. 그만한 자신감이 있다는 뜻이다.

화가 날 만도 하건만 이르타는 평정심을 잃지 않은 모습으로 창을 내뻗어 공격을 가해왔다. 위력적이면서도 허점을 파고드는 날카로운 공격이었으나 유이명의 검은 손쉽게 그것을 막아냈다.

쩌엉!

세찬 검명과 함께 대지를 가를 듯 날아든 검격의 기세는 웅혼했다.

그것을 상대하는 것은 패도적이면서도 결코 무모하지 않은 이르타의 창.

콰콰쾅!

한차례의 충돌과 함께 산천초목이 뒤흔들릴 정도의 충돌음이 울려 퍼졌다.

'들은 것보다 배는 강하다.'

이르타의 안색이 변했다.

묘독문이 입수한 정보로 치자면 유이명의 무공은 기껏해야 간신히 절정을 벗어날 정도. 아직 최절정의 수준에 이르지는 못했다.

하지만 이르타가 상대하고 있는 유이명의 무공은 이미 절정을 벗어나 최절정의 경지에 이르러 완숙에 접어든 상태였다. 구파나 오대세가의 장로라 한들 이 정도는 아니리라.

"대체 누가 너 같은 무인을 키워낼 수 있었단 말이냐!"

언제부터인가 차츰 물러서고 있는 이르타가 믿을 수 없다는 듯 두 눈을 부릅떴다.

그 와중 잔여 병력을 완전히 제거한 전위대원들이 하나둘씩 모여들기 시작했다.

그들은 유이명과 이르타가 비무를 벌이고 있는 곳을 중심으로 둥그렇게 둘러싸기 시작했다.

전쟁인 점을 감안한다면 당장에라도 합공을 취해 이르타를 죽여야 하겠지만 그렇지 않은 것은 유이명이 결코 패하지 않으리라는 신뢰, 그리고 그를 무인으로서 존중해 주는 의지였다.

서걱!

창을 비스듬히 피해낸 검이 이르타의 옆구리를 스치고 지나갔다. 묘하게도 그 부위는 얼마 전 이르타가 연운비에게 당한 곳이었다.

주르르륵!

피가 폭포수처럼 흘러내렸다. 상처의 위치는 같은 곳이었지만 그 깊이는 달랐다.

다시 한차례의 충돌.

그리고 늘어나는 선혈의 상흔. 차츰 이르타의 눈이 풀려가기 시작했다.

"으윽!"

한차례 휘청인 이르타의 한쪽 무릎이 꿇려졌다. 서 있을 기력도 없다는 뜻이었다.

"죽여라!"

구차한 모습을 보이고 싶지 않았던 것일까?

이르타가 말없이 눈을 감았다.

서걱!

그 모습을 지켜보던 유이명이 검을 휘둘렀다.

"이것이 결코 끝이 아님을… 명심해라……."

그대로 고개를 떨군 이르타가 남긴 마지막 한마디였다.

"적이지만 무를 아는 무인이었다. 들개의 밥이 되지는 않게 해주도록."

"알겠습니다."

명령을 받은 전위대원 중 하나가 시체를 수습했다.

"본대는 어디쯤 있나?"

"오 리 정도 뒤쳐져 있는 것으로 생각됩니다."

"특별한 소식은 없는가?"

"몇 차례 습격이 있었지만 무사히 막아냈다고 합니다. 그리고 그 와중에 적의 수뇌로 보이는 자를 생포했다 합니다."

"그렇군. 어쨌든 이로써 적의 근거지에 한발 더 다가간 것인가?"

오늘따라 유난히 맑은 하늘을 올려다보며 유이명은 조용히 눈을 감았다.

                    *   *   *

곤명!

운남의 성도이자 대리와 함께 문물이 가장 발달한 곳.

그 규모만큼이나 곤명에는 적지 않은 문파들이 자리잡고 있었다. 그들 중 대부분이 묘독문과 관련이 있는 곳이었고, 묘독문이 보유하고 있는 십삼 개 분타 중 가장 규모가 큰 곳이 바로 곤명 분타였다.

묘독문에서는 중군이 대로로 들어서자 더 이상 매복이나 암습을 해오지 않았다.

워낙에 길이 넓게 트인 것도 하나의 이유였지만 그보다는 암습에 내보낼 인원이 없다는 것이 문제였다.

곤명에 주둔하고 있는 무인의 수는 기껏해야 오백이 넘지 않았고, 이미 백여 명에 가까운 수를 잃은 그들로서는 더 이상 병력의 손실을 막아야 했다.

"뭐라! 이르타가 죽었다고?"

묘독문 삼대호법 중 일인인 탑칠라하가 탁자를 거세게 후려쳤다.

"죄, 죄송합니다."

"이게 죄송하다고 될 일인가?"

"드릴 말씀이 없습니다."

연신 고개를 수그리고 있는 자는 바로 곤명분타주 야이록타.

공식 서열 십칠위에 올라 있는 절정의 무인이었지만 묘독문에서도 다섯 손가락 안에 드는 실권자인 탑칠라하 앞에서는 고양이 앞의 쥐 꼴이었다.

"타하무르는?"

"그 역시도……."

"이런 멍청한 놈들! 권왕과 암왕이 빠진 그들 하나 처리하지 못했단 말이냐!"

"뭔가 착오가 있었던 듯싶습니다."

"착오는 무슨 착오! 함정으로 기어들어 오는 쥐새끼들마저 처리하지 못해놓고 무슨 변명이 많단 말이냐!"

"생각보다 암왕이 너무 빨리 본대로 복귀했습니다. 그리고 미처 예상치 못한 고수가 그들 안에 숨어 있었습니다."

"고수?"

"그렇습니다."

"어느 정도라 하더냐?"

"이르타가 백 초를 자신하지 못한다 하였습니다."

"그런!"

"타하무르도 그자에게 당한 듯싶습니다."

"뭐라? 그럼 암왕에게 당한 것이 아니라?"

탑칠라하의 안색이 딱딱하게 굳어졌다.

"이르타라면 몰라도 타하무르는 마곡(魔谷)에서 열 손가락 안에는 들지 못해도 그 배를 친다면 능히 들어갈 자이다. 그런 자가 아직 이름조차 알려지지 않은 자에게 당했다고? 혹시 합공을 당해 패한 것이 아니라 하더냐?"

"아닙니다. 정확한 정보입니다."

"흠!"

탑칠라하가 눈살을 찌푸리며 생각에 잠겼다.

"미르타하님은 어디에 계신다 하더냐?"

"애뇌산으로 향하셨다 합니다."

"이번 전투에서는 빠진다 하시더냐?"

"그렇습니다."

"그렇다면 어쩔 수 없군! 문에 연락을 넣도록 하여라!"

"연락이라면……?"

"지원을 요청한다! 이곳에 있는 병력으로 놈들을 상대할 순 없다!"

"애초부터 이곳은 버리는 곳이 아니었습니까?"

아이록타가 이해가 가지 않는다는 표정으로 탑칠라하를 주시했다.

"물론 최후의 결전지는 이곳이 아니다! 하지만 계획이 조금 변경되었다! 이곳에서 놈들에게 최대한의 피해를 입힌다! 이것이 새로 내려온 지시이다!"

"아! 그럼 병력은 어느 정도나……?"

"근처에 있는 병력 중 절정고수 삼십에 일반 무사 이백을 요청해라!"

"알겠습니다."

"시간이 없다! 서두르도록!"

탑칠라하의 명령을 받은 아이록타가 급히 자리에서 일어났다.

이미 적은 바로 앞까지 진군해 온 상황.

조금이라도 지체한다면 적절한 시간에 병력을 보충받기는 어려울 터였다.

"여기 계셨구려."

그 순간 차가운 인상의 중년인 한 명이 방문을 열고 들어왔다.

"오셨소?"

탑칠라하가 자리에서 일어나며 중년인을 반갑게 맞이했다.

"분타주는 그만 나가보도록 하게."

"알겠습니다."

나가지도 들어오지도 못하고 어정쩡한 모습으로 서 있던 아이록타가 두 사람에게 인사를 건넨 뒤 방문을 닫고 사라졌다.

"그래, 어쩐 일로 이런 곳까지 발걸음을 하시었소?"

"이르타 단주와 타하무르가 죽었다 들었소."

"아, 그렇지 않아도 그 일 때문에 마침 찾아가려던 참이었소. 그 점에 대해선……."

"상대가 누구였소?"

중년인은 무표정한 모습으로 탑칠라하의 말을 끊었다.

"그것이… 아직 정확히 알려지지 않았소."

"그럼 놈의 인상착의는?"

"이십대 후반으로 보이는 놈으로 검을 사용한다 하였소."

"이십대 후반?"

일순간 중년인의 눈살이 살짝 찌푸려졌다.

"그렇소."

"그런 애송이에게 타하무르가 죽었다는 것이오?"

"아마도 그럴 것이오."

대체 중년인의 신분이 어떠하기에 묘독문에서도 다섯 손가락 안에 드는 실권자인 탑칠라하가 이런 모습을 보이는 것인지 의심이 들 정도로 탑칠라하는 중년인을 어려워하며 공손히 대하고 있었다.

"놈들의 진군 속도는 얼마나 되오?"

"어림잡아 사오 일 정도면 도착할 것이오."

"사오 일이라……. 좋군. 이 호법, 부탁 한 가지만 합시다."

"허허, 부탁이라……. 내가 적 봉공께 부탁이란 말을 다 들어보는구려."

탑칠라하가 기분 좋은 웃음을 흘리며 말했다.

"이번 전투에서 놈은 내가 상대하도록 하겠소."

"놈이라 하시면……?"

"타하무르를 죽였다는 놈을 말하는 것이오이다."

"적 봉공께서 직접 말이오?"

"그렇소."

"하나 이번 작전은 어디까지나……."

"알고 있소, 놈들을 유인하기 위한 덫이라는 것을. 하지만 이대로 물러선다면 본 곡으로 돌아갔을 때 나는 질책을 면치 못할 것이오."

"흠."

중년인이 마곡에서 받는 신임과 신분을 고려한다면 일어날 수 없는 일이긴 하였지만 그래도 일리가 있는 말이었기에 탑칠라하는 고민하지 않을 수 없었다.

"알겠소. 그리하리다."

결국 한참 동안 고민하던 탑칠라하는 중년인의 부탁을 수락했다.

"하지만 놈을 죽이고 난 뒤 적 봉공께서는 바로 몸을 빼셔야 하오. 적 봉공의 능력을 의심하는 것은 아니지만, 그래도 만에 하나 모르는 것이 아니겠소?"

"그건 걱정하지 마시오. 그럼 그렇게 알고 가보도록 하겠소."

"살펴 가시오."

음모의 밤이 무르익어 가고 있는 지금 이곳은 곤명 분타의 한 전각이었다.

第15章

내가 바로 낭인왕의 후예이다

제15장

"크하하! 추격하라! 이곳에서 놈들의 목숨을 끊는다!"

철탑쌍부(鐵塔雙斧) 등철악이 광소를 터뜨리며 적들을 몰아붙였다.

팔 척 장신. 중원을 통틀어도 찾아보기 힘든 그의 체구에서 뿜어지는 기세는 실로 무시무시했다. 그리고 그의 체구만큼이나 커다란 두 개의 부(斧)에서 쏟아지는 살초들은 후퇴하는 묘독문 무인들을 마구잡이로 쳐 죽이고 있었다.

"어디 한번 또 그 빌어먹을 독을 사용해 보아라! 크하하!"

등철악의 뒤에는 이십여 명에 달하는 낭인들이 적들을 추살하며 산등 성이를 타고 올라가고 있었다.

파파파팍!

적진이라고는 하지만 그다지 높은 산이 아니라는 점을 감안하면 추격 하는 데 어려움은 없었다. 오히려 묘독문 무인들이 스스로의 무덤을 파 고 있는 것이었다. 물론 지금까지 이들을 추격하기 위해 낭인대도 적지 않은 피해를 입었다.

사상자가 열 명을 넘어갔고 부상자도 엇비슷했다.

사상자와 부상자가 비슷하다는 것은 그만큼 적의 손속이 악랄했다는
것을 의미했다. 실수로라도 상처를 입는다면 바로 독에 중독되었다. 부
상이 적다면 문제가 되지 않았지만 부상이 심할 경우 독은 빠르게 혈맥
에 퍼져 목숨을 앗아갔다.

"킬킬, 둘째 형님이 신이 났나 보오."

염소수염사내. 낭인삼살의 막내이자 꾀주머니로 통하는 호리파가 낄
낄거리며 괴소를 흘렸다.

"너무 몰아세우는 것은 좋지 않다."

"킬킬! 알겠소, 대형."

호리파가 가볍게 손을 흔들었다. 그러자 등철악의 뒤를 따르던 낭인대
무사들이 속력을 낮추었다.

"뭐야?"

"지시가 내려왔습니다."

등철악의 옆에 있던 낭인 하나가 대답했다.

"개뿔, 무슨 지시?"

"속도를 낮추시랍니다."

"뭔 개소리야? 지금이 아니면 놈들을 처리하지 못한다고!"

"명령입니다."

"젠장맞을! 알았다! 모두 멈춰 선다!"

등철악이 가래침을 뱉으며 제자리에 섰다. 낭인대 무인 이십 명이 그
뒤에 시립했다.

"수고했다."

염후아가 느긋한 걸음걸이로 걸어왔다. 그 뒤에는 나머지 낭인대 무인

칠십 명이 넓게 퍼져 따르고 있었다.

"대주는 어디 가셨소?"

"곧 오실 것이다."

"한데 왜 멈추라 한 거요?"

"궁지에 몰린 살쾡이는 발톱을 세운다. 상대는 살쾡이도 아니고 호랑이다."

"쳇, 그래 봤자 상처 입은 호랑이요! 내 이 도끼 한 방이면 골로 보낼 수 있소!"

"잊지 마라. 우리는 거우 그깟 놈 하나 잡자고 이곳에 온 것이 아니다."

"아, 알겠소."

서슬 퍼런 염후아의 목소리에 둥철악이 찔끔했다.

"놈이 이리로 도망쳤나요?"

잠시 후 단옥령이 흑의중년인 한 명과 함께 장내에 모습을 드러냈다.

"오셨습니까."

"대주, 이분은 누구요?"

둥철악이 한편에 있는 흑의중년인을 가리키며 물었다.

"말을 함부로 하지 말아라. 위지 어르신이시다."

"위지라면… 설마 권왕?"

"맞다. 내가 권왕이다. 이놈, 덩치 하나만은 일품이로구나."

위지악이 걸음을 옮겨 둥철악의 어깨에 손을 가져다 대었다.

"외공을 익혔군. 제법 기초도 탄탄하구나. 네놈 사부가 누구이더냐?"

"싸, 쌍부객 둥초사가 내 아버님이 되시오."

둥철악이 비지땀을 흘리며 간신히 대답했다.

내공을 실은 것 같지도 않았지만 어깨에 얹은 손의 무게에 온몸이 짓

눌리는 듯한 느낌이었다.

"둥초사가 아들 하나는 잘 두었구나."

위지악이 뜻밖이라는 표정으로 말했다.

둥초사의 무공은 잘해야 일류. 한데 둥철악은 이미 절정을 넘어선 무인이었다.

기실 둥철악의 본신 무공은 유이명에 비해서도 떨어지는 편이 아니었다. 염후아가 당시에 둥철악에게 물러서라 말한 것은 쌍부를 지니고 있지 않은 때문이었다. 둥철악은 권법보다는 쌍부로 이름을 떨친 무인이었다.

'크윽, 괴물 같은 늙은이군.'

둥철악은 위지악이 손을 거두자 땀을 닦으며 한숨을 내쉬었다.

기세만으로도 이렇게 압박을 느끼기는 처음이었다. 권왕이라는 이름이 가진 무게감을 이제야 알 수 있을 것 같았다.

"악가 놈은 잘 있느냐?"

위지악의 시선이 염후아에게 향했다.

세상은 알지 못했지만 염후아는 낭인왕이라 불리는 악구패의 심복이었다. 악구패가 낭인왕이라는 칭호를 받기 전 중원을 떠돌 때 그의 곁에는 항상 흑살객 염후아가 있었다.

"저도 뵙지 못한 지 칠 년 정도 되었습니다."

"구석에 죽은 듯이 처박혀 있나 보군. 때가 되면 나타나겠지. 그보다 그놈들이 저기로 도망쳤다고?"

"그렇습니다."

"흠… 미친놈들도 아니고 뻔히 퇴로가 막힌 곳으로 도망을 쳤다? 뭔가 있나 보군."

위지악은 시선을 돌려 산 정상을 쳐다보았다.

목책과 커다란 바위들이 있기는 했지만 치고 올라가지 못할 정도는 아니었다. 더구나 이들은 낭인들 중에서도 가장 강하다고 알려진 낭인대였다. 이들의 조직력이라면 저런 작은 산 하나 점령하는 것은 일도 아니었다.

"건드려 봐라. 놈들이 나오면 나에게 연락하고."

"알겠습니다."

단옥령이 공손히 대답했다.

"둥철악, 스무 명을 이끌고 측면을 공격한다! 호리파, 서른 명을 이끌고 후방을 기습한다!"

"존명!"

누가 먼저랄 것도 없이 둥철악과 호리파가 큰 소리로 외쳤다.

평상시에는 농담도 주고받는 사이였지만 지금과 같은 전시에서 단옥령의 명령은 절대적이었다.

"아저씨는 저와 함께 정면을 공격하도록 해요."

"알겠습니다."

염후아가 고개를 끄덕이며 남은 서른 명의 수하들을 이끌고 정면으로 향했다.

"크악!"

"뭐 하느냐! 계속 진격해라! 바위도 얼마 남지 않았다!"

둥철악이 목소리를 높이며 수하들을 독려했다.

퇴로가 없다는 이유 때문인지 묘독문의 저항은 완강했다. 바위가 날아들고 나무가 굴러왔다. 대체 어디서 그 많은 바위와 나무를 구해다 놓았는지 의심스러울 정도였다.

"비켜봐라! 내가 앞장서겠다!"

둥철악은 수하들을 밀치며 선두로 나갔다.

콰르르르!

품이 족히 한아름은 될 것 같은 나무 기둥 서너 개가 연이어 굴러왔다.

"흥!"

둥철악은 비웃음을 흘리며 맨몸으로 맞서갔다.

쾅!

엄청난 굉음과 함께 거인과 나무가 부딪쳤다.

승자는 거인이었다.

둥철악의 몸에 막힌 나무 기둥은 그 자리에 멈춰 섰다. 그 뒤로 내려오던 나무 기둥들도 더 이상 내려오지 못하고 힘을 잃었다. 쳐내 버리면 그만이었지만 그렇게 할 경우 아래에 있는 수하들이 다칠 수 있다는 것을 생각해 이런 식으로 멈추게 한 것이다.

"자, 진격해라!"

그 엄청난 괴력에 질겁한 묘독문 무인들이 잠시 공격을 멈춘 사이 낭인대 무사들이 일제히 산을 타고 올라갔다.

"바위를 굴려라!"

"놈들의 저지를 막아라!"

거리가 가까워지자 묘독문 무인들은 마구잡이로 바위를 굴리고 암기를 날렸다. 독을 사용하고 싶었지만 그렇게 할 경우 자신들도 무사하지 못한다는 것을 알고 있기에 독은 사용할 수 없었다. 기껏해야 암기에 독을 묻히는 것이 전부였다.

"흐흐, 이놈들아! 죽을 각오는 하였느냐!"

둥철악이 괴소를 터뜨리자 그 소리를 들은 묘독문 무인들이 몸을 떨었다.

죽는 것은 두렵지 않았지만 저 쌍부에 갈기갈기 찢겨서 죽는 것은 끔찍한 일이었다. 차라리 흑살객 염후아의 일검에 죽는 편이 훨씬 나았다.

이제 불과 목책과의 거리는 이십여 장이나 될까 하는 정도였다. 후방과 전방을 맡은 동료들의 진군은 늦었지만 일단 측면만 장악하여도 손쉬운 싸움이 될 수 있었다.

"괴물 같은 놈이군."

그 순간 잿빛 회의를 입은 한 명의 노인이 목책 밖으로 걸어 나왔다.

스윽!

여기저기 날카로운 바위들이 널려 있었지만 노인의 걸음걸이는 마치 평지를 걷는 듯했다.

"넌 또 뭐냐?"

"넌? 이런 찢어 죽일 놈!"

회의노인이 그대로 일장을 날렸다.

퍼펑!

둥철악은 쌍부를 휘둘러 일장에 맞섰다.

"크윽! 부시독? 시마 소북살?"

둥철악은 몇 걸음이나 뒷걸음질치고서야 간신히 신형을 바로잡을 수 있었다. 내공의 차이도 차이였지만 무엇보다 그 안에 담긴 막대한 독기를 경시할 수 없었기 때문이다.

"잘 아는구나. 본좌가 바로 시마 소북살이다."

소북살이 음침한 미소를 흘리며 대답했다.

천하를 통틀어 이 정도의 독장을 사용하는 사람은 흔치 않았다. 기껏해야 다섯이나 될까 하는 정도였다. 그중에서도 부시독을 사용하는 사람은 시마 소북살이 유일했다.

"흐흐, 마침 잘 만났소. 내 그렇지 않아도 당신과 한 번 겨루어보고 싶었소. 당신보다야 광마를 상대하고 싶지만 아쉽게도 광마는 누가 먼저 점찍어서 말이오."

"이런 개자식이!"

소북살의 안색이 변했다.

아무리 그가 칠마 중 가장 약하다고는 하지만 그래도 칠마 중 일인이었다. 무림 공적으로 지목되고서도 죽지 않은 데에는 그럴 만한 이유가 있었다.

"오냐! 오늘 한번 죽어보아라!"

시마가 한광을 번뜩이며 두 팔을 벌렸다.

"어디 한번 붙어봅시다."

등철악도 기죽지 않은 태도로 쌍부를 한차례 휘둘렀다.

다른 사람이라면 몰라도 칠마 중 시마라면 그로서도 한 번 해볼 만한 상대였다.

"킬킬, 둘째 형님이 잘하고 있는 모양이군."

호리파는 저항이 약해진 적들을 보고 괴소를 흘렸다.

언제부터인가 적들의 저항이 줄어들고 있었다. 그것은 측면이나 정면을 맡은 염후나 등철악의 공격으로 인해 적들이 이곳에 신경 쓸 여유가 없다는 것을 의미했다.

"자자, 모두 힘을 내라! 고지가 얼마 남지 않았다!"

아직 목책과의 거리는 오십여 장이나 남아 있었지만 약해진 저항을 생각한다면 이 정도야 이각이면 충분히 뚫을 수 있었다.

여기 있는 낭인대 무인들은 정예 중의 정예였다. 총 오백 명에 달하는 낭인대 중에서도 고르고 골라 데려온 수하들인 것이다. 내심 이들이라면 대문파와도 일전을 벌일 수 있다고 생각하고 있는 호리파였다. 더구나 병력을 운용하는 데에 있어서 누구보다 뛰어나다고 자부하는 그로서는 자신이 있을 수밖에 없었다.

쿵!

그 순간 한차례 진동이 대지를 엄습했다.

"뭐야?"

호리파의 시선이 진동이 울려 퍼진 곳으로 향했다.

언제 나타났는지 모르겠지만 이십여 장 떨어진 곳에 한 명의 중년인이 서 있었다.

특이한 사실은 머리카락은 온통 검은색이었는데 눈썹만큼은 하얗다는 것이었다.

'맙소사!'

호리파의 신형이 부르르 떨렸다.

'하필 그러니……'

호리파는 중년인이 누구인지 이내 알 수 있었다. 백미(白眉)에 곤을 사용하는 무인이라면 오직 곤마 육단소뿐이었다. 칠마 중에서도 광마와 창마를 제외한다면 가장 강한 고수였다.

'어떻게 해야 하나.'

호리파는 낯빛을 굳히고 주위를 둘러보았다.

후방에서 공격을 한 탓에 다행히 사상자는 없었다. 하지만 상대는 다름 아닌 그 곤마였다.

여기 있는 서른 명 모두가 달려든다면 일말의 승산이야 있겠지만 그렇게 할 수는 없는 일이었다. 목책 안에서 호시탐탐 기회를 노리고 있는 묘독문 무인들이 언제 튀어나올지 모르는 상황이었고, 더구나 서른 명 모두가 달려들어도 이길 확률은 일 할이 되지 않았다.

'젠장, 어쩔 수 없군.'

호리파는 마음을 결정했다.

물러설 수밖에 없었다. 지금까지 올라온 것이 아쉽기는 하지만 그렇다고 승산이 희박한 싸움에 목숨을 걸 수는 없었다. 그렇게 호리파가 후퇴하기 위해 명령을 내리려 한 순간이었다.

"내가 맡겠다! 너는 계속 병력을 운용하도록!"

"대형!"

호리파의 안색이 환해졌다.

어떻게 된 상황인지는 모르겠지만 전방에 있어야 할 염후아가 이곳에 나타났다.

염후아라면 낭인왕 악구패가 유일하게 인정한 고수. 그 무위가 결코 곤마 육단소에 비해 떨어지지 않았다.

"그럼 소제는 올라가겠소."

호리파는 병력을 멀찌감치 우회하여 산으로 진군했다.

"오랜만이오."

호리파가 멀어지는 것을 본 염후아가 입을 열었다.

"악구패의 개가 이곳에는 웬일이냐?"

이미 염후아와 안면이 있던 육단소가 입을 열었다.

"말투는 여전하구려."

"우리와 악구패와는 아무런 원한이 없을 터인데?"

"이전에는 없었지만 지금은 있소이다."

"헛소리하지 마라. 우리가 칩거한 지가 십 년이 넘었다."

육단소가 이해가 가지 않는다는 표정으로 눈살을 찌푸렸다.

십 년 전에 있었던 추살령.

당시 낭인들은 아무도 나서지 않았다. 무림 공적이라고는 하지만 묘하게도 낭인들과는 아무런 원한도 없던 상황. 거액의 상금이 걸려 있었음에도 낭인들은 나서지 않았다.

목숨이 아깝다기보다는 굳이 그 돈을 탐하기 위해 칠마와 척을 질 필요가 없다는 이유에서였다. 창마 조풍령이 칠마에 속해 있다는 이유도 한몫을 하였다.

"내가 없는 말을 만들어내겠소?"

"좋다. 어찌 되었든 이로써 악구패도 혈채를 받아야 할 것이다."

"하하, 그럴 능력이나 있나 모르겠소."

"놈!"

육단소가 무시무시한 눈빛으로 염후아를 노려보았다. 하지만 함부로 나서지는 못했다. 염후아라면 낭인들 중 악구패를 제외하고는 가장 강한 고수였다. 그와 비교해도 결코 처지지 않는 무인이었다. 그렇지 않았다면 호리파가 병력을 이끌고 가도록 놓아주지도 않았을 터였다.

"덤벼라! 선공은 양보하마."

"가겠소."

염후아는 발도술을 사용하지 않은 채 검을 뽑아 들었다.

곤을 사용하는 무인과의 승부에서 발도술을 함부로 사용하는 것은 목숨을 재촉하는 일이었다. 거리에서 앞서고 있는 것은 육단소의 창이었고, 발도술을 사용하는 것은 그 이후의 일이었다.

"으……!"

묘독문 무인들은 두려움에 휩싸였다.

그 두려움이 시작된 것은 사방을 뒤덮는 먼지로 인해 흑의가 회의로 변해 버린 한 중년인이 나서면서부터였다.

그토록 믿었던 요마(妖魔) 미염랑이 단 일 수에 패해 동굴로 도망쳤다. 수뇌라 할 수 있는 후타이파도 일권을 감당하지 못하고 죽임을 당했다.

묘독문 무인들은 사력을 다해 공격을 퍼부었지만 흑의중년인은 비웃기라도 하듯 그들을 무시한 채 목책을 넘었다. 용기있는 몇몇 묘독문 무인들이 칼을 빼 들고 달려들었지만 돌아오는 것은 싸늘한 죽음뿐이었다.

권왕(拳王) 위지악.

일권(一拳)으로 산악(山岳)을 가른다는 무인. 그가 자신의 기세를 드러냈다.

"광마는 어디 있느냐?"

"모, 모르오."

묘독문 무인 하나가 주저앉은 채 뒷걸음질치며 몸을 떨었다.

"저곳인가 보군."

위지악은 목책 너머에 있는 동굴을 볼 수 있었다.

미염랑이 저곳으로 도망쳤다는 것은 무엇인가 믿는 구석이 있다는 뜻. 적어도 칠마 중 단신으로 권왕을 상대할 무인은 오직 광마 부평악뿐이었다.

펑! 퍼펑!

묘독문 무인들 중 하나가 신호탄을 쏘아 보냈다.

"멈춰라!"

"아무리 당신이라 한들 이곳에서 더는 가지 못하오!"

어디선가 두 명의 신형이 장내에 나타났다. 시마 소북살과 곤마 육단소가 그들이었다. 시마는 아무렇지도 않은 반면 육단소의 옆구리에서는 피가 흘러내리고 있었다.

육단소는 옆구리에서 흘러내리는 피를 지혈했다.

상대가 등철악이었으니 시마야 언제든지 몸을 뺄 수 있었던 반면 육단소의 상대는 다른 누구도 아닌 흑살객 염후아였다. 몸을 빼기 위해서는 그만한 대가를 치러야 했다.

"늦었습니다."

그들이 나타나고 얼마 지나지 않아 단옥령이 낭인삼살을 거느린 채 장내에 나타났다.

더 이상 저항하는 묘독문 무인은 없었다. 저항하던 묘독문 무인들 모두는 이미 들개의 밥이 되어버린 후였다.

"너희들 따위가 내 앞을 가로막으려 하느냐?"

시마와 곤마라면 그래도 한때 천하를 떨어 울렸던 고수. 하지만 상대는 그 명성이 통할 자가 아니었다.

광마와 창마가 나서지 않는다면 나머지 오마가 모두 나선다 한들 권왕을 상대로는 승산이 없었다. 오왕 중 도왕과 함께 가장 강하다고 평가받는 무인이 바로 권왕 위지악이었다.

"저자들은 저희가 맡겠습니다."

염후아가 곤마 앞에 섰다.

못 다한 승부를 내자는 태도였다. 조금 이득은 봤다 하지만 그것은 어디까지나 곤마가 물러서서였을 뿐 다시 겨룬다면 승리를 장담할 수 없었다. 그래도 한 번쯤 붙어보고 싶은 무인이 바로 곤마 육단소였다.

"흐흐, 이쪽은 나와 셋째가 맡으면 되겠군."

둥철악이 망설이고 있는 호리파를 끌고 시마 소북살 앞에 섰다. 혼자라면 몰라도 호리파와 함께라면 승산이 있었다.

단옥령이라면 혼자서도 시마를 상대할 수 있겠지만 그녀가 상대해야 할 사람은 시마가 아니었다.

우우우웅!

그 순간 동굴 안에서 대지를 뒤흔드는 파공음이 터져 나왔다.

'무, 무슨……?'

'대체 누가 이런 기세를?'

장내에 있던 모두의 안색이 파리하게 변했다.

이런 파공음이라니?

그 파장만으로도 지축을 뒤흔드는 가공함. 들어본 적도 없는 신위였다.

낭인삼살은 얼굴을 굳히며 서로를 바라보았다.

대체 저 동굴 안에 누가 있단 말인가?

그들이 아는 광마 부평악이라 하더라도 이 정도는 아니었다.

"모두 물러서게!"

파공음이 멈추고 동굴 안에서 중후한 목소리의 한 사내가 걸어 나왔다. 공력을 일으키던 시마와 창마가 지체없이 물러났다.

"대공을 경하드리오."

"흐흐, 드디어 이루셨구려."

시마와 창마가 나타난 사내를 향해 포권을 취하며 손을 들어올렸다.

"고맙네, 아우들."

중후한 목소리와는 어울리지 않게 이제 이립 정도로 보이는 사내는 그들을 향해 고개를 끄덕인 뒤 위지악이 있는 곳으로 시선을 돌렸다.

"오랜만이오, 위지 형."

"오랜만이네."

위지악은 동굴 안에서 걸어 나온 사내를 보고 담담히 대꾸했다.

단옥령과 낭인삼살이 그 모습을 보고 어리둥절하며 눈살을 찌푸렸다. 그들이 알기에 위지악은 모습만 중년인으로 보일 뿐 실제 나이는 고희(古稀)에 가깝다는 것을 알고 있었다. 현 강호에서 위지악보다 배분이 높은 무인은 존재하지 않았다.

한데 이제 이립도 되어 보이지 않는 사내가 평대를 사용하고 있었다. 아무리 사내의 무공이 강해 보인다 한들 있을 수 없는 일이었다. 더욱이 위지악은 그런 사내의 말에 인상조차 찌푸리지 않았다.

"역시 살아 있었군."

"내가 죽을 것이라 생각했소?"

"그럴 리가 있나. 창마 조풍령이 그깟 쥐새끼들에게 죽을 리는 없겠지."

위지악이 조금은 씁쓸한 표정으로 대꾸했다.

"맙소사!"

"창마라니?"

그제야 낭인삼살은 사내의 정체를 짐작할 수 있었다.

창마(槍魔) 조풍령.

상산조가의 맥을 이은 자. 창왕을 제외한다면 창으로는 천하에 적수가 없다는 무인. 그라면 권왕 위지악과 평대로 말을 주고받을 자격이 있었다.

사혈련의 련주인 창왕 벽리극조차 승리를 장담하지 못하는 상대가 바로 창마 조풍령이었다. 공적으로 지목되지만 않아도 어쩌면 창왕의 호칭은 벽리극이 아닌 조풍령이 가져갈 수도 있었다.

"그 모습은 여전하군."

"해가 지나도 바뀌지 않더이다. 시간이 더 흐르면 그땐 바뀔지도 모르겠소."

조풍령이 쓴웃음을 흘리며 대답했다.

아무리 보아도 이립이 넘어 보이지 않는 나이. 그것은 조풍령이 특별한 주안술을 익혀서가 아니라 상산조가의 특이한 내공 심법 때문이었다. 상산조가의 무인들은 대대로 그런 이유로 인해 죽을 때까지도 중년의 모습을 유지했다. 물론 그렇게 되기 위해서는 그만한 성취도 있어야 했다.

십 년이면 강산도 변한다 하였다.

위지악은 조풍령이 몰라보게 강해졌다는 것을 알 수 있었다. 그동안 얼굴 모습이 조금도 변하지 않았다는 사실은 그만큼 조풍령의 무공이 강해졌다는 것을 의미했다.

"광마는 어디에 있나?"

"이곳에 없소."

"거짓말하지 마라. 광마 부평악이 이곳에 있다는 걸 알고 왔다!"

한편에서 지켜보고 있던 단옥령이 이를 갈며 외쳤다. 그녀의 눈빛에서는 보기에도 섬뜩한 살광이 흐르고 있었다. 평상시와는 너무나도 다른 모습이었다.

"이런 냄새나는 잡종 년! 감히 대형의 이름을 함부로 부르다니!"

"뒈지고 싶어 환장을 했구나!"

시마와 함께 어느새 모습을 드러낸 요마가 살기를 내뿜으며 단옥령을 노려보았다. 적어도 광마라는 이름은 새파랗게 어린 계집에게 함부로 불릴 만한 것이 아니었다.

"없다라……. 그렇군. 애초부터 이곳에 있던 것은 광마가 아니라 자네였군."

위지악은 그제야 이해가 된다는 표정으로 고개를 끄덕였다.

정보를 받으면서도 어딘가 이해가 가지 않았다.

광마는 미친 사람처럼 행동했지만 사실은 교활하기 짝이 없는 자였다. 이렇듯 막다른 골목에서 모습을 드러낼 자가 아닌 것이다. 그럼에도 이번 정보에 속아 넘어간 것은 분명 그만한 고수 하나가 이곳에 머무르고 있다는 정보 때문이었다.

사실 지금 같은 상황에서 광마마저 이곳에 있다면 오히려 불리한 것은 이쪽이었다.

아무리 권왕이라고는 하지만 광마와 창마 모두를 상대할 순 없었다.

암왕 당문표가 근처까지 와서 돌아간 것은 광마나 창마 두 사람 중 한 사람만이 이곳에 있다는 확신 때문이었다.

"위지 형, 이곳에서 피를 보겠소?"

조풍령은 주위를 둘러보았다.

확실히 불리한 것은 사실이었지만 그렇다고 승부를 내지 못할 정도는 아니었다.

아무리 낭인왕 악구패와 연관이 있는 낭인대라 할지라도 천하의 곤마와 시마, 요마였다. 그들이 밀린다고 보기에는 어려운 일이었다.

그리고 무엇보다 중요한 것은 이번 전투의 갈림점은 그와 권왕의 싸움이라는 사실이었다. 그 싸움에서 이기는 자가 이번 전투에서 승자가 될 터였다.

낭인대 따위야 창마 혼자로서도 충분히 감당할 수 있었다. 그것이 창마 조풍령이라는 무인이었다.

"강호에 나와 내가 인정한 무인은 모두 세 명이네."

위지악이 담담한 표정으로 말을 이었다.

"무공과 그 사람 모두를 인정했지."

"그 세 명이 누구요?"

"첫 번째가 바로 무광 백리천일세."

"그라면 위지 형의 존경을 받을 만하오."

조풍령이 고개를 끄덕였다.

무광(武狂) 백리천.

호남, 광서, 복건, 안휘 남부에 걸쳐 그 세력을 자랑하는 천하제일세 무벌의 당대 벌주.

이패(二覇) 중 일인이자 암중 천하제일인으로 인정받고 있는 무인이었다.

"두 번째는 도왕 혁련무극일세."

"그 역시 충분한 자격이 있소."

조풍령은 이번에도 위지악의 말에 수긍했다.

도왕(刀王) 혁련무극.

천하제일도. 단신으로 강호에 출두해 십팔도궁이라는 거대 세력을 만들어낸 장본인.

이패(二覇)와 삼검(三劍), 오왕(五王)이라고는 하지만 그중 오왕의 무공이 가장 약한 것은 아니었다. 다만 적은 숫자대로 부르다 보니 그렇게 불려지는 것뿐이었다.

오히려 삼검보다는 오왕이 강했다.

삼검에 속한 운산 도인이나 화산검성, 보타 신니 모두 불문이나 도가의 무인들이었기에 불혹의 나이를 지나서는 비무를 하지 않았다. 하지만 오왕은 몇 년 전까지만 해도 강호를 종횡하며 무수히 많은 무인들과 비무를 가졌다. 그럼에도 단 한 번도 패하지 않으며 여전히 오왕이라는 명성을 유지하고 있었다.

이패 역시 그것은 마찬가지였으나 이패 중 일인인 암천무제(暗天武帝)가 상당 기간 모습을 드러내지 않고 있기에 그 차이가 조금 있었다.

어찌 되었든 도왕은 권왕과 함께 오왕 중에서도 가장 호방하고 강하다고 평가받는 무인이었으니 그럴 만한 자격이 있었다.

"세 번째가 바로 자네일세."

"감당치 못하겠소."

조풍령이 뜻밖이라는 표정으로 고개를 저었다.

비록 그가 창마라고 불린다 하나 무광이나 도왕과 같은 자리에 서기에는 부족한 면이 없지 않아 있었다.

"아닐세. 적어도 지금의 자네라면 그럴 만한 자격이 충분하네."

"위지 형은 본인을 너무 과대평가하시는구려."

"글쎄, 나는 내 눈이 사람을 잘못 보았다고는 생각하지 않네."

위지악이 담담한 표정으로 대꾸했다.

"날씨가 좋군. 그렇지 않은가?"

"그래 보이는구려."

조금은 뜬금없는 위지악의 말에 조풍령이 씁쓸한 미소를 머금었다. 그 말에 담긴 의미가 무엇인지는 위지악 역시 알고 있었다.

"자네를 처음 만난 날도 이런 날이었지."

"기억하오. 당시 위지 형은 쫓기고 있었고, 그것은 나 역시 별반 다르지 않았으니까."

조풍령은 위지악을 처음 만난 날을 떠올렸다.

삼십 년 전, 아직 위지악이 권왕이라는 호칭을 얻기 전, 그때는 조풍령도 위지악도 모두 이제 막 강호에 이름을 날리기 시작하는 신진 무인이었다.

암천회(暗天會)의 발호.

세상을 얻고자 하는 군웅들의 집단. 그곳에 대항하여 정, 사 모든 무인들이 힘을 모아 싸웠다.

당시 위지악은 홀홀 단신으로 암천회에 맞섰고, 조풍령 역시 마찬가지였다.

무당(武當)이 해검지까지 침범당하고, 소림이 본산을 제외한 모든 곳을 내주었다. 무벌과 장강의 호걸들만이 물길을 기점 삼아 그들에게 저항하던 시기였다.

위지악은 합류하라는 그들의 제안을 무시하고 싸움을 벌였고, 적지 않은 암천회 무인들이 위지악의 두 주먹에 죽어갔다. 결국 암천회에서는 팔대기주 중 두 명을 내보내 위지악을 죽이고자 했고, 그들에게 부상을 입은 위지악은 몸을 피해야 했다.

위지악과 창마 조풍령은 그렇게 만났다.

서로의 등에 기댄 채.

한 자루의 창과 두 주먹은 천하를 질타했고, 일권진천(一拳震天)과 신창추풍(神槍秋風)은 강호에 떠오르는 별이 되었다.

"그때는 등을 기대었건만 지금은 서로를 마주하고 있군. 아쉬운 일일세."

"시간이 그만큼 흘렀다는 것이지 않겠소."

"시간이라……. 그렇군."

잠시 조풍령을 바라보던 위지악이 말을 이었다.

"오늘은 물러가겠네. 하나 다음에 다시 만난다면… 그때는 서로 목숨을 걸어야겠지."

"그렇구려. 목숨이라……."

창마 조풍령이 창을 거두고 천천히 신형을 돌려 걸음을 옮겼다. 무척이나 쓸쓸한 뒷모습이었다. 나머지 삼마가 주위를 살핀 후 그 뒤를 조심스럽게 따랐다.

위지악이 멀어져 가는 조풍령의 뒷모습을 바라보며 입을 열었다.

"한 가지 물어봐도 되겠나?"

"말씀하시오."

"왜 묘독문과 손을 잡았나?"

"나는……."

조풍령이 신형을 돌렸다. 그의 눈과 위지악이 눈이 허공을 격하고 부딪쳤다.

"지금까지 어느 누구와도 손을 잡아본 적이 없소."

"내가 쓸데없는 것을 물어보았군."

위지악이 고개를 끄덕였다.

조풍령 같은 무인은 죽을지언정 거짓을 말하지 않는다. 그것이 그가 아는 창마 조풍령이었다.

"길을 열게."

"예, 어르신."

평정심을 회복한 단옥령이 수하들에게 길을 트라고 지시했다. 어찌 되었든 광마는 이곳에 없었고, 다른 자들이야 그녀로서는 상관없는 자들이었다.

"조 선배, 광마에게 십 년 전의 원한을 갚겠다고 말해 주시오."

한편으로 물러선 단옥령이 조풍령에게 정중히 말을 건넸다.

"소저는 누구인가?"

"단목후가 내 아버님 되시고 서하령이 내 어머님 되시오. 그리고 낭인왕의 피를 이어받았소."

"낭인왕의 후예라……. 빚은 그럴 만한 자격이 있는 사람이 받는 법. 자신이 있다면 언제든지 찾아오게. 내가 그렇듯 대형 역시 도전하는 자를 거부하지 않으니까."

"그 말, 잊지 않겠습니다."

단옥령이 멀어져 가는 조풍령을 바라보며 수중의 검을 굳게 움켜쥐었다.

*　　　*　　　*

"누가 찾아왔다고?"

"저도 잘은 모르겠습니다. 다만 이것을 전하면 알 것이라 하였습니다."

기련쌍괴(祁連雙怪)의 맏형 타루하는 위사가 전해준 조그마한 목합을 받아 들었다.

목합은 몇 겹의 천으로 정성껏 싸매어 있었다.

자단목의 빛이 흐르는 목합은 무엇으로 만들어졌는지 그 재질까진 정확히 알 수 없었지만 윤기가 흐르는 것이 일반 나무로 만든 것은 아니었다.

"킬킬, 그게 무어요, 형님?"

"나도 모르겠다."

타루하는 목합을 앞에 두고 고민했다.

아무리 보아도 처음 보는 목합이었다. 한데 이것을 전하면 알 것이라 말하였다니?

"킬킬! 일단 열어보시구려. 하면 알게 될 거 아니겠소?"

"흠."

타루하는 조심스럽게 목합을 열었다.

"이것은?"

목합을 열어본 타루하의 눈이 크게 뜨여졌다. 옆에 있던 타박라 역시 목합의 내용물을 보고 안색을 굳혔다.

신주의가의 천심단(天心丹).

목합 안에 들어 있는 것은 소림의 대환단과 함께 천고의 기약으로 불리는 천심단이었다.

"설마……?"

타루하는 예전에 있었던 일을 떠올리곤 안색을 굳혔다.

"무슨 일이우, 형님? 천심단이라니? 이미 그 맥이 끊겼다고 알려진 신주의가의 것이 아니오?"

"나도 모르겠다. 하지만 단약의 상태로 보건대 최근에 만들어진 것은 아니다. 아마 남아 있던 것이겠지."

"그렇다 하더라도……."

"일단은 손님을 이리로 모시거라."

"알겠습니다."

위사는 정중히 고개를 숙인 뒤 목합을 건네준 사람을 데려오기 위해 걸음을 옮겼다.

"오랜만이오."

"역시 그대였구려."

타루하는 눈앞의 중년인을 보고 놀라움을 금하지 않을 수 없었다.

설마설마 했는데 그가 이곳에 올 줄은 몰랐다.

"하하, 내가 못 올 곳을 왔다는 표정이오?"

"그럴 리가 있겠소."

타루하는 쓴웃음을 지으며 고개를 저었다. 하지만 확실히 타루하의 표정은 그다지 좋아 보이지 않았다.

"킬킬, 누구입니까, 형님?"

"너도 이전에 본 적이 있을 것이다."

타루하의 말에 타박라는 유심히 중년인을 살폈다.

낡은 마의에 얼굴에 난 검상을 제외한다면 이렇다 할 특징이 없는 중년인이었다. 단지 무림인치고는 이상하게도 근육이 잘 발달되어 있다는 사실뿐이었다.

그렇게 한참을 생각하던 타박라는 문득 이상한 느낌이 들었다.

어째서 무림인이라고 생각했을까?

태양혈이 솟아올라 있지도 않을뿐더러 병장기조차 지니고 있지 않다. 그럼에도 타박라는 중년인을 보는 순간 무림인이라는 것을 확신했다.

육십 평생을 살아온 무인으로서의 육감.

비록 타루하보다는 못하다 할지라도 엄연히 절정의 경지를 넘어선 무인이었다.

"악구패!"

타박라는 한 사람의 이름이 생각났다.

내공을 익히지 않고 외공만을 익혔음에도 그는 누구보다 강했다. 약관의 나이에 강호에 나와 낭인이 되었고, 이립의 나이에 낭인들의 신화가 되었다. 불혹이 되었을 때 모두가 그를 가리켜 이렇게 말했다.

낭인왕(浪人王) 악구패.

천하의 모든 낭인이 우상으로 여기는 무인이었다.

"킬킬, 그대였구려."

타박라가 악구패를 만난 것은 칠 년 전의 일이었다.

당시 악구패는 갈염독 홍천과의 비무에서 독상을 입어 전신에 물집이 잡힌 상태였다. 온몸을 붕대로 감고 있었고 얼굴 역시 마찬가지였다. 그런 이유 때문에 안면이 있는 타박라였지만 악구패를 알아보지 못한 것이다.

"안으로 들어가시겠소?"

"아니오."

악구패가 가볍게 고개를 저었다.

"용건만 해결하도록 합시다."

"그 이유 때문에 온 것이오?"

"그렇소."

"흠."

타루하는 애매한 표정으로 손 안에 있는 천심단을 내려다보았다.

"허허, 그대 정도 되는 무인이 그깟 전설 따위에 집착한단 말이오?"

"집착이라……."

악구패가 씁쓸한 미소를 머금었다.

"그렇게 보였다면 그럴 수도."

천심단을 얻기 위해 악구패는 칠 년 동안 천하를 주유했다. 그 외에도 여러 가지 이유가 있었지만 분명한 것은 천심단 역시 그 이유 중 하나라는 사실이었다.

"나는 약속대로 천심단을 가져왔소. 하니 묻겠소. 파검(破劍)의 흔적은 어디로 이어졌소?"

악구패가 타루하의 눈을 직시하며 물었다.

파검.

실로 놀라운 말이 악구패의 입에서 흘러나왔다.

백 년 전, 팔황(八荒)의 난이 일어났을 당시 구파일방를 비롯하여 오대세가, 마도십문 등 무수한 문파들이 팔황의 파상적인 공격 앞에 분루를 삼키며 봉문을 하거나 모처로 숨어들어 숨을 죽였다. 소림과 무당을 비롯한 몇몇 문파들이 버티고 있었지만 대세는 이미 기울어진 상황이었다.

예상치 못한 기습. 그것이 문제였다.

중원의 자존심이 무너지고 혼이 꺾이어갈 무렵, 피풍의로 전신을 감싼 사내가 산해관(山海關)에 모습을 드러냈다. 가진 것이라고는 오로지 잿빛 검집에 들어 있는 묵검 한 자루.

팔황에 굴복한 모용세가(慕容世家)를 무너뜨리며 산해관부터 시작된 사내의 행보는 하북과 산동를 지나 하남에까지 이르렀다. 그동안 사내의 검에 쓰러진 적의 숫자는 기백. 언제부터인가 의기를 가진 무인들이 차츰 사내의 주위로 몰려들기 시작했다.

이미 중원을 장악했다 생각하여 자중지란(自中之亂)을 겪고 있던 팔황은 위기감을 느끼고 다시금 힘을 합쳐 사내를 공격했다.

팔백 대 일백.

누구도 그들이 이기리라 생각하지 않았다. 아니, 생각할 수조차 없었다. 그럼에도 그들은 물러서지 않았다. 죽는 순간까지 단 한 명의 적이라도 죽이고자 사력을 다했고, 팔다리가 모두 떨어져 나가는 순간에도 신음성을 내뱉지 않았다.

일백이라는 숫자가 다섯으로 줄어들었을 때 싸움은 끝이 났다.

파검의 신화는 그렇게 시작되었고, 팔황의 정예 팔백은 일백의 중원지혼(中原之魂)과 함께 하남 천중산(天中山)에서 불귀의 객이 되었다.

비록 전체 세력에 비한다면 그다지 많은 숫자는 아니었지만 그 싸움이 가지고 온 파장은 적지 않았다. 중원 천지에 전해진 그 의기에 그동안 숨죽이고 있던 소림과 무당이 일어섰고, 남해에서는 보타암이, 청해성에서는 잠자고 있던 곤륜이 그 위용을 드러내며 십 년을 끌어온 팔황의 난은 그렇게 끝이 났다.

"후우!"

타루하는 긴 한숨을 내쉬었다.

그는 현재 파검의 흔적에 대해 알고 있는 몇 안 되는 사람 중 하나였다.

칠 년 전, 어떻게 알게 되었는지는 몰라도 악구패는 타루하를 찾아와 파검의 흔적에 대해 물었다. 몇 번이고 알지 못한다고 대답을 회피하던 타루하는 끈질긴 악구패의 행동에 한 가지 조건을 내걸었다.

그것은 당시 심각한 절맥증으로 고생하고 있던 친우의 딸을 위해 천심단을 가져오면 가르쳐 주겠다고 약조한 것이다. 사실 절맥증이라 하여도 심하지 않은 이상 목숨을 잃을 리는 없겠지만 그보다는 이미 그 맥이 끊긴 신주의가를 거론해 불가능한 일을 제시한 것이다.

악구패는 그 불가능하다고 생각한 일을 해내었다, 그것도 칠 년이라는 시간을 들여서.

"반드시 알아야 하겠소?"

"그렇소."

타루하는 악구패가 어째서 파검에 집착하는지 이해할 수가 없었다.

강호오왕(江湖五王).

아무에게나 주어지는 호칭이 아니었다.

길은 결국 하나로 이어지니 비록 내공을 익히지 못했다 하더라도 외공만으로도 일가를 이룬 사람은 나오기 마련이다. 악구패가 그런 무인이었다.

파검의 전설이 강호를 진동시킨다고는 하나 악구패 역시 그에 떨어지는 무인이 아니었다. 강호 역사를 통틀어 낭인들 중에서 왕이라는 호칭을 받은 사람은 악구패가 유일했다.

물론 오왕 중에서 악구패는 그 무위가 떨어지는 편에 속했다. 하지만 그것은 어디까지나 세인들의 평이지 막상 붙는다면 누가 이긴다고는 확신할 수 없었다.

"좋소. 약속은 지켜야 하니 말하리다."

"형님?"

타박라가 놀란 눈빛으로 타루하를 쳐다보았다.

"어쩔 수 없지 않느냐?"

"하지만……."

"남아 있는 흔적이래 봐야 일개 검집일 뿐이다."

타루하는 침중한 표정으로 말을 이었다. 이미 마음의 결정을 내린 후였다.

"얼마 전까지만 해도 그것은 이곳 난주에 있었소."

"지금은 아니라는 뜻이오?"

"그렇소."

"누가 가지고 있소?"

"그것은 말해 줄 수 없소."

"약속을 어길 참이오?"

악구패의 눈썹이 꿈틀거렸다.

"물건의 주인은 사천으로 향하였소. 내가 말해 줄 수 있는 것은 여기까지요."

"사천이라……."

악구패의 눈에 섬광이 스치고 지나갔다.

그 역시 사천에서 무슨 일이 일어나는지는 누구보다 잘 알고 있었다. 비록 개방만큼은 아니더라도 낭인들 역시 정보통을 가지고 있었다.

"한 가지 말해 두고 싶은 것이 있소."

"말하시오."

"신물의 주인은 하늘이 정하는 법이외다. 물건의 임자는 이미 다른 사람이오."

"하하, 하하하하!"

악구패가 돌연 하늘을 쳐다보며 광천대소를 터뜨렸다.

"칠 년이라는 세월이 길긴 긴가 보오, 천하의 기련쌍괴가 이렇게 변하다니."

"악 형!"

"이만 가보겠소."

악구패가 천천히 신형을 돌렸다. 기련쌍괴는 멀어져 가는 악구패의 뒷모습을 하염없이 바라만 보고 있었다.

第16章

칠흑의 파도는 대지를 휩쓸고

점차 길어지기 시작하는 해가 동쪽 하늘녘에 모습을 보였다.

동이 터오기 시작하며 운남 중심에 자리잡고 있는 합천평야에 햇살이 비춰왔다.

평소와 다른 점이 있다면 수많은 인파가 그곳에 밀집해 있다는 사실. 그들은 중군과 그들에 맞서 싸우고 있는 묘독문, 운남 중소 문파의 무인들이었다.

"뭔가 이상하구려."

"그렇소. 이런 전면전으로는 우릴 상대할 수 없을 터인데 무슨 속셈인지 모르겠소."

이백여 장 밖에서 전투를 준비하고 있는 묘독문 무인들을 보는 중군 수뇌부들의 얼굴에는 당혹감이 서려 있었다.

그들의 인원은 고작해야 사백.

전면전으로 싸운다면 결코 저 정도의 인원으로는 중군을 감당할 수 없다. 인원 면에서뿐만 아니라 고수의 수에 있어서도 그것은 마찬가지였다.

"시간을 끌어보겠다는 속셈이 아닐까요?"

"그건 아닌 것 같습니다."

"아미타불, 제 생각도 같습니다. 시간을 끌려 한다면 소수로 인원을 나누어 여기저기서 교란전을 펼치는 것이 훨씬 효율적이지요."

"이 단주, 이런 평원에서 저들이 사용할 만한 독이 있소?"

"흐흐… 글쎄요. 바람이 역방향인지라 특별히 경계는 하지 않아도 좋을 것 같군요."

비독 이길편이 특유의 음침한 괴소를 흘리며 대답했다.

확실히 이런 넓게 트인 평원에서 역풍일 경우 사용할 만한 독은 그리 많지 않았다.

물론 사용하지 못할 정도는 아니었지만 중군 무인 대부분이 당문과 천독문에서 지급한 피독단을 복용했고, 웬만한 독으로는 큰 피해를 입힐 수 없었다.

"놈들이 오고 있습니다!"

그 순간 척후병으로 나가 있던 한 무인이 뛰어오며 큰 목소리로 외쳤다.

"흠… 어쨌든 더 이상 지체할 수는 없으니 맞서 싸우도록 합시다."

중군의 총책임자 팽악이 앞으로 나서며 말했다.

적들의 속셈이 무엇이든 간에 일단은 정면으로 맞서 부딪치는 방법밖에는 없었다.

무엇인가 마음이 내키지는 않았지만 그렇다고 배가 넘는 인원으로 물러설 수도 없었다. 사기가 떨어지는 것은 물론이요, 적들에게 약한 모습을 보이는 것은 금기 중의 금기였다.

"돌격하라!"

팽악의 외침 소리와 함께 당문과 팽가, 천독문의 무인들이 주축이 되어 삼 로로 나뉘어 진격했다.

병력을 전부 내보내지 않는 것은 혹시라도 있을지 모르는 적의 증원군을 대비하는 측면도 있었지만, 그보다는 병력의 운용을 좀 더 효율적으로 하기 위해서였다.

이런 집단 전투에 있어서는 아무래도 그만한 경험이 있는 무인들을 내보내는 것이 나았다. 급조된 진형으로 적을 상대하기에는 그만한 부담감이 뒤따랐다.

"가자!"

"와아아아!"

중군 무인들의 사기는 드높았다.

다소의 희생은 있었지만 지금까지 묘독문은 물러서기에 급급했고, 첫 목적지인 곤명까지는 이제 얼마 남지 않았다.

챙! 채채챙!

초반의 우위는 중군의 것이었다.

인원 면에서도 그렇지만 무엇보다 절정고수의 수에서 너무나 차이가 났다. 고작해야 분타 무인들과 중소 문파의 무인들로는 엄선된 절차를 걸쳐 나온 중원 무인들을 막을 수 없었다.

"좌측을 공격하라!"

유이명은 서두르지 않고 적들을 상대했다.

서걱!

"크억!"

그가 휘두른 검에 묘독문 무인 하나가 가슴을 부여잡고 힘없이 쓰러진다.

맹호와도 같은 그의 기세에 주위에 있던 묘독문 무인들이 주춤주춤 물러섰다.

파죽지세(破竹之勢).

이보다 어울리는 말이 없을 정도였다.

"진격 속도를 올리시랍니다!"

어디선가 다가온 팽가의 무인 하나가 전언을 말했다.

"무슨 소리인가?"

유이명이 이해가 가지 않는다는 표정으로 눈살을 찌푸렸다.

지금도 깊숙이 들어와 있는 상황이었다.

한데 이보다 더 들어가라는 것은 사지(死地)로 뛰어들라는 말이었다. 적어도 유이명이 알고 있는 진철도 팽악은 이런 무모한 명령을 내릴 사람이 아니었다.

"누구의 명령인가?"

"전체 수뇌부의 의견입니다!"

"불가하다!"

유이명이 강하게 반발했다.

평상시라면 있을 수 없는 일이겠지만 그만큼 이번 작전은 위험이 뒤따랐다.

"명령입니다! 중앙을 교란시키면 곧 본대가 진격할 것이라 하셨습니다!"

"얼마나 버티면 되는 것인가?"

"일각입니다! 그 안에 본대가 진군할 것입니다!"

"그대는 팽가 어디 소속인가?"

"폭풍도객 십팔무사 팽위입니다!"

"알았다."

유이명이 이를 악물고 고개를 끄덕였다.

이런 명령을 내렸다면 필경 그만한 이유가 있을 터. 더 이상 명령을 거부할 순 없었다. 어디까지나 중군의 총책임자는 팽악이었고, 명령을 내린 이상 따라야 했다.

"그럼 저는 가보겠습니다."

팽위라 자신을 밝힌 무사가 몸을 돌려 사라졌다.

"전위대 이조와 사조, 육조는 내 뒤를 따른다! 삼조와 오조는 후방을 지원한다!"

망설이던 유이명이 결국 명령을 내렸다.

챙! 채채챙!

전위대원들이 그 뒤를 따라 몸을 날렸다.

실력 면에 있어서 묘독문 무인들은 전위대원의 상대가 아니었다. 묘독문 역시 고수는 많고 일류무사도 있었으나 이들은 정예가 아니었다.

독을 사용하려 해도 이런 혼잡한 상황에서는 여의치 않았고, 상대는 다름 아닌 당문의 무인이었다. 이래저래 묘독문 무인들로서는 불리한 싸움이었다.

"너무 깊이 들어왔습니다!"

"그렇습니다! 이러다가 고립되기라도 하면 끝장입니다!"

"아군을 믿어라! 그들이 우리의 후미를 지켜줄 것이다!"

유이명도 불안한 것은 매한가지였지만 흔들리지 않는 태도로 검을 휘둘렀다.

지휘관이 흔들리는 모습을 보이면 그 싸움은 패하는 것이다.

그의 검이 휘둘러질 때마다 여지없이 묘독문 무인 하나의 생명이 쓰러져 갔다.

어찌 되었든 전위대가 맡은 임무는 적의 교란. 그러기 위해서는 적 진영으로 들어서지 않을 수 없었다.

"적의 저항이 완강해지고 있습니다!"

"본대와 거리가 멀어지고 있습니다! 더 이상 앞으로 나가는 것은 무리입니다!"

여기저기서 불안감에 물들어 있는 전위대 무인들의 목소리가 흘러나왔다.

"진격을 멈춰라! 제자리를 유지한다!"

결국 유이명은 진군을 멈췄다.

일거에 몰아붙이는 것이 피해를 최소화하는 방법이었지만 무리수를 둔다면 오히려 치명적인 피해를 입을 수도 있었다. 그리고 이 정도면 명령 역시 충분히 수행했다 해도 과언이 아니었다.

"아군의 피해는?"

"동귀어진의 악랄한 수법에 두 명이 당했습니다."

"진세를 유지하고 본대가 올 때까지 이곳에서 적을 상대한다."

유이명은 물러설 수도 있는 상황이었지만 굳이 그렇게 하진 않았다.

그것은 혹시라도 적의 사기를 높여줄 수도 있는 일이었고, 그렇게 되면 오히려 물러서지 않느니만 못한 결과가 나올 수도 있었다.

'생각보다 놈들의 저항이 거세다.'

유이명은 묘독문 무인들을 상대하면서 힐끗 뒤를 돌아보았다.

이십여 장 떨어진 곳에서 중군 무인들이 좀처럼 진격을 하지 못하고 있었다. 초반에 보여주었던 일방적인 우세를 생각한다면 이해할 수 없는 일이었다.

"크하하! 같이 죽자!"

퍼퍼펑!

가슴에 구멍이 뚫린 한 묘독문 무인의 몸이 산산조각으로 터져 나가며 피가 뿜어져 나왔다.

"크악!"

"독혈이다!"

"으으, 지독한 놈들!"

적군뿐만 아니라 아군조차 고려하지 않는 악독한 그들의 수법에 팽가 무인들 몇몇의 안색이 파리하게 변했다.

"저주가 너희들을 지옥으로 인도할 것이다!"

"크카카카! 결코 이 땅에서 살아나가지 못하리라!"

몸에 칼을 박아 넣고도 조금도 물러서지 않은 채 끔찍한 저주를 퍼부으며 죽어가는 묘독문 무인들. 실로 고개를 돌리게 만드는 끔찍한 모습이었다.

그런 모습들에 마음이 위축된 것일까?

중군 무인들의 움직임이 조금씩 둔해지며 전세에 미약하지만 변화가 일었다.

초반에 비해 적을 밀어붙이는 힘이 상당히 약해졌다. 그 덕분에 시간을 번 묘독문에서는 전열을 재정비하고 맞서왔다.

"뭣들 하느냐!"

그 순간 터져 나오는 쩌렁쩌렁한 외침.

푸아아악!

누군가가 휘두른 도에 누군가의 머리기 터져 잘려 나가며 피분수가 솟구쳤다.

팽악은 그 피를 피할 수 있음에도 피하지 않고 고스란히 맞으며 대성을 터뜨렸다.

"우리는 강호인들이다! 이깟 잡소리에 겁을 집어먹고 주춤거리고 있
단 말이냐! 당문 전위대가 저곳에서 적들에게 둘러싸인 채 고군분투하고
있다! 너희들은 저들의 죽음을 보고만 있을 참이더냐!"

팽악이 가리킨 곳에는 유이명을 비롯한 삼십여 명의 당문 전위대 무인
들이 수없이 달려드는 적도들에 맞서 굴하지 않고 전투를 치르고 있었
다.

"가라! 저들을 구하라! 저들은 너희들의 동료가 아니더냐!"

진철도 팽악의 가세.

그것은 전장에 또 다른 바람을 불러일으켰다.

중원을 통틀어 다섯 손가락 안에 꼽히는 도객. 중군에서 암왕을 제외
한다면 가장 강한 이가 바로 팽악이라 할 수 있었다. 그런 팽악이 나서자
사기가 올라간 것이다.

콰직!

팽악의 앞을 막아선 묘독문 무인 두 명이 단칼에 베이고 그의 신형
이 하늘 높이 치솟았다.

"단천도해(斷天刀海)!"

하북팽가를 중원오대세가에 들게 만들어준 오호단문도(五虎斷門刀)가
펼쳐지며 기의 폭풍이 전장을 휩쓸었다.

"승리는 우리 것이다!"

대여섯 명의 적도가 피를 뿌리고 쓰러졌다.

"와아아!"

"놈들을 쳐라!"

전신과도 같은 팽악의 무위에 사기가 올라갈 대로 올라간 중군의 무인
들이 노도와 같이 적들을 몰아쳤다.

'대체 유 대주는 어쩌자고 저렇게 깊은 곳으로 들어갔단 말인가?'

일시적으로 사기는 끌어올렸다곤 하지만 지금 팽악의 마음은 그다지 편치 않았다. 생각했던 것 이상으로 당문 전위대가 적진 깊숙이 침투하였다. 애초의 계획과는 전혀 다른 움직임이었다.

'이런 무모한 짓을 벌일 사람이 아닌데… 무슨 이유라도 있는 것인가?'

팽악은 이해할 수가 없다는 표정으로 당문 전위대가 있는 곳을 바라보았다.

이대로 전투가 계속된다면 그리 위험한 상황도 아니었지만 혹시라도 변수가 생겨 후퇴라도 해야 할 상황이 닥친다면 저곳에 있는 전위대 무인들은 그야말로 죽은 목숨이었다.

"그대가 팽악인가?"

그렇게 십여 장 정도 전진했을까?

운남의 복장과는 어울리지 않게 피풍의로 전신을 감싼 흑의사내가 팽악의 앞을 막아섰다.

"네놈은 누구냐?"

만만치 않은 기세.

상대의 수준이 결코 함부로 얕볼 상대가 아니라는 것을 느낀 팽악이 자리에 멈춰 서서 도를 겨누었다. 이미 당문 전위대 생각은 머리 속에서 사라져 버린 지 오래였다. 지금은 눈앞의 상대에게 집중해야 할 시간이었다.

"그대를 죽음으로 안내할 저승 사자!"

"뭐라!"

언제 팽악이 이런 모욕을 당해보았을까?

마치 그 어느 때라도 팽악 정도는 죽일 수 있다는 흑의사내의 태도에 팽악의 얼굴에 분노가 맴돌았다. 하지만 언제 그랬냐는 듯이 팽악의 표정이 원상태로 돌아왔다.

"그리 겁먹을 필요는 없다, 오늘이 그날은 아니 될 것이니."

"그런가?"

팽악은 무뚝뚝한 표정으로 말없이 도를 세웠다.

'썩어도 준치라는 건가?'

흑의사내의 표정도 조금은 진지하게 변했다.

더 이상의 격장지계(激將之計)가 통하지 않는다는 사실을 알아차린 것이다.

쐐애애액!

팽악은 조금의 주저함도 없이 선공을 택했다.

명가의 무인으로서 평상시였다면 결코 하지 않았을 행동. 하지만 이곳은 피가 흐르는 전장이었고, 최대한 싸움을 빨리 끝내는 일이 아군의 피해를 줄이는 일이었다.

탕! 타탕!

어느새 두 자루의 칼을 꺼내 든 흑의사내가 팽악의 도세를 파하며 반격을 가해왔다.

"쌍검?"

중원에서는 좀처럼 찾아볼 수 없는 흑의사내의 쌍검술에 팽악의 얼굴에 이채가 어렸다.

물론 강소의 천귀문을 비롯하여 쌍검을 사용하는 문파가 간혹 있긴 하였지만 흑의사내처럼 길이가 같은 두 자루의 검을 사용하는 무인은 극히 드물었다.

콰쾅!

한차례 폭팔음과 함께 두 사람의 신형이 누가 먼저랄 것도 없이 동시에 몇 걸음 뒤로 물러섰다.

“제법 하는군. 중원오대도객 중 하나라는 명성만큼은 헛소문이 아니었던가?”

“대체 네놈은 누구냐?”

팽악은 믿어지지 않는다는 표정으로 흑의사내를 바라보았다.

상황만 놓고 본다면 동수라 여길 수도 있겠지만 도가 가진 파괴력이라는 특징을 생각한다면 이번 격돌에서 밀려난 것은 팽악이라 할 수 있었다. 더구나 흑의사내는 전력을 다하고 있는 것 같지도 않았다.

“능력이 있는 자만 내 이름을 알 자격이 있다.”

“조금 후에도 그러한 모습을 보일 수 있는지 두고 보겠다.”

“능력이 된다면 얼마든지.”

흑의사내는 해볼 테면 해보라는 듯 팽악의 목덜미를 향해 쌍검을 겨누었다.

둥! 두두둥!

그 순간 묘독문 측 진영에서 커다란 북소리가 울려 퍼졌다.

“아쉽군. 조금 더 놀아주려 했거늘. 오늘은 이쯤에서 그만두도록 해야겠어.”

“누구 마음대로!”

팽악은 어림도 없다는 듯 도를 세웠다.

이대로 흑의사내를 보내줄 수는 없었다. 이 정도의 무위를 지닌 자라면 묘독문에서도 극히 고위층의 수뇌가 틀림없었다. 팽악은 절정고수 한 명이 대세에 미치는 영향을 누구보다 잘 알고 있었다. 오늘 제거하지 않는다면 후일 아군에게 막대한 피해를 끼칠 수도 있는 자였다.

“막을 수 있다면 막아보는 것도 좋겠지.”

“무슨……”

팽악의 얼굴이 살짝 찌푸려졌다.

혹의사내의 말투에서 묻어 나오는 것은 단순한 자신감을 떠난 확고한 단정이었다.

두두두두두두!

그와 동시에 어디선가 지축을 뒤흔드는 무수한 말발굽 소리가 장내에 울려 퍼졌다.

아직 그 거리가 멀어 눈치챈 사람은 몇 되지 않았지만 그것은 분명 말발굽 소리였다.

"이런 말도 안 되는……! 어떻게 이곳에 기마대가……?"

팽악은 소리가 들려온 곳으로 시선을 향했다.

말발굽 소리는 전방에 위치해 있는 능선 너머로부터 들려오고 있었다.

'무엇인가 크게 잘못되었다.'

팽악의 안색이 딱딱하게 굳어졌다.

팽악이 들은 정보에 의하면 기마대란 존재하지 않았다. 더욱이 이곳은 밀림과 숲으로 뒤덮여 있는 운남이었다.

그런 운남에서 기마대를 보유하고 있다는 것 자체가 불가능한 일이었고, 보유하고 있다손 치더라도 활용성이 없었다. 운남에서 전투가 가능한 평야 지역이라고 해보았자 이곳 합천평야와 중남부에 위치한 하륵타 평야가 유일했다.

"그럼 적이 결전지를 이곳으로 택한 이유가……?"

팽악은 그제야 어째서 묘독문에서 이곳에 진을 치고 싸움에 응전한 것인지 그 이유를 알아차릴 수 있었다.

"후퇴! 모두 후퇴하라!"

아직 전투에 참전하지 않고 있는 본대와의 거리는 대략 백여 장. 최대한 빨리 그곳으로 물러나 본대와 합류해야 했다.

'이게 무슨……?'

말발굽 소리를 알아차린 또 하나의 무인 광검 유이명은 상대하고 있던 적을 물리친 후 전방을 주시했다. 희미하지만 그곳에서는 먼지구름이 일어나고 있었다.

'기마대가 틀림없다! 그것도 적은 수가 아니다.'

전장 한복판인지라 정확한 수까지 파악할 수는 없지만 못 되어도 삼십여 기는 넘어 보였다.

고작 삼십여 기로 무엇을 할 수 있겠느냐며 비웃음을 흘리는 사람도 있을 수 있겠지만 다른 곳도 아닌 이런 평원에서 기마대의 위력은 말할 수 없을 정도로 엄청났다.

그것도 이런 전쟁에 동원될 정도라면 일반 기마대가 아닌 특수한 훈련을 받은 무인들로 운용하는 기마대일 것임이 틀림없었다.

'아군은?'

다급한 마음에 유이명은 주위의 시선도 아랑곳하지 않은 채 뒤를 돌아보았다.

"후퇴! 모두 후퇴하라!"

그곳에서는 팽악이 일갈을 내지르며 병력을 후퇴시키고 있었다.

"큭!"

"대주! 아군이 후퇴하고 있습니다!"

전위대원들이 다급한 표정으로 고함을 내질렀다.

"알고 있다! 일시적인 작전일 뿐이다! 두려워하지 말고 맞서 싸워라!"

유이명은 이를 악물고 명령을 내렸다.

'후퇴할 순 없다. 그러기에는 너무 깊숙한 곳까지 들어와 버렸다. 지금 후퇴한다면 우리가 가장 먼저 기마대의 표적이 될 것이다.'

후퇴하고 있는 아군과의 거리는 대략 이십여 장.

평소와 같았다면 몇 번의 도약으로 움직일 수 있는 거리였지만 지금 상황에선 기약조차 할 수 없는 먼 거리였다.

자신들을 버리고 후퇴하는 팽악이 야속해 보였지만 만약 유이명이 그 자리에 있었다 하더라도 그런 명령을 내렸을 터. 그들을 원망할 순 없었다.

"진격한다! 조금 있으면 본대의 모든 병력이 일시에 내려와 놈들을 포위, 섬멸할 것이다!"

유이명은 매섭게 검을 휘두르며 앞으로 돌진했다.

물러설 순 없었다.

이제 남은 방법은 적들에 맞서 시간을 끄는 것뿐.

지금 이곳에 있는 당문 전위대 무인의 수는 삼십여 명. 결코 적은 인원이 아니었다.

기마대만 피한다면, 그리고 조금의 시간만 벌 수 있다면 곧 후퇴하며 본대와 합류한 아군이 기마대를 물리치고 구하러 와주리라.

아무리 기마대라 하여도 저 많은 병력을 상대로 싸워 이길 수는 없었다.

히이이잉!

능선 위에 나타난 한 마리의 철갑마.

철갑마에 타고 있는 칠흑 빛 투구를 쓴 무인.

그가 한 손에 들려 있는 창을 휘둘렀다.

"크악!"

수십여 장의 거리. 하지만 창은 심장을 꿰뚫는 잔인한 비명 소리와 함께 너무나도 정확히 후퇴하고 있는 팽가 무인 한 명의 목숨을 앗아갔다.

"어헝!"

그가 사자후를 내지르자 한 마리의 철갑마가 질주를 시작했다.

두두두두두!

그 뒤를 잇는 것은 칠흑의 파도.

"후퇴! 후퇴하라!"

팽악의 목소리가 다급해졌다.

거리가 멀었기에 정확히 파악할 순 없었지만 그래도 삼십여 기 내외라 생각했다.

하나 능선을 넘어 질주하는 기마대의 병력은 오십여 기는 족히 되어 보이는 대군이었다. 만약 본대와 합류하기 전 저 병력과 이대로 부딪친다면 상상할 수 없는 피해를 입게 되리라.

그나마 다행이라면 중앙에 병력이 밀집해 있어 우회해 후퇴 병력을 치러 오고 있다는 사실이었다. 만약 그것이 아니었다면 벌써 후미에 있던 무인들은 기마대의 제물이 되었을 것이다.

"큭!"

힐끗 뒤를 돌아본 팽악의 안색이 딱딱하게 굳어졌다. 이제 기마대와의 거리는 이십여 장에 불과했다.

"후퇴를 중지한다! 전열을 갖춰라! 이곳에서 놈들을 상대한다!"

팽악이 사자후를 터뜨리며 진형을 구축했다.

너무 늦었다. 서둘러 보았지만 아직 본대와의 거리는 오십여 장. 그것도 이상한 기미를 눈치챈 본대에서 먼저 움직여 주지 않았다면 불가능했을 거리였다.

'두 번. 그 공격만 막아내면 본대가 도착할 것이다!'

팽악은 이를 악물었다.

만약 지금 이 상황이 운남이 아닌 다른 곳에서 일어났다면 어느 정도 대비도 해놓았을 터, 충분히 대처할 수 있을 테지만 지금 이 상황에선 각자의 능력으로 살아남기를 바라야 했다.

"그래, 몸은 좀 괜찮은가?"

"많이 좋아졌습니다."

이백여 명의 병력이 삼 로로 나뉘어 묘독문 무인들을 압박해 들어가는 모습을 지켜보고 있던 연운비는 등 뒤에서 들려온 목소리에 몸을 돌려 공손히 고개를 숙였다.

"다행이군."

목소리의 주인공은 바로 당문의 노가주이자 오왕 중 일인인 암왕 당문 표였다.

"그래도 가능한 한 이번 전투에서는 나서지 않는 것이 좋을 것일세."

"알겠습니다."

며칠 전 있었던 전투에서 자신의 이름을 타하무르라 밝힌 적의 수장과의 일전. 그 와중에 연운비는 적지 않은 부상을 입었다.

그렇게까지 심각한 부상은 아니었지만 그래도 가벼이 보아 넘길 부상은 아니었다.

"그 친구가 자네의 무공이 암혼대주와 비슷한 수준이라고 하더니 과언이 아니었군."

"아닙니다. 운이 좋았던 것뿐입니다."

"허허, 겸손한 것도 좋지만 그것이 과하면 그 역시 흉이 되네."

"명심하겠습니다."

수십 년이라는 세월을 더 살아온 노기인의 충고에 연운비는 공손히 대답했다.

"자네가 상대한 자의 이름을 기억하고 있나?"

"예, 타하무르라 하였습니다."

연운비는 타하무르를 상대했을 당시의 기억을 떠올렸다.

강했다. 그리고 두려울 정도로 투지가 넘치는 무인이었다. 적이 아니었다면 결코 베고 싶지 않은 사내.

그의 곤봉 아래 적지 않은 고수들이 패퇴하고 아미의 매영 신니까지 부상을 입었다.

비록 매영 신니가 진철도 팽악이나 사풍도 막표에 비해 무공이 다소 처진다고는 하지만 그래도 명색의 아미의 장로였다. 그런 무인들에게 부상을 입혔다는 것은 타하무르의 무공이 어떻다는 것을 여실히 증명하고 있었다.

"하면 운남에서 그런 이름을 사용하지 않는다는 것 또한 알고 있나?"

"그것까진 모르겠습니다."

"그렇군."

당문표는 그다지 편치 않은 안색으로 하늘을 올려다보았다.

"좋지 않아."

"어르신?"

"왠지 마음에 걸리네. 생각보다 높은 적 수뇌부의 무공 수준도 그렇고 죽었다던 칠마의 흔적이 이곳에서 발견된 것 역시 그렇고."

"지금 칠마라 하셨습니까?"

연운비의 안색이 창백하게 변했다.

강호의 사정에 대해 무지한 연운비였지만 그 역시 칠마란 이름에 대해서는 들어보았다.

당금 천하에서 가장 강하다는 이패, 삼검, 오왕과 비교해도 크게 떨어지지 않는 무공을 보유하고 있는 일곱 명의 절대마두들.

그 성정이 하도 포악하고 잔혹한 짓을 서슴지 않아 강호에서 공적으로 낙인찍히고, 정, 사 양측 무인들의 합공에 의해 뿔뿔이 흩어져 죽거나 실종되었다고 알려져 있었다.

"그리 놀라지 말게. 만약 칠마가 아니었다면 어찌 그 친구와 내가 이곳에 왔겠나?"

"아!"

그제야 연운비는 두 노강호가 이번 싸움에 참전한 것이 단순히 묘독문의 일 때문만은 아니라는 것을 알아차렸다.

"그럼 권왕 어르신께선……?"

"칠마의 흔적을 쫓아갔네. 지금쯤 그들과 조우했겠지."

칠마(七魔)!

광마, 창마, 요마, 곤마, 시마, 수마, 풍마.

모두가 전대의 무인들로 개개인의 무공이 초절정의 경지에 이른 자들이었다.

물론 광마와 창마를 제외하고는 다소 무공이 처졌지만 그래도 대문파의 장로들을 능가하는 그들의 무위는 모든 이들에게 두려움을 안겨줄 정도였다.

"내가 자네에게 이런 말을 하는 이유를 알겠나?"

"잘 모르겠습니다."

연운비는 좀처럼 이해가 가지 않는다는 표정으로 조용히 고개를 저었다.

"혹시라도 나나 권왕 그 친구에게 불미스러운 일이 생긴다면……."

"어르신?"

"듣기만 하게."

당문표가 가볍게 고개를 저으며 단호하게 말했다.

"자네는 이번 싸움에서 빠져 십팔도궁으로 향하게. 도왕 그 친구에겐 미리 언질을 해두었네."

그 순간이었다.

두두두두두!

희미한 먼지구름과 함께 장내에 말발굽 소리가 울려 퍼졌다.

연운비는 급히 고개를 돌렸다.

그곳에서는 수십 기의 철갑마가 구릉을 넘어 후퇴하고 있는 아군에게 돌진해 오고 있었다.

"진격하라!"

사풍도 막표가 급히 십팔도궁의 도객들을 이끌고 달려나갔다.

이런 평야에서 기마대가 어떤 위력을 가지고 있는지는 막표 역시 잘 알고 있었다. 오직 병력의 우위로만 기마대를 상대할 수 있었다. 피해가 커지기 전에 기마대의 발목을 잡아야 했다.

"온다!"

"준비하라!"

고함 소리와 함께 칠흑의 파도가 팽가와 천독문의 무인들을 덮쳤다.

"크억!"

"아아악!"

짓밟힌 육체는 고통을 부르짖고 사방에서 날아든 창은 그들의 목숨을 앗아갔다.

흑포인들은 무자비하게 팽가와 천독문의 무인들을 주살했다. 일류를 넘지 못하는 자가 없었지만 흑포인들 역시 고수였다. 더구나 기마대라는 이점은 그들의 능력을 배가시켜 주고 있었다. 같은 상황이라면 막았을 창도 그 파괴력이 배가돼 병장기를 튕겨내고 부상을 입혔다.

"끄아악!"

팽악이 분노에 찬 고함을 터뜨렸다.

"이놈들, 가만두지 않겠다!"

단 한 번의 충돌로 인해 삼십여 명의 사상자가 발생했다. 짓밟혀 죽은 자가 반이요, 창에 죽은 자가 반이었다. 그에 비해 흑포인들은 다섯 명만이 말에서 떨어져 땅바닥을 구르고 있었다.

기가 막힌 일이었다. 천하의 팽가, 천독문의 무인들이 변변한 저항조차 못하고 무너진 것이다.

"다시 옵니다!"

"모두 방어 태세를 갖춰라!"

어느새 말 머리를 돌린 기마대가 짓쳐들고 있었다.

모두가 이를 악물었다.

누가 희생자가 될지는 아무도 몰랐다. 중요한 것은 이번 공격만 막아내면 목숨을 구할 수 있다는 사실이었다.

두두두두두두!

말발굽 소리가 가까이 들릴수록 긴장감도 고조됐다.

쾅!

칠흑 빛 투구를 쓴 무인이 던진 창에 두 명이 꿰뚫리며 삼 장 밖으로 튕겨 나갔다.

실로 무시무시한 파괴력이었다.

아무리 말 위에서라고는 하나 그 무위만으로도 칠흑 빛 투구를 쓴 무인이 얼마나 강한지 여실히 보여주는 일이었다.

"커억!"

"젠장, 이런 곳에서……."

그 뒤를 따라 쇄도한 철갑마와 흑포인들의 공격에 팽가와 천독문의 무인들이 속수무책으로 죽어나갔다. 몇몇 고수들만이 이리저리 몸을 피하며 흑포인들을 공격하고 있었다. 그들이 아니었다면 흑포인들은 피해조차 입지 않았을 터였다.

"이놈!"

팽악이 칠흑 빛 투구를 쓴 무인을 향해 도를 휘둘렀다. 하지만 그는 팽악을 무시한 채 다른 사람들을 상대로 언월도를 휘둘렀다. 일수에 정확히 한 명의 팽가 무인이 죽어나갔다.

"빠져나간다!"

주위를 둘러본 칠흑 빛 투구를 쓴 무인이 말 머리의 방향을 북서쪽으로 틀며 회군을 명했다.

적 본대가 불과 십여 장까지 압박해 오고 있었다. 저 정도의 병력에 혹시라도 포위가 된다면 그것은 곧 죽음을 의미했다. 철갑마들이 일제히 말 머리를 북서쪽으로 향하며 달려나갔다. 용기있는 몇몇 무인이 그들의 진로를 막아보았지만 그야말로 개죽음일 뿐이었다. 그렇게 철갑마들은 그들의 시야에서 멀어지고 있었다.

"후우후우!"

팽악은 거친 숨을 몰아쉬며 장내를 살펴보았다.

여기저기 처참한 주검이 널려 있었다.

눈에 보이는 것만 해도 사상자는 오십여 명이 넘어섰다. 단 두 번의 격돌로 인하여 이곳에 온 팽가와 천독문의 무인들 중 삼분의 일이 죽어나간 것이다.

"용서하지 않겠다!"

팽악의 눈에 적색의 화염이 일렁였다.

그것은 살기라고도 할 수 없는 광기였다. 죽은 이들 중에는 팽악의 조카도, 제자도 있었고 그가 아끼는 수하들도 있었다. 그들 모두가 살아 돌아갈 것이라 생각한 것은 아니었지만 이런 개죽음을 당할 것이라고는 생각하지도 않았다.

"사제는 어디에 있습니까?"

"누구?"

팽악은 고요한 기파가 주위를 감싸는 것을 느끼고 뒤를 돌아보았다.

"자네로군."

팽악은 나타난 사람이 연운비라는 것을 확인하고는 놀란 가슴을 쓸어내렸다. 지금까지 연운비가 이 정도의 고수라고는 생각하지 못하고 있었다.

비록 연운비가 적의 수장을 사로잡았다고는 하나 어디까지나 매영 신니를 상대하느라 상대는 지친 상황이었고, 그 이득을 보았다고 생각했다. 하지만 지금 연운비의 몸에서 뿜어져 나오는 기세를 느낀 팽악은 그것이 운이 아니라 생각했다.

"나도 잘은 모르겠네. 아마 저기 어딘가에서 적들을 상대하고 있을 걸세."

팽악이 묘독문의 무인들이 뭉쳐 있는 곳을 가리켰다.

"알겠습니다."

연운비는 표정을 굳히고 걸음을 옮겼다.

지금 이 상황에서 본대가 그들을 구출하러 간다는 것은 자살 행위라고밖에는 생각되지 않았다. 기마대가 호시탐탐 기회를 노리고 있었고, 섣부른 진형의 이동은 그들의 제물이 될 터였다.

기마대에 대해 조금만 생각했더라면 미리 진형을 짜두었겠지만 그렇게 하지 않았다는 사실이 발목을 붙잡고 있었다.

'나라도… 그것이 설령 도움이 되지 않는다 해도.'

연운비는 이를 악물고 신형을 날렸다.

이렇게 손을 놓고 기다릴 수만은 없었다.

죽더라도,

설령 그것이 의미없는 죽음이 되더라도…….

"어형!"

연운비의 입에서 사자후가 터져 나왔다. 그리고 그의 신형이 묘독문 본대를 향해 짓쳐 나갔다.

"이보게!"

팽악이 급히 외쳤다.

연운비가 무슨 행동을 하려는지 짐작이 가지 않는 것은 아니었지만 그렇다고 홀로 돌진한다는 것은 그야말로 개죽음이었다. 그 하나로 인해 기마대가 움직이지는 않겠지만 저 많은 묘독문 무인이 둘러싸고 있는 상황에서 전위대 무인들을 구하는 것은 불가능했다.

"젠장!"

팽악이 발을 동동 굴리며 주위를 둘러보았다.

피해를 수습하기도 벅찬 상황이다.

그도 안타깝지 않은 것은 아니지만 가망이 없는 자들보다는 지금 이 자리에 있는 사람들의 목숨을 우선 생각해야 했다. 더구나 아직까지 전위대 무인들이 살아 있을 거라고 확신할 수도 없었다.

第17章

검에 마음을 담아

제17장

"크악!"

하나의 비명 소리. 그것은 곧 한 사람의 죽음을 의미했다.

'섭충!'

유이명의 입술이 짓이겨질 정도로 이를 악물었다. 사조 조장이자 누구보다 명령에 충실했던 무인다운 무인. 그는 마지막 순간에도 적의 가슴에 비수를 박으며 쓰러졌다.

"흐흐! 대주, 이거 적이 너무 많구려."

세 명의 부대주 중 하나인 당하표가 자조적인 목소리로 말했다. 그의 전신은 피로 물들어 있었다. 그 피 중 대부분이 적들의 것이었지만 그 자신이 흘린 피도 적지 않았다.

평상시 막강한 무력으로 호시탐탐 대주의 자리를 노리며 경쟁하던 당하표였지만 지금 이 순간 그는 너무나도 든든한 아군이었다.

"젠장, 이럴 줄 알았으면 진작에 대주와 술이라도 한잔하는 것인데.

그렇다면 비연이에게 그렇게 미움받지도 않았을 터이고."

당하표가 툴툴거리며 말을 이었다.

"이보슈, 대주."

"말하게."

"만약 이곳에서 살아나간다면… 그땐 술이나 한잔합시다."

"하하, 술이다 뿐이겠나? 기녀들도 있는 곳으로 가세나."

"허… 이제 보니 대주도 바람둥이셨구려. 두고 보쇼. 내가 이곳에서 살아 나간다면 비연에게 일러바칠 터이니."

"크흠, 내 입이라고 가만히 있을 줄 아는가? 제수씨의 손맛이 그렇게 맵다던데."

"어어, 이거 대주 앞에서는 농담도 하지 못하겠구려. 농담이외다, 농담."

당하표가 기겁을 하며 대답했다.

그 상황에서도 묘독문 무인들은 끊임없이 달려들고 있었다.

사방이 온통 적이었다.

대체 이곳이 어디쯤인지도 구분이 가지 않았다. 몰려드는 적들을 향해 무작정 검을 휘두르고 어디엔가 있을 아군의 지원을 기다렸다. 하지만 유이명은 그것이 헛된 바람이라는 것을 알고 있었다. 예상과는 달리 기마대의 수는 오십여 기에 육박했다. 잘 훈련된 기마대 오십여 기라면 본대조차도 함부로 움직일 수 없는 병력이었다.

유이명은 주위를 둘러보았다.

삼십여 명 중 살아 있는 사람은 절반이 되지 않았다. 그 절반도 대부분 심각한 부상을 입은 자들이었고, 팔다리가 떨어져 나간 사람들도 적지 않았다. 그럼에도 그들은 동료와 등을 맞대고 적을 상대하고 있었다.

죽더라도… 무인답게.

그들은 당문 전위대 무인들이었다.

"대주!"

"말하게."

"도망치시오! 대주라면 도망칠 수 있을 것이오! 우리가 길을 뚫겠소!"

"적을 눈앞에 두고 수하를 버리고 도망가는 지휘관은 없네."

"크큭, 한 명이라도 도망쳐 우리가 얼마만큼 잘 싸웠지 누군가는 이야기해 주어야 하지 않겠소?"

당하표가 연신 구절편을 휘두르며 말했다.

이미 암기는 예전에 떨어진 상황이었다.

가진 것이라곤 자기 병에 담겨 있는 비혈독뿐. 그것이라면 저승길 동무로 몇 명 정도는 데리고 갈 수 있을 것이다.

"나는 전위대주이네."

유이명이 검을 더욱 굳게 움켜쥐었다.

"젠장할, 그놈의 전위대주. 진작에 내가 했어야 하는 것인데."

당하표가 가래침을 뱉으며 좌측에서 달려드는 묘독문 무인의 얼굴에 구절편을 후려쳤다.

이제 남은 인원은 불과 십여 명.

운남행에 출정한 당문 전위대 무인들 중 삼분의 일이 넘는 수가 죽은 것이다.

그들은 정말 잘 싸웠다.

다른 누구보다 용감했으며 죽는 순간까지도 손에서 병장기를 놓지 않았다.

"죽더라도!"

유이명이 큰 소리를 외쳤다.

"무인답게!"

당문 전위대 무인들이 입을 모아 대답했다.

"우리가 당문 전위대이다!"

남아 있는 마지막 온 힘을 다하여 그들이 적진으로 돌격했다. 이래도 죽고 저래도 죽을 거라면 궁지에 몰린 쥐가 아니라 상처 입은 맹수가 되리라.

그토록 잔인하고 흉포했던 묘독문 무인들도 질린 나머지 주춤주춤 물러섰다.

괜히 저 눈먼 칼에 맞고 싶지는 않았다.

어차피 시간이 지나면 죽을 자들. 묘독문 무인들은 포위망을 넓히며 시간을 끌었다.

그 순간이었다.

쿠아아앙!

검기의 파도가 포위망의 한곳을 후려쳤다.

그토록 견고해 보이던 포위망이 모래성처럼 무너져 내렸다.

일순간 모든 이들의 시선이 그곳으로 향했다.

지원군인가?

잘하면 살 수 있다는 희망이 그들의 가슴에 떠올랐다. 하지만 그 희망이 절망으로 바뀌는 데에는 그리 오랜 시간이 걸리지 않았다.

포위망을 뚫은 것은 단 한 명이었다. 더구나 사내가 포위망 안으로 들어서는 사이 대기하고 있던 다른 묘독문 무인들이 그 빈자리를 채웠다.

"사형?"

유이명의 눈이 부릅뜨여졌다.

어째서 연운비가 이곳에 있단 말인가?

지금쯤이라면 본대 뒤에서 얼마 전 입은 내상을 치료하고 있어야 할 시점이었다.

"살아 있었구나."

연운비가 다행이라는 표정으로 유이명을 바라보았다.

"어째서……?"

그 한마디를 듣는 순간 울컥 가슴속에서 뜨거운 그 무엇인가가 치밀어 올랐다.

"저 미친놈은 뭐냐?"

"죽여라!"

일순간 위축되었던 묘독문 무인들이 사나운 공격을 퍼부어왔다. 단 일인에게 위축되었다는 사실이 부끄러웠던 것이다.

"내가 이곳에 있다! 누가 나를 상대하겠는가!"

일검(一劍)이 천지(天地)를 흔들었다.

그의 기백, 그의 기세가 모두에게 전해졌다.

주춤주춤.

하나둘씩 묘독문 무인들이 물러서기 시작했다.

단 일인이었지만 연운비의 기세는 사백 묘독문 무인을 압박하고 있었다.

"이곳은 내가 맡으마. 너는 후미를 뚫어라. 저곳에 본대가 있다."

"사형!"

그 말이 헛된 말이라는 것은 안다.

백여 장 거리라고는 하나 그 길은 죽음으로 향하는 능선이다.

그럼에도 이토록 마음이 뛰는 것은 앞을 가로막고 있는 사형의 뒷모습 때문이었다.

언제나 그랬다.

어렵고 힘든 일이 있을 때 앞장서는 것은 사형이었다.

그래서 그가 보여주는 뒷모습에는 안타까움이 가득 배인 따스한 손길이 느껴졌다.

저벅저벅.

그 뒷모습이 미치도록 그리울 때가 있었다.

조금 전까지만 하여도 사형이 있었다면 좋겠다는 생각을 했었다.

하나 지금은 아니었다.

그 옆에 서리라.

한 번 정도는 그런 사형의 옆에 서보고 싶었다. 그 순간이 바로 지금이었다.

"모두 후방으로 전력 질주한다! 명령에 불복하는 자는 죽음으로 다스리겠다!"

전위대 무인들이 모두 유이명을 바라보았다.

왜?

모두가 그런 눈빛이었다.

도망친다면 모두 함께, 적과 싸울 때도 모두 함께였다.

그들에게 그들의 대주를 버리고 후퇴하라는 말은 무인으로서 자존심을 버리라는 말과 같았다.

"개죽음은 허락하지 않겠다!"

단호한 말에도 당문 전위대 무인들은 그 누구도 움직일 생각을 하지 않았다.

'대주야말로 지금 개죽음을 당하려는 것이 아니오?'

'우리가 이곳을 맡겠소! 대주가 도망치시오!'

당문 전위대 무인들은 지금 그런 눈빛으로 유이명을 바라보고 있었다.

"다시 한 번 명령한다! 전위대주로서 그대들에게 마지막 내리는 명령이다! 모두 후퇴한다!"

"젠장!"

누군가의 입에서 욕설이 흘러나왔다.

"나는 지금 이 순간부터 전위대를 때려치우겠소! 그러니 더 이상 나에게 명령하지 마시오!"

"나도 마찬가지요!"

전위대 무인들이 그들의 가슴패기에 새겨져 있는 문양을 거칠게 잡아뗐다.

하나둘… 어느새 남아 있던 모든 전위대 무인들의 가슴에는 어떤 문양도 남아 있지 않았다. 어떤 이들은 상의를 통째로 벗어 던지기도 하였다.

"빌어먹을 놈들!"

난생처음으로 욕을 하였다.

그러나 욕설을 내뱉는 유이명의 눈에서는 혈루(血淚)가 흘러내리고 있었다.

"그래, 같이 죽자!"

유이명이 검을 치켜들었다.

"죽여라!"

"모조리 죽여라! 저들은 적이다!"

그들의 당당한 모습에 망설이고 있던 묘독문 무인들이 결국 칼을 들고 달려들었다.

어찌 되었거나 저들은 적이었다. 해줄 수 있는 유일할 길은 무인으로서 죽게 해주는 것.

"커억!"

전위대 무인 하나가 등 뒤에서 날아온 괴두도에 옆구리를 베이며 신형을 휘청였다. 그사이 기회를 보던 묘독문 무인 하나가 심장에 칼을 꽂아 넣었다.

오조 조장 당기문은 무려 네 명의 적을 맞이하여 호각지세(互角之勢)로 싸웠다. 한 명 한 명이 모두 그보다 못하지 않은 고수들이었다. 그럼에도 당기문은 물러서지 않았다. 오히려 적들을 공격하며 밀어붙이고 있었다.

"대단하군. 그대의 이름은?"

어디선가 피풍의로 전신을 감싼 중년인이 장내에 나타났다. 그와 동시에 당기문을 상대하고 있던 묘독문 무인들이 모두 뒤로 물러났다.

"당기문! 대전위대 육조 조장이다!"

당기문은 그가 누구인지 알 수 있었다.

조금 전까지 옆에서 싸우던 부대주 당하표가 그의 손에 죽임을 당했다.

당하표는 자신보다 강한 무인이었다. 전위대를 통틀어서도 당하표보다 강한 무인은 몇 되지 않았다. 그런 그가 이 중년인의 일수를 감당하지 못하고 죽었다.

"무공은 인정하지 못하나 그대의 기백만큼은 인정한다. 내 이름은 적천악. 천의(天意)를 따르는 자이다."

"적천악……."

들어보지 못한 이름이다. 하지만 그 이름만큼이나 강한 기세가 그의 전신에서 느껴졌다.

최선의 몸 상태라 한들 그의 일수를 받아내지 못할 것이다.

하물며 지금 같은 상태에서야…….

그럼에도 당기문은 그의 애병 벽리검을 들어올렸다. 당문 무인으로서는 특이하게 검을 사용하는 자, 그것이 바로 당기문였다.

"간닷!"

당기문이 선공을 가하기 위해 몸을 날렸다.

그와 동시에 적천악의 손이 당기문을 향해 날아들었다. 무섭도록 패도적인 기세였다.

당기문은 기세의 중심으로 검을 찔러 넣었다.

아무리 패도적인 기세라 한들 그 중심이 되는 부분은 취약했다. 그곳에 검을 넣을 수만 있다면 이기지는 못하더라도 어느 정도의 부상은 입힐 수 있으리라.

그렇게만 된다면 어디선가 고군분투하고 있는 대주에게 작은 도움이나마 될 터였다.

퍼펑!

그 순간 적천악의 손이 늘어나며 당기문의 가슴을 가격했다.

'이렇게 휘두르면……'

평소라면 기척조차 느끼지 못했을 공격이었지만 이 순간만큼은 상대의 공격이 너무나도 환하게 시야에 들어왔다. 하지만 당기문의 손은 당기문의 마음을 따라주지 않았다.

'이렇게 휘두르면 되는데……'

당기문의 고개가 힘없이 꺾였다. 그것이 당기문의 마지막 모습이었다.

"파하!"

연운비의 검은 평소와는 다르게 날카로웠다.

그의 일검이 휘둘러질 때마다 누군가의 몸에서 피가 튀었다. 목숨을 앗아갈 정도는 아니었지만 다시 무공을 사용하기 힘들 정도나 적어도 이번 싸움에 끼지 못할 정도는 되었다.

묘독문에서 강하다는 몇 명이 나서보았지만 역부족이었다. 상대는 그들로서는 감당하지 못할 무인이었다.

묘독문에는 무사는 많았지만 고수는 그렇지 못했다. 이곳에 온 수뇌부라 해봐야 몇 되지 않았다. 그들을 제외하고는 이렇다 할 고수가 없었다. 더구나 그중 한 명이 연운비에게 십 초를 감당하지 못하고 패퇴한 마당에야 더욱 그러했다.

"합공하라!"

"암기나 독을 사용해도 좋다! 어떻게든 부상을 입혀라!"

그들이 택한 것은 인해전술이었다. 동료가 죽든 말든 무작정 검을 휘둘렀다.

하나둘 연운비의 몸에 선혈이 그어졌다.

그 모든 공격을 막기에는 아무리 연운비라 해도 힘에 겨웠다.

그 순간이었다.

"그대가 타하무르를 죽인 자인가?"

묵직한 저음.

적천악이 장내에 나타나 고개를 젓자 모두가 썰물처럼 뒤로 물러났다.

유이명을 공격하던 자들도 전위대 무인들을 공격하던 자들도 마찬가지였다.

적천악의 시선이 그들 모두에게 향했다.

연운비를 포함해서 모두 네 명. 살아남은 숫자였다. 그 속에는 유이명도 있었다. 이들 삼십 명을 죽이기 위해 희생된 묘독문 무인의 수가 무려 오십이었다.

그들 중 적지 않은 수가 무인이라 불리지도 못할 형편없는 자들이었지만 포위된 상황에서도 그 정도의 피해를 입혔다는 것은 전위대 무인들이 얼마나 잘 싸웠는지 알 수 있는 일이었다.

"타하무르……. 곤을 쓰는 사람을 말씀하시는 거라면 그렇습니다."

연운비가 호흡을 조절하며 대답했다.

엄밀히 말하자면 죽인 것은 아니었지만 사로잡힌 후 그가 택한 것은 자결이었으니 틀린 말은 아니었다.

"그렇군. 그대라면 그럴 자격이 있다."

적천악이 고개를 끄덕였다.

너무나 쉽게 적들이 계책에 말려든 덕분에 나서지 않으려 했던 그가 장내에 모습을 드러낸 것은 포위망을 뚫는 연운비를 본 때문이었다.

이십대 후반으로 보이는 검을 사용하는 자.

적천악은 대번에 상대가 타하무르를 죽인 자라는 것을 알 수 있었다. 저런 자가 설마 상대 진영에 몇 명이나 있을 리는 없었다.

"검을 들어라. 타하무르는 내 제자나 다름없는 아이였다."

"그 일은 죄송하게 생각합니다."

연운비는 한숨을 내쉬며 검을 들었다.

한 번의 싸움으로 알지도 못하는 누군가와 원한을 맺었다. 이것이 강호라는 것은 알고 있었지만 막상 그 사실이 현실로 다가오자 그것은 또 다른 느낌이었다.

"특이한 자로군. 그대가 미안해할 필요는 없다. 어디까지나 타하무르는 실력이 모자라서 죽임을 당한 것. 강한 상대에게 죽임을 당한다는 것은 무인으로서 명예로운 것이다. 내가 그대와 비무를 하려는 이유는 원한을 갚고자가 아니라 비무 그 자체를 하려 함이다."

적천악이 슬며시 고개를 저었다.

"알겠습니다. 그렇게 말씀해 주시니 마음이 편하군요. 곤륜의 연운비."

"내 이름은 적천악이다."

"곤륜의 연운비가 적 대협께 정식으로 비무를 신청합니다."

"오라. 마곡의 적천악, 비무를 받아들이겠다."

적천악은 선수를 양보하겠다는 표정으로 손을 내려뜨렸다.

상대를 무시하는 것이 아니라 적어도 연운비는 지금까지 싸워왔고 그 만큼의 내공 소모가 있었다. 그 정도의 차이는 인정해 주겠다는 뜻이었다.

쩌엉!

연운비는 처음부터 전력을 다해 상대를 몰아쳤다.

지금은 전시. 단순히 이 비무 하나로 상황이 끝나는 것이라면 탐색부터 하였겠지만 그럴 시간이 없었다.

"급하군."

적천악은 백전노장이나 다름없는 무인이었다. 그런 그가 기세에 들어 있는 상대의 마음을 읽지 못할 리 없다. 적천악의 손이 움직이며 검세가 파훼됐다.

마곡(魔谷).

그 말이 무엇을 의미하는지는 연운비도 알고 있었다.

팔황 중 가장 강대한 세력을 자랑하는 곳.

분명 상대는 자신의 이름에 앞서 마곡을 언급했다.

'마곡이 대체 무엇 때문에…….'

중요한 것은 지금 마곡의 무인이 이곳에 나타났다는 사실이 아니라 마곡이라는 이름을 거론했다는 것이다.

알아도 상관없다는 태도. 그 점이 연운비의 마음을 불안하게 만들고 있었다.

"내가 우습게 보이나 보군."

적천악이 피식 실소를 흘리며 일장을 내뻗었다.

콰쾅!

경천동지할 그 위력에 연운비가 감당하지 못하고 몇 걸음 뒤로 물러섰다. 물러서는 연운비의 입가에서 한줄기 피가 흘러내렸다.

"다시 가겠습니다."

연운비는 검을 바로 세웠다.

상대가 강하기는 하지만 그렇다고 해서 대적하지 못할 정도는 아니었다.

'오래 끌수록 불리한 것은 나다.'

연운비는 태청신공을 극성으로 끌어올렸다.

단설참(斷雪斬)!

모든 것을 벤다.

설령 그 무엇이 가로막는다 하여도.

웅혼하면서도 신랄한 검의 기운이 폭발할 듯 상대를 향해 몰아쳐 갔다.

적천악이 한 발을 앞으로 내디뎠다.

물러설 생각은 없었다.

적이 강하면 강할수록 투지가 솟아나는 무인이 바로 그였다.

마곡을 통틀어서 다섯 손가락 안에 드는 강자. 불과 사십대 중반의 나이에 봉공의 자리에까지 올라선 무인. 세상은 그를 가리켜 이렇게 말했다.

일수로 모든 것을 멸한다. 천멸장(天滅掌) 적천악.

콰콰콰쾅!

두 가지 상반된 기운이 허공을 격하고 부딪쳤다.

부딪침은 있었지만 승자는 없었다.

'쉽지 않구나.'

연운비는 마음속으로 한숨을 내쉬며 주위를 둘러보았다.

피에 절어 있는 유이명과 당문 전위대 무인 두 명의 모습이 보였다. 금방이라도 쓰러질 듯 비틀대는 그들의 모습에서 정말 모든 힘을 다해 싸웠다는 것을 느낄 수 있었다.

'내가 쓰러진다면……'

연운비는 그 이후의 일에 대해서 누구보다 잘 알고 있었다.

검을 움켜쥔 손에 힘이 들어갔다.

패하지 않는다, 설령 상대가 천하제일인이라 할지라도.

지금 그에게는 지켜야 할 사람들이 있었다.

'검에 마음을 담아……'

분명히 적천악은 강했다. 권왕 위지악만큼은 아니어도 연운비가 대적하기에는 무리가 있었다.

그럼에도 포기할 수 없는 것은 무인으로서의 의지가 아니라 대사형으로서의 책임감이었다.

검이 바람을 타고 움직였다.

잔상과 함께 검의 숨결이 연운비의 의지를 타고 움직였다.

우우우우웅!

어떤 초식인지도 모르겠다. 연운비는 가고자 하는 곳에 마음을 담아 검을 휘둘렀다.

최고보다는 최선을.

지금 이 순간 연운비에겐 상대를 이기고자 하는 열망보다 소중한 사람을 지키고자 하는 마음이 더 컸다.

쾅! 콰콰쾅!

수없이 많은 부딪침과 파공음.

뿌옇게 먼지가 일 정도로 그들의 충돌은 무시무시했다.

주르르륵!

입에서 폭포수 같은 피가 흘러나왔다. 그에 비해 한 사람은 미동조차 없이 그 자리에 서 있었다.

"이것이 무슨 초식인가?"

피가 흘러내리고 있는 자, 적천악이 믿을 수 없다는 표정으로 물었다.

"모르겠습니다. 검이 가고자 하기에 마음을 내보냈습니다."

"검보다 마음이라……. 심검(心劍)의 경지. 훌륭하다."

연운비는 눈앞이 뿌옇게 흐려지며 다리에 힘이 풀어지는 것을 느낄 수 있었다.

승자는 자신이었지만 무승부라고 해도 될 정도로 연운비 역시 심한 충격을 입었다. 내상의 악화. 기혈이 뒤틀리고 오장육부가 이탈한 느낌이었다.

타하무르와 상대할 때 입은 부상만 아니었다면 이렇게까지 되지는 않았을 터이지만 단전에 한 줌의 내공도 남아 있지 않았다.

털썩.

연운비는 더 이상 견디지 못하고 그 자리에 무너져 내렸다.

얼마 전 입은 내상만 아니었다면 버틸 수 있었겠지만 그럴 만한 상태가 아니었다.

"이로써 강호에 나와 두 번째 패배인가……?"

적천악은 물끄러미 자신의 심장을 바라보았다. 피가 폭포수처럼 흘러내리고 있었다. 죽지는 않을 정도였지만 당분간 거동하기는 힘들 것 같았다.

"봉공, 괜찮으십니까?"

주위에 있던 무인 하나가 급히 달려왔다. 묘독문 곤명 분타주 야이록타였다.

"뭣들 하느냐? 어서 저놈을 죽여라!"

야이록타가 언성을 높이며 연운비를 가리켰다. 이번 기회에 무슨 일이 있어도 저놈을 제거해야 했다.

다른 사람도 아니고 적천악을 꺾다니…….

이립도 되어 보이지 않는 나이.

차후 십 년이 지난다면 천하에 누가 있어 저자를 상대할 수 있단 말인가!

묘독문 무인들이 하나둘 연운비에게 다가섰다.

엄청난 연운비의 신위를 보았다지만 그는 이미 바닥에 쓰러져 있는 상황. 운이 좋아 목줄을 딴다면 특진을 할 수도 있는 기회였다.

"누가 내 사형을 해하려 하느냐!"

그 순간 검에 의지하여 땅에 서 있던 유이명이 비틀거리며 연운비의 앞을 막아섰다.

"죽더라도 내 시체를 밟고 넘어가야 할 것이다!"

어디서 그런 힘이 솟아난 것일까?

당장에 쓰러져도 이상할 것이 없던 유이명이 검을 들고 외쳤다.

검기조차 서려 있지 않은 철검이었지만 검 빛은 그 어느 때보다 맑았다.

'사형, 이번에는 제가 지켜 드리겠습니다.'

이로써 한 번쯤은 앞에 서보는 건가?

유이명의 얼굴에 자신도 모르게 미소가 그려졌다. 한 놈 정도는 저승 길 길동무로 끌고 가리라.

"뒈지고 싶어 환장을 했구나!"

야이록타가 일권을 내질렀다.

우당탕탕!

유이명의 신형이 힘없이 땅바닥을 나뒹굴었다.

그러다 다시 일어났다.

비틀거리면서도 그의 신형은 연운비의 앞에 자리했다.

'어서 오너라.'

유이명은 야이록타가 다가오기만을 기다렸다.

장로급 무인이 아닌 것은 아쉽지만 그래도 곤명 분타주라면 길동무로서 부족함이 없었다.

야이록타는 눈살을 찌푸리며 좀처럼 다가서지 못했다.

그 역시 본능적으로 느끼고 있었다, 유이명이 자신이 다가오기를 기다리고 있다는 사실을. 저 정도의 부상을 입은 자에게 당하지는 않겠지만 껄끄러운 것도 사실이었다. 그렇다고 수하들을 시켜 죽이자니 그것 또한 마음에 걸렸다.

그 순간이었다.

"길을 터라!"

"저곳에 대주가 계시다!"

"놈들을 죽여라!"

어디선가 사방에서 함성이 들려왔다.

"이렇게 빨리?"

야이록타의 안색이 딱딱하게 굳어졌다.

예상은 했지만 상대의 진군이 너무 빨랐다. 벌써 외곽 지역에서 접전이 이뤄지고 있었다.

챙! 채채챙!

"크악!"

상대적으로 무공이 약한 묘독문 무인들이 죽어나가기 시작했다. 아직 중군 전체가 도착한 것도 아닐진대 이 정도라면 그들이 얼마나 분노하고 있는지 여실히 알 수 있었다.

"분타주님, 후퇴해야 합니다!"

"기마대는 대체 무엇을 하고 있느냐?"

"놈들이 피해를 각오하고 진군하고 있는 것 같습니다!"

"젠장!"

야이록타가 이를 갈며 유이명을 노려보았다.

단 일 수면 죽일 수 있을 것 같지만 그 일 수를 사용할 시간도 지금은 아까운 상황이었다. 자칫 잘못해서 적의 대병과 부딪치기라도 한다면 전멸을 각오해야 했다.

애초의 목적은 달성했다고 하지만 마음이 찜찜했다.

이 전투의 목적은 어디까지나 당문과 천독문 무인들을 제거하는 것. 그들만 제거하면 후일 있을 전투에서 독을 사용하기가 수월했다. 그랬기에 전위대가 깊숙이 들어온 순간 허리를 잘랐고, 팽가와 천독문 무인들이 본대와 합류하기 전 타격을 입혔다.

"후퇴! 모두 후퇴한다! 삼 로로 나뉜다! 철갑대가 우리를 지켜줄 것이다!"

야이록타는 고함을 지르며 재빠르게 후미로 향했다. 상당한 피해를 입었으니 적들이 호락호락하게 놓아줄 리 없었다.

*　　　*　　　*

진정한 강병은 퇴각할 때 그 모습을 알 수 있다.

철갑대는 그런 면에 있어서 강병이었다.

대군이 움직이기 위해서는 그만한 시간이 필요하다. 한데 생각보다 상대의 병력이 빨리 움직였다. 그것은 병력의 운영에 있어서 어디엔가 허점이 있다는 것을 의미했다.

"쳐라!"

칠흑 빛의 투구를 걸치고 있는 무인 철갑대 대주 목군풍은 어렵지 않게 허점을 찾을 수 있었다.

한데 뒤엉켜 있는 것 같지만 중군의 인원은 문파별로 나뉘어져 있었다.

두두두두!

철갑대는 철저하게 문파와 문파 사이를 공격했다.

"원형을 유지하라!"

"좌측이다! 좌측에 방어선을 구축하며 전진하라!"

팽가의 무인들은 동료를 사이에 두고 방어선을 구축했다. 팽가뿐만이 아니었다. 천독문과 당문을 비롯하여 모든 문파의 무인들이 그들끼리 뭉쳤다.

그러다 보니 문파와 문파 사이가 벌어졌다.

진형에 또 다른 틈이 생긴 것이다.

철갑대는 그 틈을 자유자재로 이동하며 적들을 교란했다.

"크악!"

천독문 무인 하나가 말발굽에 짓밟히며 뇌수가 터져 나왔다.

이런 상황에서도 철갑대는 철저히 당문과 천독문 무인들만을 공격하고 있었다.

오십여 기에 달했던 철갑대의 숫자가 사십여 기 아래로 떨어졌다. 하지만 그 십여 기를 죽이기 위해 중군 무인들이 죽어간 숫자가 물경 칠, 팔십을 헤아렸다.

보다 못한 막표가 십팔도궁의 도객들을 이끌고 진형에서 이탈해 도망가는 묘독문도들을 추살했다. 뒤쳐져 있던 자들이, 걸음이 느린 자들이 우선 제물이 되었다. 그러자 철갑대가 곧장 십팔도궁의 도객들이 날뛰는 곳으로 달려왔다.

캉! 카카캉!

조직적인 움직임에 있어서 도객과 단도객들은 이번 운남행에 참가한 그 어느 문파보다도 뛰어났다. 한차례 폭풍이 지나갔음에도 사상자는 그리 많지 않았다. 하지만 시간이 문제였다. 그들을 막는 사이 묘독문 무인들과의 거리는 그만큼 벌어져 있었다.

"철갑대는 전장을 빠져나간다!"

웅혼한 고함 소리와 함께 철갑마의 말 머리가 일제히 능선으로 향했다.

"젠장!"

멀어져 가는 철갑마를 바라보고 있는 팽악의 입에서 욕설이 터져 나왔다.

어느새 묘독문 무인들과 철갑대에 발이 묶인 중군 무인들과의 거리는 백여 장 이상 벌어져 있었다. 추격해서 얻은 성과라고는 고작 삼류무사 이십여 명의 시체에 불과했다. 그것도 십팔도궁의 도객들이 아니었다면 불가능했을 일이다.

패배도 이런 패배가 없었다.

후퇴하고 있는 것은 묘독문이었지만 분명히 이번 싸움의 승자는 그들이었다.

아무 소리도 들리지 않았다.

마치 우중충한 안개가 끼어 있는 것처럼 사물도 흐릿했다.

그럼에도 유이명은 손에서 검을 놓지 않았다.

'오지 않는 건가……'

이미 야이록타는 저 멀리 후퇴해 버린 뒤였지만 그 사실을 알지 못하고 있는 유이명은 야이록타가 시간을 끌고 있다고 생각했다.

확실히 그 판단은 옳았다. 시간은 빠르게 유이명의 전신에서 힘을 빼앗아가고 있었다.

'후회는 없다. 나는 최선을 다했다.'

저승길 동무로 상대를 데려가지 못한다는 것이 아쉽긴 했지만 잠시나마 사형인 연운비를 지켰다는 점에서 그는 만족했다.

유이명의 신형이 한차례 휘청였다.

더 이상은 버틸 수 없었다.

그 순간 유이명의 귓가에 너무나 친숙한 목소리가 들려왔다.

"대주, 괜찮으십니까?"

이번 운남행에 참가한 또 다른 부대주 이군욱의 목소리였다. 이군욱은 급히 달려와 쓰러질 것 같은 유이명을 부축했다.

"이 부대주인가……?"

"그렇습니다."

이군욱은 아직까지 살아 있는 유이명을 보고 눈시울을 붉혔다.

죽었을 것이라 생각했는데 살아 있었다. 그 점이 무엇보다 이군욱의 마음에 위안을 심어주고 있었다.

단 반 각이라도 늦었다면 지금 이 자리에 있는 것은 싸늘한 시체뿐이었으리라.

"살아남은 사람은?"

유이명은 뒤를 돌아보지 않고 물었다.

연운비가 적천악과 비무를 벌이기 전까지 살아남아 있던 인원은 총 네 명이었다. 모두 심각한 부상을 입은 상황이었고, 지금은 어찌 되었는지도 모르는 일이었다.

"두 명입니다……"

이군욱이 고개를 떨구고 대답했다.

결국 살아남은 사람은 단 두 명에 불과했다. 있다면 유이명과 극심한 부상을 입고 쓰러져 있는 연운비뿐. 이조 조장 당문령이 살아 있다지만 가슴이 벌집처럼 갈기갈기 벌어져 있었고 곧 죽어도 이상할 것이 없는 몸이었다.

"시체를 거둔다. 그들은 정말 잘 싸웠다. 전위대로서… 부끄럽지 않았다."

"존명!"

이군욱이 수하들과 시켜 당문 전위대 무인들의 시체를 한곳에 모았다. 이런 곳에서 무덤을 만들어줄 수는 없었다. 화장하는 것이 가장 나으리라.

"이분은 어떻게 할까요?"

"내가 모시고 갈 것이다."

서 있을 힘도 없었지만 유이명은 비틀거리며 연운비를 등에 업었다.

이군욱은 자신이 하겠다고 나설 수 없었다. 왠지 그래서는 안 될 것 같은 기분이 들었다.

그렇게 연운비를 등에 업은 유이명은 그들의 시야에서 천천히 멀어져 가고 있었다.

第18章

반쪽의 부적은 또 다른 위험을 예고하고

제18장

합천평야에 석양이 지고 있었다.

그렇지 않아도 붉게 물들어 있는 평야는 그 석양 때문에 더욱 우울하면서도 쓸쓸해 보였다.

여기저기서 연기가 피어올랐다.

시체들을 모아 불태우고 있는 것이다.

이런 곳에서 무덤을 만들어줄 수는 없었다. 더구나 병기에 독을 묻혀놓은 자들이 적지 않아 시체는 빠르게 부패되어 가고 있었다. 죽은 자들 중에는 독인도 있었다.

중군 무인들은 아군뿐만 아니라 묘독문 무인들도 모아 화장을 치러주었다. 검을 맞대고 있을 때라면 몰라도 죽은 자들까지 그들의 적은 아니었다.

시체를 모두 불태운 중군 수뇌부들은 혹시라도 있을지 모르는 기마대의 공격과 야습에 대비하여 평야를 벗어난 곳에 천막을 치고 쉴 장소를 마련했다.

이대로 진격한다면 곤명을 수중에 넣겠지만 부상자가 너무 많아 그럴 수 없었다. 지금 중요한 것은 곤명을 수중에 넣는 것이 아니라 부상자를 돌보는 일이었다.

"피해는 얼마나 되오?"

"사상자가 백이십에 부상자가 백구십입니다."

"백이십이라……."

팽악의 안색이 침중하게 굳어졌다.

이번 싸움에서의 피해만 그 정도 숫자였지 지금까지 총사상자를 합친다면 이백에 달하는 인원이었다.

무엇보다 당문과 천독문의 출혈이 극심했다.

당문 전위대 무인들 중 사십 명이 죽었고 백오십에 달하는 천독문 문도들 중 오십 명이 죽었다. 천독문과 함께 있던 팽가도 많은 피해를 입었지만 그들만큼은 아니었다.

곤명은 함락시킨 것이나 다름이 없다고 하지만 피해를 입은 것은 오히려 이쪽이었다. 피로 점철된 승리였다.

묘독문도 적은 피해를 본 것은 아니었다. 지금까지 양측 사상자를 합친다면 크게 차이 나지 않는 수준이었다. 문제는 그들 중 대다수가 일류에도 못 미치는 자들이라는 데에 있었다.

"좌군과 우군은 어떻다고 하던가?"

"큰 피해 없이 진격하고 있다고 합니다."

"허허, 결국 우리만 피해를 본 것이군."

팽악은 한숨을 내쉬며 고개를 주억거렸다.

이번 전투로 인해 팽가의 입지가 크게 줄어들 것이라는 사실은 보지 않아도 자명한 일이었다. 중군의 총책임자가 팽악이니 그것은 당연한 일이었다.

당문도 많은 것을 잃었다지만 오히려 이번 싸움에서 당문은 그들의 의기를 보여주었다.

적 사상자 중 절반에 가까운 인원이 당문 전위대 무인들에 의해서 발생했다. 오히려 죽을 때까지 물러서지 않는 투지는 많은 이들에게 자극을 주었다.

'신기제갈(神技諸葛)이라⋯⋯. 제갈세가의 역사상 몇 안 되는 지략가라고 하더니 과언이 아니었구나.'

십팔도궁이 이끄는 우군이라면 몰라도 좌군의 전력은 분명 중군보다 처지는 것이었다.

더구나 그들은 운남의 수도라고 할 수 있는 대리(大理)를 지나야 했다. 곤명보다 저항이 더했으면 더했지 못할 곳이 아니었다. 그런 대리를 좌군은 중군보다도 빠르게 함락시키고 피해조차 입지 않았다.

지다성(知多星) 제갈헌. 그가 있기에 가능한 일이었다.

"애초부터 중군을 노렸던 듯싶습니다."

"맞소이다. 병력이 많다는 것과 정사 문파가 전부 있다는 것이 그들에겐 노림수로 작용했겠지요."

"아미타불⋯ 그나마 좌군과 우군의 피해가 없다는 것이 다행한 일이로군요."

매영 신니는 다행이라는 표정으로 한숨으로 내쉬었다.

'후우, 다행이라⋯⋯.'

팽악이 그런 매영 신니를 보며 고개를 주억거렸다.

속세 일에 웬만해서는 잘 관여하지 않는 불문의 아미파라면 몰라도 팽가의 입장에서는 그렇지 못했다.

차리리 좌군과 우군도 피해를 입었다면⋯⋯.

오히려 팽가의 입장에서는 그것이 나았다.

그것이 바로 강호라는 곳이었다.

아무리 묘독문이라 하여도 이 정도의 병력을 막을 수는 없었다.

설령 무벌이라 할지라도 이 정도의 병력이 치고 들어간다면 상대하기 쉽지 않을 것이다.

중요한 것은 단순한 승리가 아니라 어떻게 해서 이기느냐는 것이 이번 운남행의 목표였다.

"좌군과 우군에서는 다른 연락이 없었습니까?"

"한 달 안으로 애뇌산으로 집결하라는 연락이 있었소."

"한 달이라……."

"촉박하지는 않지만 보다시피 부상자가 많으니……."

전신의 반을 붕대로 감고 회의에 참가한 사풍도(死風刀) 막표가 어렵다는 표정으로 고개를 저었다. 큰 부상은 아니었지만 독분에 맞아 피부가 다 타버려 어쩔 수 없었다.

"전위대주의 상태는 어떻다 하오?"

"아무래도 힘들 것 같소. 외상도 외상이지만 내상도 심각해 거동조차 힘든 마당이오."

"돌려보내겠다는 것이오?"

"그래야 하지 않겠소?"

"크흠."

"이런 일이……."

여기저기서 침중한 목소리가 흘러나왔다. 이번 전투에서 핵심이 되는 부분이 바로 독의 사용 여부였다. 그런 상황에서 전위대주가 빠진다는 것은 전력의 큰 공백을 의미했다.

"우선 최대한 빠르게 전력을 재정비하고 곤명으로 들어가는 것으로 합시다.

"아미타불, 그것이 좋겠습니다. 무리가 되더라도 지금 상황에서는 좌군, 우군과 합류하는 것이 가장 좋을 듯합니다."

"오늘 회의는 그럼 이것으로 마치겠소. 출발은 삼 일 후요. 각자 준비들 해주시기 바라오."

팽악이 무거운 표정으로 자리에서 일어났다. 다른 수뇌부들 역시 침중한 표정을 감추지 못하며 각자의 막사로 돌아갔다.

"몸은 좀 어떠하냐?"

"견딜 만합니다."

유이명이 병동 천막에 누워 간신히 상체를 일으키며 대답했다.

"아서라. 움직이는 것은 좋지 않다."

"이 정도는 괜찮습니다."

"그나마 다행이구나."

정신을 차린 연운비가 가장 먼저 향한 곳은 유이명이 머물고 있는 천막이었다.

먼저 쓰러진 것은 연운비였지만 부상은 유이명이 더했다. 무인에게 무엇보다 위험한 것이 내상이라지만 변변한 치료조차 받기 힘든 이런 곳에서는 외상 역시 위험했다. 더구나 유이명은 내, 외상을 모두 입은 상황이었다.

"네가 나를 살렸다고 들었다. 도움이 되고자 갔거늘 오히려 짐이 되었구나."

'사형……'

유이명은 아무 말 없이 연운비를 바라보았다.

빈말이라는 것을 알고 있음에도 마음이 울컥했다.

결국 심각한 부상을 입은 이조 조장 당문령은 본대로 복귀한 후 목숨을 잃었다. 유이명도 다섯 번이나 사지를 오간 끝에 가까스로 목숨을 건졌다. 그만큼 심각한 부상이었고, 죽었어도 이상할 것이 없는 처절한 싸움이었다.

"와주셔서… 고맙습니다."

유이명은 어렵사리 말을 꺼냈다.

그렇게 하기 어려운 말도 아니었건만 사형의 얼굴을 보면 왠지 말이 나오지 않았다.

당연히 그랬어야 할 모습… 그런 생각이 오히려 먼저 떠올랐다.

"녀석……."

연운비는 말없이 한차례 유이명의 어깨를 두드렸다.

"복귀한다고 들었다."

"보다시피 몸이 이런지라… 그런 명령이 내려왔더군요."

유이명이 아쉬운 표정으로 대답했다.

당장에라도 죽은 전위대 무인들의 복수를 해주고 싶었지만 이 상태로는 가봐야 짐만 된다는 것을 잘 알고 있었다.

"사형은 어떻게 할 생각이십니까?"

"글쎄… 잘 모르겠다."

유이명보다 더 심각한 내상을 입은 연운비였지만 이상하게도 그 회복이 빨랐다. 고작 삼 일을 누워 있었을 뿐인데 몇 번 운기하는 것만으로도 어느 정도 내상이 회복되었다. 이 정도라면 애뇌산까지 가기도 전에 내상이 나을 수도 있었다.

"아마 복귀는 하지 않을 듯싶다."

"그렇군요."

이런 사지에 연운비를 혼자 내버려 두고 간다는 것이 마음에 걸린 유이명이 한숨을 내쉬었다.

"너에게 아직 하지 않은 이야기가 있다."

"무슨 말씀이십니까?"

"칠마에 관한 이야기다."

"칠마라면……."

연운비는 그제야 이번 운남행에 당문 노가주와 권왕 위지악이 출전한 이유를 설명해 주었다.

"그렇군요. 그래서 노가주님께서……."

"그리고 마곡이라고 들어보았느냐?"

"물론입니다."

유이명이 당연하다는 듯이 대답했다.

팔황 중 가장 강성한 문파. 그 근거지뿐 아니라 소속된 무인들까지도 모두 철저한 비밀에 가려진 곳. 한때 중원 무인들의 두려움의 대상이 된 곳이 바로 마곡이었다.

"내가 상대했던 자가 마곡이라는 이름을 입에 담았다."

"정, 정말입니까?"

유이명이 믿을 수 없다는 표정으로 반문했다.

중원무림은 운남행을 결정하기 전 팔황에 대해 많은 인원을 투입하여 철저히 조사했다.

빙궁과 대막혈랑대를 제외하곤 그 어디에서도 그들의 존재는 포착되지 않았다. 고작 소수의 인원만이 그들의 분타라고 생각되는 근거지를 지키고 있을 뿐이었다.

"적천악이라고 하더구나. 상당한 지위로 보였다. 내가 말을 해도 좋겠지만 네 입으로 밝히는 것이 나을 것 같아 너에게 먼저 말하는 것이다."

"알겠습니다. 제가 팽 대협께 이야기하겠습니다."

유이명이 굳은 낯빛으로 고개를 끄덕였다.

마곡의 존재.

그것만으로도 이번 운남행은 처음부터 다시 생각하여야 했다.

그제야 갑작스럽게 나타난 철갑대가 이해가 갔다. 필경 그들은 마곡의 지원 세력일 것이리라.

"쉬어라."

"사형도 편히 쉬십시오."

유이명이 몸을 돌려 걸어가는 연운비를 향해 고개를 숙였다.

"마곡이라 하였는가?"

팽악이 창백하게 변한 표정으로 물었다.

"그렇습니다."

"확실한가?"

"제 사형이 마곡의 이름을 거론한 자와 비무를 벌였습니다."

평상시라면 이렇게 몇 번씩이나 같은 말을 물어볼 팽악이 아니었지만 그것은 그만큼 이번 사인이 중요하다는 것을 의미하기도 했다.

"마곡이라……."

마곡(魔谷).

팔황 중 한 곳이라 치부해 버리기에는 그 세가 너무나 강력한 문파였다.

팔황 중 세력이 약한 빙궁이나 유령문에 비한다면 마곡은 그들을 합친 것보다 세력이 강한 문파였다. 고수의 숫자 역시 그렇다. 팔황의 난이 일어났을 때 무수한 정, 사 양도의 고수들이 마곡 무인들의 칼날 아래에 목숨을 잃었다.

화산의 장로였던 추운 진인이 고작 마곡의 분타주급 무인에게 패사한 것은 너무나 유명한 사건이었다.

"이해할 수가 없군. 내가 알기로 마곡의 무인이라 할지라도 아무나 마곡을 입에 담을 수 없는 것으로 알고 있네."

"저도 알고 있습니다."

"자네 사형을 의심하는 것은 아니지만 한 번 더 생각해 볼 문제이네. 그들이 우리를 교란시키기 위해 그런 일을 벌였을 수도 있지 않겠는가?"

팽악이 이렇게 의심을 갖는 것도 어찌 보면 당연한 일이었다.

마곡을 거론했다는 것. 그것은 연운비가 상대한 무인이 마곡의 수뇌부라는 것을 의미했다. 수뇌부가 아니라면 결코 마곡이라는 말을 거론할 수 없었다.

팽악의 의심은 거기서 시작되었다.

화산의 장로였던 추운 진인조차도 마곡의 일개 분타주를 감당하지 못하였거늘 그보다 강하다고 짐작되는 수뇌와 이제 일대제자에 불과한 연운비가 일장박투를 벌여 제압했다는 것은 좀처럼 믿을 수 없는 일이었다.

물론 팽악도 연운비의 무공이 약하지 않다는 것은 알고 있었다. 당장 눈앞에 있는 유이명만 하더라도 후기지수 중에서는 상대할 자가 없을 정도였다. 하지만 그것은 어디까지나 후기지수 중에서였지 연배를 넘어서는 아니었다.

"아무리 묘독문이라 해도 함부로 마곡의 이름을 팔 수는 없습니다. 그들 사이에도 격차라는 것은 존재하니까요."

유이명은 연운비가 상대한 무인이 마곡에서 나왔다는 것을 확신하고 있었다.

이미 몇 차례 손속을 나눠본 사형이었다.

설령 팽악이라 할지라도 연운비에게 승리를 장담할 수 없다는 것이 유이명의 생각이었다. 물론 팽악이 있는 앞에서 그런 말을 대놓고 할 수는 없었다. 그 점이 유이명을 답답하게 만들고 있었다.

"그럼 자네는 자네 사형이 상대한 무인이 마곡에서 나왔다는 것을 확신하는가?"

"그렇습니다."

유이명이 단호하게 말했다.

"흠… 알았네. 자네의 생각이 그렇다면 내 긴급회의를 소집하도록 하겠네. 몸도 성치 않을 텐데 자네는 이만 처소로 돌아가서 쉬도록 하게."

"알겠습니다."

유이명은 묵묵히 고개를 끄덕이며 자리에서 일어났다.

그렇게 천막 밖으로 향하던 유이명이 신형을 돌리며 조심스럽게 말을 꺼냈다.

"한 가지 여쭈어보고 싶은 것이 있습니다."

"무엇인가?"

"지난 전투에서 팽 대협께서 내리신 명령에 대한 것입니다. 따지는 것이 아니라 이해할 수가 없어서 물어보는 것입니다."

"명령이라니? 그건 무슨 소리인가?"

"팽 대협께서 사람을 보내 적의 중추를 파고들라 말씀하지 않으셨습니까?"

"무슨 소리인지 모르겠군."

팽악이 눈썹을 찌푸리며 유이명을 바라보았다.

"내가 명령을 내렸다? 자네에게 말인가?"

"그렇습니다."

"이상하군. 난 그런 적이 없네. 전투 중에 내가 자네에게 군이 따로 명령을 내릴 리가 없지 않은가?"

팽악이 단호한 말투로 대답했다. 그 모습을 지켜보고 있던 유이명의 안색이 좋지 않게 변했다. 그가 아는 팽악은 결코 이런 식으로 책임을 회피할 사람이 아니었다.

"그가 자신을 폭풍도객 십팔무사 팽위라 하더군요."

유이명은 지난 전투에서 있었던 일을 팽악에게 말했다.

이해할 수 없는 명령.

수뇌부의 결정이라는 말에 따랐지만 그것이 가져온 결과는 전진해 있던 당문 전위대의 전멸이었다.

"어쩐지… 전진할 상황이 아닌데도 자네가 무리해서 전진한 데에는 그만한 이유가 있었구먼. 하지만 내가 알기에 팽가에 그런 이름을 사용하는 사람은 없네."

팽악이 좋지 않은 낯빛으로 말을 이었다.

누군가가 고의적으로 자신을 이용해 유이명에게 사지로 뛰어들라는 명령을 내렸다고밖에 생각할 수 없는 상황이었다.

"밖에 누구 있느냐? 가서 폭풍도객 소속 십팔무사를 불러오도록 해라!"

팽악은 밖에 있는 수하들에게 외쳤다.

"부르셨습니까?"

"왔군. 유 대주, 확인해 보게."

잠시 후 허리춤에 도를 차고 있는 장한 한 명이 천막 안으로 들어왔다.

"팽소유라고 하네. 본 가의 폭풍도객 십팔무사이지."

유이명의 안색이 변했다.

그가 아는 얼굴이 아니었다.

혹시나 했던 일이 사실로 판명되었다. 누군가의 농간이었다.

천독문.

유이명은 그제야 이번 일이 천독문의 농간이라는 것을 알아차릴 수 있었다. 하지만 증거가 없었다. 이미 그 말을 전한 무사는 어디로 보냈거나 입막음을 했을 것이리라.

심증은 있지만 물증이 없었다.

그것은 이번 일로 천독문에게 어떠한 제재를 가하거나 책임을 추궁할 수 없다는 뜻이기도 했다.

"자네는 이만 나가보게."

"존명."

팽소유가 묵직한 저음으로 대답한 후 천막을 나갔다.

"누구인지 짐작은 가는가?"

"그렇습니다."

"짐작만 하고 있게. 무슨 말인지는 알 것이네."

"알겠습니다."

유이명이 마지못한 표정으로 대답했다. 유이명이라고 해서 팽악이 말하고자 하는 의미를 모를 리 없었다.

물론 이대로 넘어갈 수는 없었다. 무슨 일이 있더라도 이 빚은 차후에 받아낼 것이다. 그것이 무의미하게 죽어간 서른 명의 동료에 대한 예우였다.

"후우, 어쩌려고 이러는지 모르겠군."

팽악이 깊은 한숨을 내쉬었다.

마곡의 등장과 예상보다 강한 묘독문의 전력. 한데 중군의 내부에서는 분열이 일어나고 있었다.

천독문과 당문은 중군을 지탱하는 두 개의 커다란 기둥이었다. 그 기둥이 반목을 일으키고 분열한다면 중군의 존립 그 자체가 위험할 수 있었다.

"우선 마곡에 대한 대책부터 마련하도록 하지."

"알겠습니다. 그럼 전 이만 나가보도록 하겠습니다."

유이명이 정중히 고개를 숙이고 천막을 나왔다.

"유 소저."

처소로 향하던 연운비는 그 근처에서 서성이고 있는 유사하를 보고 반갑게 인사를 건넸다.

"이곳에는 어쩐 일이십니까?"

"연 소협을 뵈러 왔어요. 한데 안에 계시지 않아 이곳에서 기다리고 있던 중이었어요."

"그러시군요. 잠시 사제에게 다녀오는 길입니다. 한데……?"

연운비는 문득 이상한 점을 느끼고 고개를 갸웃거렸다.

무엇인가가 달라졌는데 좀처럼 그것이 뭔지를 알 수 없었다.

"아!"

그렇게 한참을 고민하던 연운비는 뒤늦게야 그녀가 면사를 쓰고 있지 않다는 사실을 알아차렸다.

도무지 알 수 없는 일이었다. 처음 마주하는 낯선 얼굴을 보고서도 이상한 감을 느끼지 못하다니…….

연운비는 조금은 어색한 미소를 지으며 그녀의 얼굴을 바라보았다.

무척이나 평범한 얼굴이었다.

그다지 특징도 없는 그런. 하지만 그녀의 두 눈만큼은 무척이나 아름다웠다. 사람을 빨아들이는 듯한 그 무엇인가가 그녀의 두 눈 속에 있었다.

마음이 두근거렸다.

그토록 아름다운 단옥령을 보았을 때에도 이 정도는 아니었다.

"왜, 제 얼굴에 뭐라도 묻었나요?"

연운비가 한참 동안 자신의 얼굴을 쳐다보자 유사하가 얼굴을 붉히며 말했다.

"아, 아닙니다."

연운비는 당황하며 급히 고개를 저었다.

"오늘은 면사를 쓰지 않으셨군요."

"예. 사실 지난 전투에서 잃어버렸습니다. 버렸다고 해야 옳겠지요."

"그러시군요."

연운비는 그녀의 말을 이해했다.

아무리 절정고수라 하여도 그 같은 면사를 쓰고 제 실력을 발휘하기란 무리가 있었다. 비무라면 모를까, 생사가 오가는 치열한 싸움에서라면 더욱 그러했다.

"일단 안으로 들어가시지요."

연운비는 자꾸 그녀의 얼굴로 눈길이 가는 것을 느끼고 시선을 돌리며 그녀를 천막 안으로 안내했다.

'전생에 인연이라도 있었던 것일까?'

천막 안으로 들어가는 그녀를 보며 연운비는 피식 실소를 흘렸다. 윤회 사상을 믿는 것이 아니라 그만큼 그녀의 얼굴이 낯설지 않다는 의미였다.

"차라도……."

"아니에요. 됐어요."

유사하가 고개를 저으며 사양했다.

아무리 보급품이 잘 지급된다고는 하나 이곳은 적진이었다. 접경 지역이라면 몰라도 식수를 구하기는 쉽지 않았고, 그런 이유로 인해서 부상자들에게는 일정량의 차가 돌아갔다. 이곳에서 차 한 잔이 얼마나 귀중

하다는 것을 유사하는 잘 알고 있었다.

"저를 보러 오셨다고 했는데, 어쩐 일이십니까?"

"다름이 아니라… 몸은 좀 어떠신가 해서요."

"걱정해 주신 덕분에 많이 좋아졌습니다. 유 소저께서 제 부상을 돌봐 주셨다고 들었습니다. 정말 감사드립니다."

"아니에요. 응당 해야 할 일을 한 것뿐인데요."

유사하는 아무것도 아니라는 표정으로 손을 내저으며 대답했다.

실제로 그녀가 연운비에게 입은 은혜에 비하면 이 정도의 일은 아무것도 아니었다.

아무리 친분이 깊은 사이라 할지라도 무학상의 비밀은 함부로 가르쳐 주는 것이 아니다.

한데도 연운비는 아무 거리낌 없이 그것을 말해 주었다. 유사하가 연운비의 치료를 맡은 것도 그 마음의 부담감을 어느 정도나마 덜고 싶었기에 행한 일이었다.

"유 소저께서도 검상을 입으셨다고 들었습니다."

"다른 사람에 비하면 긁힌 정도예요."

"그래도 상처는 치료해 두는 것이 좋습니다."

"보급품이 제대로 도착하지 않아 금창약도 부족한 상황이에요. 이 정도의 상처에 약을 쓴다면 다른 사람에게 너무 미안하지요."

유사하가 찢은 옷가지로 대충 동여맨 팔꿈치를 가리키며 말했다.

"보급품은 언제나 온다고 합니까?"

"글쎄요. 내일 중으로는 도착할 것 같기도 한데 아마도 그들도 우리가 이런 피해를 입었을 것이라고는 생각하지 못한 듯싶어요."

"그렇군요."

연운비가 침통한 표정으로 고개를 끄덕였다.

현재 있는 요상약으로 치료가 불가능하다는 것은 그 피해가 얼마나 극심했는지를 여실해 대변해 주는 척도였다.

총 팔백에 달하는 중군 인원 중 이제 살아남은 인원은 고작 육백이 조금 넘는 정도였다. 묘독문 역시 적지 않은 피해를 입었다고는 하나 막상 일류고수의 피해는 크지 않았다.

"보타암의 제자들도 이번에 많은 피해를 보았다고 들었습니다."

"예. 하지만 다른 문파에 비할 수는 없는 일이지요. 어서 빨리 이 싸움이 끝났으면 좋겠습니다."

유사하가 굳은 표정으로 고개를 주억거렸다.

이번 운남행에 출정한 보타암의 제자는 모두 다섯. 그중 두 명이 이번 싸움에서 죽었다. 하나같이 무공이 출중한 제자들이었지만 실전 경험이 없다 보니 혼전 속에서 암습에 죽은 것이다.

"저……."

이런 저런 이야기를 나누던 도중 유사하가 망설이는 듯한 표정을 보이며 조심스럽게 다른 이야기를 꺼냈다.

"어떻게 들리실지 모르겠지만 연 소협이 적진으로 달려가는 것을 보았어요."

"……."

연운비는 아무 말 없이 그녀를 바라보았다.

어째서 그녀가 이런 말을 하는 것인지 그 이유를 알 수 없었다. 더군다나 이미 지나간 일이었다.

"도와드리고 싶었는데… 차마 용기가 나지 않더라구요."

"아닙니다. 오셨으면 오히려 부담이 되었을 겁니다."

연운비는 담담한 표정으로 고개를 저었다.

누구라도 그 상황에선 연운비를 따라나설 수 없었을 것이리라.

설령 연운비라 할지라도 유이명이 적진에 갇히지 않았더라면 다른 사람들을 위해서 나섰을 것이라고 장담하기 힘든 상황이었다.

"그래도… 도와드리고 싶었어요. 하지만 발이… 발이 떨어지기가 않아서……."

유사하는 고개를 숙였다.

그녀의 눈에서 한 방울의 눈물이 떨어져 내렸다.

정말 도와주고 싶었다는 느낌이 그녀에게서 전해졌다. 연운비는 조용히 그녀의 어깨를 끌어안아 주었다.

자칫 오해를 살 수도 있는 일이었지만 지금은 왠지 그렇게 해주어야 할 것 같았다.

두근두근.

가슴이 심하게 요동을 쳤다.

"이런, 제가 추태를 보였네요."

유사하가 급히 눈물을 닦고 자리에서 일어났다.

"저는 이만 가보도록 할게요. 그래도 이렇게 움직이시는 것을 보니 마음이 놓이네요."

"함께 가시지요. 바래다 드리겠습니다."

"아니에요. 아직 몸도 성치 않으신데, 나오지 마세요."

"그래도……."

"정말 괜찮아요."

"알겠습니다. 그럼 살펴 가시지요."

유사하가 몇 번이고 거절하자 어쩔 수 없이 연운비는 제자리에서 그녀를 배웅했다.

그렇게 연운비는 천막을 나가는 유사하의 뒷모습을 바라보았다.

"후우."

이런 전쟁터와는 너무나 어울리지 않는 여인이었다. 그래서 힘들어하는 그녀를 볼 때면 이리도 마음이 아픈 것 같았다.

문득 그녀와는 전혀 다른 성격을 가지고 있는 단옥령이 떠올랐다. 어째서 지금 같은 상황에 그녀가 떠오른 것인지는 모르겠지만 지금쯤 아마도 단옥령은 권왕 위지악과 함께 칠마를 추격하고 있을 터였다. 그녀의 복수 상대가 누구라는 것은 얼마 전 당문의 노가주를 통해 들었다. 그랬기에 칠마와는 상대하기를 꺼렸던 낭인들이 이번에 나선 것이고, 싸움에 가담한 것이었다.

"칠마와의 일은 어떻게 되었을까?"

연운비는 못내 위지악의 동행을 거절한 사실이 마음에 걸렸다.

애초부터 연운비는 중군의 전력에 포함되지 않았다. 그로 인해 계획에 큰 차질이 생겼다면 미안하지 않을 수 없는 일이었다.

*   *   *

다음날 아침, 중군은 곤명으로 진격했다.

묘독문은 그들의 근거지를 모두 불태운 후 이미 도망쳐 버린 후였다. 예상한 일이었기에 중군 무인들은 당황하지 않고 근처에 쉴 곳을 마련했다.

곤명에 며칠 머물면서 혹시라도 있을지 모르는 적의 잔당을 처리해야 했다. 적진에서 등 뒤를 기습당하는 것만큼 무서운 일은 없었다. 그것을 방지하기 위해 팽악은 무려 십여 개의 정찰조를 운영하며 끊임없이 순찰을 돌게 했다.

보급품은 예상보다 이틀이 늦어진 시점에야 도착했다. 오는 도중 살아남은 잔당들의 기습이 있었다고 한다. 그 수가 얼마 되지 않았지만 신중을 기해야 했기에 늦어진 것이다.

보급품이 도착하자 중군 무인들의 사기가 올라갔다. 도착한 것은 보급품만이 아니었다. 애초 이번 전투에 불참하기로 했던 호북의 명가 천원세가에서 지원군을 보내온 것이다. 그것도 무려 오십여 명이 넘어서는 인원이었다.

호북 의창(宜昌) 지역에 자리잡고 있는 천원세가는 비록 규모가 크지 않아 오대세가에는 들지 못했지만 소속 문도 개개인이 무공이 강하기로 이름 높은 문파였다. 그런 천원세가의 무인 오십여 명이라면 결코 약한 전력이 아니었다.

중군의 다음 목적지는 역문(易門)이었다.

곤명에서 역문으로 가기 위해서는 두 갈래 길이 있다. 중군이 택한 길은 그 두 길 중 산맥을 따라 이동하는 험준한 길이었다. 넓은 평야를 택하기에는 기마대가 부담이 되었다. 그 수가 많지 않다고는 하지만 언제 충원이 될지도 모르는 일이었다.

"애뇌산이라……."

연운비는 서쪽 어딘가에 있을 애뇌산을 떠올렸다.

내일이면 중군은 또다시 기나긴 힘든 행군을 시작해야 했다. 부상자들도 어느 정도 응급 처치가 된 상황이었고, 돌아갈 준비도 끝난 상황이었다.

연운비는 한차례 운기를 해보았다.

태청신공이 팔성에 오른 덕택일까, 내상은 빠른 속도로 회복되고 있었다. 연운비조차 놀랄 정도였다. 이 정도라면 수일 이내에 완전히 나을 수도 있을 듯싶었다.

"아무 일이 없어야 할 터인데……."

언제부터인가 연운비의 얼굴에는 수심이 서려 있었다.

그의 손에 무수히 죽어나간 묘독문 무인들이 도무지 잊혀지지가 않았기 때문이다.

가능한 한 손속에 사정을 두었지만 나중에는 힘이 부쳐 그럴 수 없었다. 못해도 십여 명에 달하는 적들을 베어 넘긴 것 같았다.

사람을 상하게 한 것이 이번이 처음은 아니었다.

기련쌍괴를 구하기 위해 배교의 무인들을 상대하였을 때도 적지 않은 수가 그의 검 아래 고혼이 되었다. 하지만 이번 전투에서만큼 많은 숫자는 아니었다.

"후회하고 있는가?"

연운비는 그렇지 않다는 것을 알고 있었기에 고개를 저었다.

최선을 다했다.

사제를 구하기 위해서였고, 스스로의 목숨을 지키기 위해서였다. 목숨의 값어치는 따질 수 없는 것이지만 개인에 따라 그 척도가 달라질 수도 있는 것이다.

"하아아!"

이런 저런 생각을 하고 있던 연운비는 문득 목에 걸려 있는 부적이 생각났다.

혹시나 풀어질까 몇 겹의 실을 꼬아 목에 건 부적이 오늘따라 가볍게 느껴졌다.

아마도 귀곡자의 말처럼 흔적조차 없이 사라진 탓일 것이리라.

연운비는 부적 끈을 풀기 위해 옷섶을 열었다.

그 순간이었다.

"어떻게 이럴 수가?"

일순간 연운비의 표정이 무엇에라도 얻어맞은 것처럼 창백하게 굳어졌다.

손에 느껴지는 감촉.

부적은 사라지지 않았다.

"반쪽이라니?"

유이명은 떨리는 손으로 부적을 움켜쥐었다.

이런 말을 들은 적이 없었다.

묘하게도 단(斷)이라는 글자처럼 부적은 반만이 사라진 상태였다.

생사를 넘어섰다.

귀상이란 것이 대체 무엇이기에 이 정도의 위험에도 사라지지 않는단 말인가?

연운비는 눈을 감고 생각에 잠겼다.

부적을 만든 사람이 귀곡자이니 그에게 물어보면 해답이 나오겠지만 지금 귀곡자는 행방조차 알 수 없는 상황이었다. 귀곡자 역시 차후 다시는 그를 보지 못할 것이라 말했다.

"복귀해야 하는가, 아니면……."

연운비는 고민에 빠졌다.

지금 이 상황에서 복귀한다는 것은 쉽지 않은 일이었다.

전력에서 제외되었다고는 하나 연운비 역시 엄연한 곤륜의 문도였고 중군의 일원이었다.

강호라는 곳이 그렇다.

이 같은 일에 참가하는 것은 어렵지 않았지만 무슨 사정이 있지 않다면 발길을 돌리는 것은 쉽지 않다. 그것은 자신뿐만 아니라 그 사문의 명성에까지 흠집을 내는 일이었다. 그것이 강호라는 세상이었고, 무림인으로서의 의무였다.

"후우!"

한숨뿐이 나오지 않았다.

돌아간다면 사문뿐만 아니라 스승인 운산 도인의 이름에까지 먹칠을 하는 격이었다. 그렇다고 유이명과 떨어지자니 남은 반쪽의 부적이 마음을 불안케 했다.

그나마 위안이 되는 것은 유이명이 당문으로 복귀한다는 사실이었다. 혹시라도 묘독문에서 후퇴하는 부상자들을 공격할지도 모르는 일이었지만 지금 상태에서 그 정도의 여력이 묘독문에 있을 리 없었다. 전력을 쏟아 부어도 막기에 벅찬 그들이었다. 고작 부상병들 때문에 병력을 분산시키지는 않을 터였다.

"무슨 고민을 그리 깊게 하는가?"

"어르신."

그렇게 천막 안을 서성이고 있던 연운비는 밖에서 들려온 목소리에 급히 막을 걷었다.

"한숨 소리가 밖에까지 들리더군."

천막 밖에는 당문의 노가주이자 오왕 중 일인인 당문표가 뒷짐을 진 채 서 있었다.

평소 같았다면 이런 지척 거리에 누군가가 있다는 사실을 알아차리지 못할 연운비가 아니었지만 심란한 마음은 평정심마저 흩트려 놓았다.

"아무것도 아닙니다."

"허허, 쉽게 터놓지 못할 이야기인가 보군."

"저, 그런 것이 아니라……."

연운비는 당황하며 말을 하지 못했다.

굳이 하지 못할 이야기는 아니었지만 그다지 하고 싶은 이야기도 아니었다.

그렇게 잠시 고민하던 연운비는 이번 일을 당문표에게 털어놓기로 마음먹었다.

"그리 오래된 일은 아닙니다. 당문에서 귀곡자 어르신을 만나……."

이야기는 짧지 않았다. 부적의 이야기를 하자니 자연 둘째 사제인 무악의 이야기가 나오지 않을 수 없었고, 찾고자 했던 사람이 파문당한 사제라는 것도 밝혀야 했다.

"그런 일이 있었구먼."

"미리 말씀드리지 못해 죄송합니다."

"아닐세. 나라도 쉽게 말하지 못했을 걸세. 그보다 부적을 한 번 볼 수 있겠나?"

"여기 있습니다."

연운비는 순순히 부적을 당문표에게 건넸다.

"단(斷)이라……. 귀곡자가 자네에게 이것을 건네주며 별다른 말은 하지 않았나?"

"그렇습니다."

"하면 왜 반만 사라진 것인지도 알지 못하겠군."

"예."

연운비는 힘없는 표정으로 고개를 끄덕였다.

"단, 그리고 반만 사라져 버린 부적이라……."

"혹시 짚이는 것이라도 있으신지요?"

"글쎄, 나야 원래 이런 일에는 무관한 사람이니……."

"그러시군요."

"도움이 되지 못해 미안하네."

"아닙니다. 들어주신 것만으로도 감사합니다."

연운비는 진심으로 당문표에게 감사했다.

마음의 짐이 한결 가벼워진 듯한 느낌이었다. 그만큼 누군가에게 말하기 쉽지 않은 일이었다.

"유 대주 걱정은 너무 하지 말게. 천원세가에서 지원이 온 덕분에 웬만한 부상자들은 모두 돌려보내기로 했네. 그 전력만 하더라도 만만치 않을 터이니 묘독문에서는 쉽게 움직이지 못할 걸세. 그리고 정 자네가 원한다면 자네 역시 회군할 수 있도록 조치해 주겠네."

"어르신……."

"이미 자네는 이번 싸움에서 충분한 몫을 해내었네. 부상이 빠르게 회복되어 가고 있다고는 하나 자네 역시 엄연한 부상자이니 별다른 악소문은 퍼지지 않을 걸세."

연운비는 차마 당문표의 얼굴을 보지 못했다.

"제가… 빠져도 되겠습니까?"

"허허, 자네 하나 빠진다고 해서 중군이 돌아가지 않을 정도는 아니라네."

"그때 어르신들께서 말씀하셨지요, 저를 중군에 넣은 것에는 그럴 만한 이유가 있으시다고."

"신경 쓰지 말게, 그때와 지금은 사정이 달라졌으니까."

"더 좋아진 것은 아니지 않습니까?"

연운비는 알고 있었다.

칠마, 그리고 마곡의 이름이 주는 부담감을.

이런 상황에서 전력에 큰 보탬이 될 수 있는 자신이 떠난다면 그것은 그만큼 전력에 차질이 생긴다는 것을 의미했다.

"저는… 이곳에 남겠습니다."

"자네 사제의 목숨이 달린 일이네."

"알고 있습니다."

"한데도 돌아가지 않겠다는 건가?"

"저도 돌아가고는 싶습니다. 하지만……."

"되었네."

당문표가 차마 입을 열지 못하고 있는 연운비의 어깨를 한차례 두드렸다.

"이것을 보게."

"이것이 무엇인지요?"

"일학자가 보내온 전서일세. 정확히는 귀곡자가 보낸 것이라 해야 옳겠지."

당문표는 품 안에서 한 장의 전서를 꺼내 연운비에게 건넸다.

"어르신?"

"허허, 늙은이가 그냥 궁금증이 들었다고 생각하게. 자네를 시험할 생각은 아니었네."

당문표는 허허로운 미소를 지으며 어서 전서를 보라는 듯 고갯짓을 하였다.

연운비는 지체없이 전서를 펼쳤다.

〈이 글이 전해지기를 바라며.〉

전서의 내용은 그렇게 시작하고 있었다.

〈나를 기억하고 있을지 모르겠군. 일학자라네. 허허, 이곳은 섬서 평리(平利)라네. 이곳에서 마침 운남으로 향하던 천원세가의 사람들을 만나 이렇게 자네에게 전서를 보내게 되어 다행이라고 생각하네. 자네가 운남으로 떠나고 얼마 지나지 않아 호북으로 향하던 도중 나는 귀곡자의 전서를 받았다네. 자네의 부적에 관련된 이야기였지. 귀곡자는 다른 사람의 귀상이 자네에게 서린 것을 기이하게 생각하여 기련산(祁連山)으로 향하던 도중 한 번의 제를 더 지냈다고 하네. 점괘는 종전과는 또 다른 의미를 나타내고 있었네. 중첩(重疊)의 점괘. 그것은 귀상이 하나가 아니라는 것을 뜻하네. 단(斷)이라는 글자처럼 지금쯤이면 아마도 부적은 반으로 찢어지거나 혹은 사라졌을 수도 있겠지. 차마 자네에게 할 말은 아니지만 자네에게 서린 귀상은 하나가 아닐세. 사제가 두 명이라고 하였던가. 무슨 의미인지는 자네도 알고 있을 걸세. 이런 말을 전하게 되어 미안하네. 그래도 자네가 알고 있는 게 나을 것이라 생각하여 전하는 것이네. 허허, 기억하는가? 내 자네에게 무당을 한 번 들르라 하였지? 남은 반쪽의 부적이 붉게 물들었을 때 나를 찾아오게. 인연은 그때 다시 시작될 것일세.〉

"이것이……?"

연운비는 전서의 내용을 몇 번이고 살펴보았다.

거기에 적혀 있는 내용은 연운비의 심정을 무너뜨리는 것이었다.

귀상.

그것은 또 다른 위험을 예고하고 있었다.

"전서의 내용을 미리 본 것은 아니네. 일학자가 나에게도 다른 내용을 전해왔네. 부적이 붉게 변한다면 자네를 보내주라는 내용이었지."

"그러셨군요."

"부적이 아직 붉은색으로 변하지는 않았군."

당문표는 부적을 연운비에게 건넸다. 연운비는 조심스럽게 부적을 받아 들고 목에 걸었다. 가벼워졌다고 생각한 부적은 쇳덩어리처럼 연운비의 마음을 무겁게 만들고 있었다.

"조금 전 권왕 그 친구에게서 전서가 도착했네. 창마 조풍령을 만났다고 하더군."

"제가 해야 할 일을 가르쳐 주십시오."

"자네가 알지 모르겠지만 낭인대는 약하지 않네. 낭인대와 함께라면 칠마라 한들 능히 상대할 수 있지. 하지만 문제가 생겼네. 보다시피 본대에 전력의 손실이 막중하네. 이런 상황에서 낭인대를 다른 곳으로 돌린다는 것은 힘든 일이겠지."

"저의 힘으로 가능하겠습니까?"

"나와 권왕이 광마와 창마를 상대할 것일세. 자네와 낭인대주, 그리고 낭혼삼살이 나머지 삼마를 상대해야 하네."

"알겠습니다."

"아직 내 말이 끝나지 않았네. 내가 걱정하는 것은 오마 외에 조력자가 있는 경우이네."

"조력자라면……?"

"현재로선 마곡이 되겠지. 물론 확실하지는 않네. 마곡일 가능성이 큰 것뿐이지."

"그렇군요."

"열흘 정도 후에 낭인대와 합류할 걸세. 그때부터 본격적인 싸움이 시작되겠지. 오늘은 이만 쉬게. 피곤한 것 같군."

"알겠습니다. 살펴 가시지요."

연운비는 당문표를 배웅하고 등을 기댔다.

"이런 것이 강호인가?"

처음 출정할 때만 하여도 중군에 속해 유이명의 곁에만 있으면 된다고 생각했다. 하지만 이번 운남행은 연운비가 생각했던 것처럼 단순한 일이 아니었다.

칠마, 그리고 예상치 못한 마곡의 출현.

연운비의 마음은 그렇게 밤하늘처럼 점점 더 어두워져 가고 있었다.

　　　　*　　　　*　　　　*

"오셨구려. 부상을 당했다고 들었소. 몸은 좀 어떠시오?"

탑칠라하는 방 안으로 들어서는 적천악을 보고 걱정이 되는 표정으로 물었다.

적천악의 상반신은 붕대로 친친 감겨져 있었다. 검상이 반 치만 더 깊었어도 즉사를 면치 못했을 중상이었다.

"별거 아니오."

"정말 놀랐소이다, 적 봉공께서 부상을 입으시다니……. 암왕이 나타나기라도 한 것이오?"

"아니오."

"하면……?"

"타하무르를 죽인 자, 그자에게 당했소."

적천악이 무뚝뚝한 표정으로 대답했다.

"그럴 수가!"

탑칠라하는 믿을 수 없다는 표정으로 고개를 주억거렸다.

마곡. 그곳에서 다섯 손가락 안에 드는 강자가 바로 천멸장 적천악이었다. 묘독문을 통틀어도 적천악을 상대할 수 있는 무인은 문주를 제외한다면 태상호법이 유일했다.

"다음에 만난다면, 그때는……."

적천악이 이글거리는 눈빛으로 동쪽 하늘을 바라보았다. 그곳 어딘가에 이 검상을 낸 상대가 있으리라.

한 번은 패했지만 그 이상은 아니었다.

적천악 정도의 무인이라면 상대가 어느 정도의 고수인지는 능히 판가름할 수 있다.

처음 마주한 연운비의 실력은 한 수는 족히 차이 나는 실력이었다.

그것이 방심을 불러일으켰다.

심검(心劍).

상대는 뜻밖의 경지를 보여주었고, 그것이 패배의 요인이 되었다.

'운이 좋았다. 다음에는 이리 넘어가지 않으리라!'

심검을 펼칠 줄 아는 상대였다면 처음부터 전력을 다해 절초를 펼쳤을 것이다.

한편으로는 그렇게 못한 것이 못내 아쉬웠다.

애뇌산에서 다시 부딪친다면 좋겠지만 확신할 수는 없는 일이었다. 더욱이 적천악으로서는 다른 해야 할 일도 있었다.

"이만 가보겠소."

적천악은 품 안에 있는 전서를 탑칠라하에게 건넨 뒤 방을 나섰다. 그의 손은 여전히 굳게 움켜쥐어져 있었다.

『검선지로』 3권에 계속…

FANTASTIC ORIENTAL HEROES

청 어 람 신 무 협 판 타 지 소 설

2005년 고무판(WWW.GOMUFAN.COM) 「장르문학 대상」 최고의 영예, 대상(大賞) 수상작!

좌검우도전(左劍右刀傳) / 이령 지음

한칼에 세상이 갈라지고, 한걸음에 무림이 격동친다!

『좌검우도전』 (左劍右刀傳)

강한 자(强漢者)가 뿜어내는 거대한 힘과 강인한 매력에 빠져든다!

"너는 반드시 힘을 가져야 한다. 네 의지로… 세상을 뒤엎어 버려라."

"강자를 약자로 만들고, 명예를 뭉칠하고, 돈을 빼앗아라.
협의도(俠義道)가, 마도(魔道)가 얼마나 더러운 것인지 알려주어라."

"오냐, 아무것에도 얽매이지 말고 네 마음대로 세상을 휘저어라.
너의 이름은 수강호(讐江湖)가 아니더냐? 강호를 향해 마음껏 복수하거라!
유오독존(唯吾獨尊)! 그것이 나의 소원이다."